U0070746

錦繡榮門 4

風 文創 544

灩灩清泉 著

目錄

第八十九章

錢亦繡上了樓，看到程月還在窗邊眺望。她纖細的身子裹在天青色衣裙裡，更加嫋娜娉婷，一頭黑緞似的烏髮隨意斜綰在腦後，顯得脖子如玉般潔白。

錢亦繡來到她身邊。「娘，爺爺說，爹爹馬上要回來了。」

程月抿嘴笑起來，異常平靜地說：「我知道。」

錢亦繡嚇一跳，小娘親也有未卜先知的本事？

程月自信道：「江哥哥一看到我的繡屏，就知道月兒在想他，會立即趕回家的。」

錢亦繡還想挑撥離間，程月卻突然指著窗外。「繡兒快看，那裡有輛馬車，車裡的人會不會是江哥哥？」

夕陽下，院門外的廣闊荒原百花爭豔，萬紫千紅。彎曲小路上，馬車向這裡駛來，趕車的人正是萬大中。

錢亦繡的眼眶有些發熱。小娘親用去一生中最美好的時光，眺望將近十一年，盼望將近十一年，還真把小爹爹盼回來了。

只是，小娘親依然是那個美麗、單純、懵懂的程月。

但……錢滿江已不再是當初從這條路遠走邊關的少年郎了。

另一邊，錢三貴被蘇四武揹著，和吳氏一起來到望江樓，兩口子又叮囑錢曉雨一番。

馬車直接進了前院，一個男人從車裡下來。他身材修長，穿靛青箭袖長袍，腰間束青色腰帶，還戴著斗笠；斗笠壓得低低的，遮住大半張臉。

錢亦錦上前深深一躬，拉著他，快步進了後院。

看到那個男人，程月的身子竟顫抖起來，眼淚如斷線珍珠般一顆顆落下，嘴裡喃喃道：「是江哥哥……他回來看月兒，他真的回來了……」

錢亦繡握著她的手。「是，爹爹回來了，但是，他一走十一年，杳無音訊，這些年他發生了什麼事，咱們都不知道。娘，您可要把持住，若是他變壞了，不要咱們，咱們就別理他……」

「繡兒！」程月打斷女兒的話，淚汪汪的大眼睛裡滿是不可思議。「妳怎麼能那麼想江哥哥呢？他是妳的爹爹，他不會變壞的，他不會不要月兒。」生氣地甩開錢亦繡的手，快步向樓梯口走去。

可到了樓梯口，程月又不敢往下走了，用帕子摀著臉哭起來。「真的會是江哥哥嗎？若月兒看錯了怎麼辦？我好怕啊。」

錢亦繡無奈，只好走過去輕聲安慰著她。

樓下，錢三貴眼圈紅紅地坐在八仙桌前等待；吳氏根本坐不住，站到門前往外張望。

錢滿江歸心似箭，幾乎是跑著和錢亦錦進了望江樓。

吳氏看見兒子，立刻一把拉住他，大哭起來。

錢亦錦把兩人牽進屋，然後立刻把門關上。

蘇四武見狀，圍著小樓巡視。錢曉雨坐在樓前樹下的藤椅上，也不住往四周瞧著。

屋裡，錢滿江含著眼淚扶吳氏坐好，然後跪下給錢三貴和吳氏磕三個頭，哽咽道：「兒子不孝，一走多年，讓爹娘受苦了。」說完，膝行幾步，攀在錢三貴的膝上哭起來。

吳氏和錢亦錦看了，也過去抱著錢滿江痛哭。

站在樓梯口的程月聽見是錢滿江的聲音，跑下樓，叫道：「江哥哥，真的是你嗎？」

錢滿江站起身，轉頭看向那個依然美麗、清瘦、懵懂的小妻子，笑道：「月兒，我回來了，日夜兼程趕回來了。」

程月衝過去撲進他懷裡，腦袋枕在他肩上哭了。「江哥哥，你怎麼現在才回來？爺爺他們都說你死了，還弄了小墳頭。可是，月兒不相信江哥哥會死，江哥哥說過，幾番花謝花開後就會回來，江哥哥不會騙月兒的。你知道嗎？月兒天天望著門外的野花，盼著它快點謝，再快點開……江哥哥，月兒好想你呀……嗚嗚嗚……」

聽見她的話，錢滿江的眼淚流得更凶，輕拍她的肩膀哄道：「月兒莫難過，我沒有死，我回來了，回來看妳了……」

儘管三房的人已經習慣程月的肉麻和直白，但聽了這些話，還是紅起臉。

錢三貴咳嗽一聲。「滿江、滿江媳婦，有些話你們私下再說吧。先坐下，讓錦娃和繡兒給你們磕頭。」

程月聞言，抬起頭對錢滿江邀功。「江哥哥，月兒能幹，生了對龍鳳胎。繡兒乖巧，錦娃帶把……」

這下換錢亦錦尷尬了，插嘴道：「娘，兒子有很多長處，說說其他的。」程月說：「娘曉得。可是別人最看重的，還是那個長處呀。」

錢滿江笑起來，英俊的臉跟走之前的那張臉重合，拉著程月坐下。「好，讓兒子跟閨女給我磕頭。」武成和萬二牛父子囑咐過，就把小主子看成他兒子，千萬不能洩漏他的身分。

錢亦錦見要給爹爹磕頭了，錢亦繡還站在遠處愣愣看著，沒有絲毫要過來的意思，就去牽她。

「妹妹高興傻了。爹爹回來，咱們給爹爹磕頭。」

錢亦繡被他拉到錢滿江跟前，也沒跪下，開口問道：「你說你是我爹，那你在京城錦繡行後院附近轉過好幾次，還進去兩次，為什麼不跟我相認？」

見錢滿江不可思議地看著她，她又說：「我養的猴子是靈猴，發現有人鬼鬼祟祟監視我家，當然要告訴我，而且，你來一次，牠就會告訴我一次。」

錢滿江想了想，笑道：「是這樣的，爹爹身上有差事，不宜在京城跟閨女相認。」

錢亦繡嗤笑。「那你另外有了女人也是差事？」

錢滿江趕緊搖頭否認。「爹爹沒有其他女人。」

錢亦繡還想追根究柢，但怕刺激程月，話到嘴邊卻忍下來，決定以後有機會與錢滿江單獨相處時再問，又道：「這麼多年你都不回家，現在怎麼突然回來了？」

錢滿江聞言，眼圈又紅了。「我在錦繡行看到妳娘繡的屏風，又聽到妳那些話，再也忍耐不住。如果再不回來見你們，我想我會死去。請示上峰後，就讓我回來了。」

錢亦繡冷笑兩聲。「你為什麼去給那人頂缸？是因為榮華富貴嗎？」

錢滿江沒想到女兒小小年紀問題會這麼多，還一個比一個尖銳，只能點點頭，猶豫著嗯了聲。

錢亦繡的眼淚湧上眼眶。「你覺得榮華富貴比家人、比父母妻子兒女更重要？」

錢滿江趕緊搖頭。「不是。」

錢亦繡上前一步，看著他的眼睛道：「既然不是，打完仗，為什麼不立刻回家？為什麼為了榮華富貴去坐牢？你有沒有想過，家裡跟別人家不一樣。你的父親殘疾，母親柔弱，妹妹還小，妻子懵懂，再生下嗷嗷待哺的孩子，你讓他們怎麼活？」

說到這裡，錢亦繡的眼淚流出來，為這一家人吃的苦，還有死去的小亦繡。

她擦擦眼淚，繼續說：「而且，你的妻子美貌異常，這樣一個搖搖欲墜的家，要護住她不被傷害，有多難？你有沒有想過，你晚一天回家，妻子就會多一分危險，家裡也多一分艱難？你坐了牢，又因為坐牢在京城當官，但你想過嗎，這麼長的日子裡，家裡會出什麼變故？

「十一年了，你杳無音訊，沒給家中帶過一分錢。爺爺多少次命懸一線，奶奶過早花白了頭髮，小姑姑的手粗糙得像老婦，哥哥一歲多便獨自去村裡蹭吃食，我六歲前沒吃過一頓飽飯，不知道肚子飽是什麼滋味……這十一年來，這個家面臨過多少難關，你知道嗎？」

聽著錢亦繡的哭訴，錢三貴、錢亦錦都流下眼淚，吳氏和程月哭出聲來。

錢滿江又傷心、又慚愧，泣道：「繡兒，是爹爹欠考慮了……有些事，的確是爹爹無法左右的，可我有苦衷，不能說。其實，這些年裡，爹爹託人打聽過家裡的情況，聽說無事便放了心，卻沒想到，你們竟過得如此艱難……現在，爹爹當了官，以後為妳奶奶、妳娘請封誥命，讓你們過好日子。」

錢亦繡斷然回絕。「不需要你來錦上添花。哥哥讀書爭氣，自然會給奶奶和娘請封誥命；現在我們的日子非常好過，商鋪開到京城，哪裡稀罕你那點俸祿銀子？娘的一幅繡品就賣三千兩黃金，你一輩子也未必能掙那麼多。家裡最艱難的日子已經過去，你還回來幹什麼？」

最後一句話可謂離經叛道，但錢亦繡時有驚人之語，家人早已習慣。

程月卻有些受不了，流著眼淚開口。「繡兒，別這麼說江哥哥，他肯定不知道咱們過得不好……」

錢亦繡跺腳。「娘，這個家裡，您最應該感恩的人是爺爺、奶奶，還有小姑姑。他們跟您不是血脈至親，卻拚上性命護著您，經過這麼多年的共患難，咱們才是真正的一家人。

「您不要再理這個男人，他太自私，說完好聽話，留下兩個孩子，便不管咱們死活。那麼多年不管不顧，看到繡屏後，才受不了相思煎熬跑回來。他只為自己著想，從沒想過咱們的日子該怎麼過？」

接著，她又對錢滿江說：「錢將軍，你當那麼大的官，肯定會找京城的大家閨秀成親。你走吧，不要再來纏我娘，我娘太單純，搶不過別人的。」

程月聽見女兒讓她不理錢滿江，哭得更厲害。「繡兒，他是江哥哥、是妳爹爹。娘盼了他那麼久，妳怎麼能攆他走呢？」

吳氏走過來，幫錢亦繡擦眼淚。「繡兒快別哭了，妳爹爹在外面也不容易。他回來了就好，咱們好好過日子。」

錢三貴對錢滿江道：「繡兒這麼難過，我能理解。家裡好過，也就是這幾年的事，繡兒運氣好，跟著猴哥撿了些山珍去賣才慢慢發起來。前些年，這個家多少次瀕臨絕境，雖然最後熬過來，但其中的辛酸，我不願再提及——苦啊。那些年，我恨不得去死，但又放心不下一家弱小，若我走了，他們該怎麼辦？」

說著，他把錢亦繡拉到身邊，讓她倚著他。「爺爺知道，繡兒是個好孩子，家裡有今天，繡兒的功勞最大。」

錢亦繡聽了，趴在錢三貴懷裡，嗚嗚哭起來。

錢亦錦見狀，也過去抱著錢三貴，和妹妹一起哭。

錢滿江泣不成聲，起身向錢三貴和吳氏下跪。「兒子不孝，讓家人受苦了。」再磕頭。「兒子謝謝二老，謝謝你們待月兒如親人。」

吳氏把他扶起來。「你是娘的兒子，不管過去如何，你回來了，娘就高興。」

接著，幾人又勸錢亦繡放下芥蒂，一家人圍坐在桌前訴別情。

錢滿江挑著說了些他的遭遇，錢三貴等人知曉他在御林軍裡當從五品武官，還有能見皇帝、娘娘、王爺與大臣的機會，都高興起來。

不過，錢亦繡仍嘟著嘴，不時橫錢滿江兩眼。

錢滿江不以為意，閨女一瞪，他就呵呵笑兩聲，還試圖摸摸她的包包頭，卻被她躲開；而程月最乖巧，一直任他拉著她的小手，還不時報以甜甜一笑。

錢三貴和錢亦錦講起家裡的事，讓錢滿江驚出一身冷汗。他後悔，或許當時的選擇真的錯了，盡孝盡忠的道路千千條，他不該選擇那條最冒險的。閨女說得對，他家的情況跟別人家不一樣。

晚上，錢曉雨和蘇四武端飯菜來，一家人吃飯，錢三貴與錢滿江還喝了點小酒。飯後，又說了一會兒話，便準備各自回去歇息。

吳氏走到門口，回頭問錢亦繡。「繡兒怎麼不回蓮香水榭呢？」

錢亦繡搖頭。「我還要跟我爹說幾句話。」

吳氏聞言，有些不放心，但看小孫女倔強又堅持的表情，只好先回去。

屋裡只剩三個人，錢亦繡對程月道：「娘先上樓，繡兒要跟您的江哥哥單獨說說話。」

程月挺有心計，並不離去，還拉著錢滿江的手。「娘不走。娘知道繡兒不喜歡江哥哥，娘一走，妳把江哥哥攆出去怎麼辦？」

錢亦繡無奈，拿程月沒辦法，只得對錢滿江使眼色。

現在錢滿江最怕、最想討好的便是這個女兒，見狀趕緊勸程月。「月兒乖，先去樓上歇著，等會兒我就上去。」

程月聞言，才一步三回頭地走了。

屋裡歸於平靜，父女倆面對面坐在桌前。

錢亦繡先開口。「我娘善良、單純、懵懂，我不許任何人傷害她。既然你已經有了其他女人，請離我娘遠些吧。」

錢滿江一愣，茫然地說：「我有了其他女人？沒有呀。」

錢亦繡冷笑。「這話騙鬼呢！我明明看見你在酒樓門口跟一個年輕女子抱在一起，還來錦繡行給她買了好些妝黛，現在竟然不承認。」

錢滿江仔細一想，的確有這件事，但不是女兒說的那樣，趕緊解釋。「妳是指上個月的事情吧？那女人是一個大官家的族親，他家想拉攏我，打算讓我娶她，我沒答應。那天，我們沒有抱在一起，是她被石頭硌了腳，抓我一把；而且，給她買脂粉的不是我，是那家公子，也是爹爹替他頂缸的人。」

錢亦繡疑惑地問：「娶了那家姑娘升官更快，你會不答應？」

錢滿江嘆道：「閨女，妳爹不是無恥之徒，知道君子當有所為，而有所不為。爹爹向天起誓，到目前為止，沒做過一件對不起妳娘的事，只是有些事牽扯太大，現在還不能告訴你們。」

錢亦繡又問：「你回京後，要是他家硬逼著你娶，怎麼辦？」

錢滿江笑道：「閨女放心，即使要娶，也是明年，這麼久，會發生的事情太多了。實在不行，出一、兩件『意外』，也是可能的。」

兩人說完話，錢亦繡出了望江樓，看見蘇四武坐在離望江樓不遠的石頭上，大概是在替錢滿江把風。

錢三貴的心思還挺縝密，怕他們動靜鬧得太大，特地讓人在這裡守著，不許其他人在附近轉悠。

錢亦繡又望望四周，確定附近沒人偷瞧這裡，才回了蓮香水榭。

送走閨女，錢滿江上樓，進了臥房。

程月已經換上褻衣褻褲，銀白色的軟緞，領口及袖邊還繡了幾朵粉色小碎花；一頭烏黑濃密的秀髮垂下，長過了腰。她比之前長得高，也更成熟、更水靈，正溫柔地望著他。

他在外面勞累奔波，如履薄冰，忙得夜裡才有工夫想想她，可她卻把他走前說的話牢牢記在心裡，一守就是十一年，甚至把門前那些花、那條路全印在腦海中，繡了出來。

錢滿江的眼眶泛紅，鼻子發酸，向程月伸開雙臂，哽咽著笑道：「月兒，我回來了。」

程月跑上前，抱住錢滿江的脖子。「嗯，江哥哥沒騙我，江哥哥回來了。」說著，又抽抽噎噎哭起來。「江哥哥，你怎麼現在才回來呢？月兒天天等你、盼你，日子好難熬啊。月兒以後再不離開你，等人、盼人的滋味太難受了……」

錢滿江親親程月的臉頰。「我是在外面拚命搏前程，已經上了那輛車，不能再下來了。妳再等等，不久的將來，有些事情就該浮出水面，那時，我把你們接去京城，咱們一家人再也不分開。」

他說著，把程月橫抱起來，放上床去。

程月見錢滿江急急地脫衣裳，問道：「咱們還要打架嗎？上次咱們打完架，月兒就生了錦娃和繡兒，這次打架，還能再生孩子嗎？」

錢滿江已經把外衣脫了，聽見程月的話，嘻嘻壞笑，低頭捧著她的臉，使勁親了幾下。

「當然，打完架，咱們又會多個孩子了。」

「不，多要兩個，月兒喜歡孩子。」程月的嘴嘟得老高，明顯對錢滿江說少了而不滿意。

錢滿江又笑。「嗯，好，多要兩個。最好要三個，我也喜歡孩子。」

一陣窸窸窣窣的聲音後，程月不解地問：「又有蟲蟲了嗎？月兒跟繡兒睡覺時，沒見著蟲蟲啊。」

「呃，這蟲蟲是母的，喜歡往男人被子裡鑽。」

「哦……呵呵，癢……哎喲，好痛……」

「噓——」錢滿江用手捂住程月的嘴。「月兒，不能叫的，讓別人聽見就麻煩了。忍忍，我馬上好了……」

不一會兒，男人的粗喘伴隨著女人的嬌吟響起。

夜更深了，望江樓裡一片旖旎，纏綿繾綣……

隔天一早，錢亦繡起床後並不急著去望江樓，而是逗著猴妹玩。兩世為人的她雖然沒結過婚，也知道今天不宜太早去打擾小爹爹與小娘親。

辰時末，錢曉雨來請她去望江樓吃飯。

錢亦繡有點驚訝。「這麼早？」

錢曉雨笑道：「不早了。錦哥兒不到辰時就去了，把大爺吵起來；錢爺和嬸子剛到沒多久，讓姊兒過去吃飯。」

錢亦繡笑起來，昨晚她討嫌，今早換小哥哥討嫌。難為小爹爹了，今天得對他好些。該發的脾氣昨天都發了，該敲打的也敲打過，既然他說只能在家裡待三天，不能讓他帶著傷心離開。

於是，她讓白珠帶著猴妹去和熙園找奔奔玩，自己去了望江樓。

一進門，其他人已經坐在桌前。

經過愛情滋潤的程月更加美豔動人，臉紅紅的、嘴翹翹的，只是眼裡有濃濃的倦意，還不時捣嘴打哈欠，錢滿江倒是更加精神了。

錢滿江的左邊是吳氏，右邊是程月。錢亦錦站著，倚在他身上。

錢亦繡見程月頭上戴著金鑲翡翠菊花簪，耳朵上是翡翠吊墜，見首飾不是她買的，心裡有數，遂誇道：「娘的首飾好看。」

程月聽了，摸摸頭上的簪子微笑。「娘也覺得好看，這是江哥哥買的。」

錢亦繡沒吱聲，她在京城給她買的首飾可比這些好看多了。

錢滿江聞言，從懷裡掏出荷包，交給吳氏。「娘，這是五百兩銀票和一些銀子，您拿著當家用。」

吳氏笑著還給他。「家裡有錢，你自己留著用。」

錢滿江搖頭。「這個家理應由兒子養的，兒子卻一走多年，沒顧得上。這些錢，娘拿著吧，否則兒子心裡更不好受。」

吳氏聽了，才收起來。

接著，錢滿江送半斤燕窩、二兩人參給錢三貴，又送一只蝦鬚金鐲給吳氏。錢亦錦收到的禮物是玉筆筒，錢亦繡的是赤金瓔珞圈。

錢滿江送完要給家人的禮物，又道：「在萬家等候時，給妹妹買的首飾已經送她了；另外，還買了玉嘴煙斗跟金鐲子，要送給爺爺奶奶。兩位老人家在我走時，把棺材本全拿出來，他們的好，我一直記著。」

一提起錢老頭，幾人便說了這段時日家裡發生的事情。

錢亦錦的臉氣得通紅。「那唐氏說我長得不像錢家人，不知是在哪裡撿的野種，把爺爺氣得犯病，奶奶也渾身哆嗦，最後還是鄰居把她推出去的。我哪裡不像錢家人了？我照過鏡子，我跟娘親和妹妹長得多像啊。」

昨天錢滿江也聽萬大中提過這件事。唐氏在花溪村散播對小主子極不好的傳言，幸虧萬大中制止得極時，讓那臭嘴婆娘幾個月出不了屋。

現在聽錢亦錦親口說出來，他心裡更是興起驚濤駭浪。這個「兒子」是皇室血脈，若大業成了，還會是皇帝的嫡長子，竟然被罵野種，唐氏真是嫌命長了。

錢滿江想了想，道：「讓人悄悄去把爺爺和奶奶請來，我跟他們見面說清楚。咱們三房不只有兒有孫，以後還會有更多孩子，不勞別人惦記咱們家的產業。再跟爺爺表明，我如今已是官身，如果那些婦人繼續多嘴，惹出口舌之禍，可是要斷我前程，連累整個錢家。」

幾人商議定，事不宜遲，便讓蔡老頭去請錢老頭夫婦來三房吃飯。

飯後，蔡老頭趕著牛車去錢家大房，說自家老爺想爹娘了，請錢老頭和錢老太去吃飯。

錢老頭硬著脖子，發火不去。這幾天，點心鋪的生意越來越差，他曉得是三房搞的鬼，快氣死了。

錢老太拄著枴杖，站起身。「你不去，我去，我想三兒和錦娃了。這兩天，家裡鬧得烏煙瘴氣，實在煩人，去三房清靜清靜。」

蔡老頭見狀，揀著好聽的話說了，這才把錢老頭勸得回轉，將他揹上牛車，錢老太也跟著上去。

這時，汪氏紅腫著眼睛跑出來，流著眼淚，大聲道：「公爹和婆婆是要去三叔家嗎？我和當家的也去，我們去求他們，給他們下跪。害我名聲不好就罷了，誰讓我們無權無勢，只得任人欺負，可是不能禍害我閨女啊，她才過上好日子，他們那麼做，讓蝶兒怎麼在婆家安生度日……」話沒說完，便泣不成聲。

之前蔡老頭在官家當過二管家，嘴皮子溜得很，又得了錢亦繡的私下吩咐，聽見汪氏的話，便冷笑道：「妳這是去求人嗎？氣勢比誰都大。我就納悶，吃屎的還有本事挾持屙屎的，只在妳家才看得到。妳兒子是怎麼當上掌櫃的？妳家姑奶奶為什麼能嫁進于家當少奶奶？妳家善哥兒為什麼可以在縣城最好的私塾上學？

「還有，妳家吃的、喝的、用的，如今跟過去比，可是天上與地下之差，這些好處都是誰帶給你們的？這麼好的日子竟嫌不夠，偏要去貪不屬於妳的東西，還用下作手段害得我們錢爺差點沒氣死，這就怪不到別人，叫自作自受。錢爺被氣得身子還不爽快，不會再見那些不記情的人。」

汪氏氣得渾身直打哆嗦，指著蔡老頭罵。「你放肆！一個奴才竟敢這麼跟我說話！」

蔡老頭嗤笑。「對，我是奴才，可我是錢爺家的奴才，不是妳這泥腿子的奴才。」

錢老頭也覺得汪氏欠教訓。若非她在中間挑撥，也不會搞成這樣，便沒出聲，由著蔡老頭擠對她。

蔡老頭說完，不理繼續吵鬧的汪氏，趕著牛車出了大房。

汪氏還想拉著錢大貴跟去，錢大貴卻甩開她的手，罵道：「我沒臉去。都是妳這個婆娘沒事找事，好好的日子過成這樣。」

汪氏聞言，要開口哭訴，可錢大貴氣極，不想理她，轉身進了屋。

第九十章

進了歸園，錢老頭和錢老太被直接帶進望江樓。兩人剛坐下，卻看到有個男子衝他們笑，長得還像死去的孫子錢滿江。

錢老太納悶道：「喲，這後生怎麼長得那麼像我的滿江孫子呢？」

錢滿江走過去跪下，抱著錢老太哭。「奶奶，我就是您的滿江孫子啊！我沒死，我回來看您了。」

錢老太嚇住了，動彈不得。

錢亦錦見狀，上前拉著錢老太。「太奶奶，是真的，我爹爹沒有死，還當了官。」

錢三貴也道：「是啊，滿江活著，還在御林軍裡當了五品官。」

老倆口一聽，這可不得了！若說錢老太最疼錢亦錦，錢老頭最疼的就是錢滿江，兩人抱著他，立刻哭開了。

錢滿江告訴老倆口，千萬別把他還活著的事情說出去，他現在的差事非常隱密，在派人送信回來前，過年時還要給他的衣冠塚燒紙，好瞞天過海。

錢老頭點頭。「爺爺知道，滿江孫子定是在當暗樁，我們不會亂說。老婆子，聽到沒有？」

幾人說了一會兒話後，錢滿江把錢亦錦拉到身邊。

「爺爺，錦娃真是我的兒子，您瞧瞧，他長得多像月兒和繡兒啊。外甥像娘舅，這樣的孩子更有福。」

錢老太聞言，哈哈笑起來。「看吧，我就說嘛，錦娃怎麼可能不是錢家的人？以後別聽那兩個敗家婆娘的話，她們都不安好心。」

錢老頭紅了臉，拉著錢滿江的手。「滿江孫子，爺爺也是怕啊……好了、好了，爺爺知道，以後不做那些事了。不過，三房只有一個孫子不夠，要多幾個才成。你和你媳婦加把勁，多多開枝散葉。」

錢滿江笑得一臉燦爛。「爺爺放心，只要孫子活著，您老人家會有更多重孫子。」

接著，他拉著錢老頭話起家常。從自家說到別人家，從百姓家說到大官家，從家長說到一國之君，總之，表達的只有一個意思——人要守本分。若想把別人碗裡的吃食搶過來，在民間叫圖謀錢財，在朝廷就是不臣之心，是大亂的根本。

錢滿江是人精，笑呵呵又不動聲色，把錢老頭說得直點頭。這項絕活，不說錢三貴不及，錢亦繡也自認沒這個本事。

這下，錢亦錦看錢滿江的眼神更加崇拜了，乾脆拿張小凳子坐在他腿邊，不錯眼地看著，聆聽他的教誨；錢滿江也不時摸摸他的頭，讓錢亦錦更是喜不自禁。

一家人待在望江樓就沒出去過，直到晚上。昨夜程月沒休息好，吃完晚飯後，就上樓歇息了。對於這個媳婦，所有的人都不會苛求她。

天漸漸黑了，錢滿江又開始心不在焉、左顧右盼起來，但其他人談興正濃，還捨不得走。錢老太拉著他的左手，吳氏握住他的右手，錢亦錦依然坐在他旁邊的小凳子上，還不時用臉頰蹭蹭他的腿。

錢亦繡見狀，打個哈欠。「睏了，該回去睡覺。」

錢滿江聽了，感謝地看她兩眼。到底是親閨女，關鍵時候就會幫他。今天他非常想跟閨女親近親近，可閨女不主動往前湊，他又被長輩們拉著不放，連程月都靠不上來。

錢亦錦不想走，嘟嘴道：「時辰還早，那麼早回去做什麼？我要跟爹爹講話。」

錢老頭精，仔細瞧瞧孫子的模樣，也笑道：「走了、走了，你賴在這裡，小弟弟要從哪兒來？明兒咱們再上門說話。」

接著，他又對錢三貴說：「三貴，之前是爹糊塗，不該那麼想。那天高管事來找過我，幸好你沒有大礙，否則後果會更嚴重。今天聽滿江孫子說了這麼多，爹曉得了，人必須守本分，不能眼饞別人的東西。

「不過，再怎麼說，大貴、二貴是你的親兄弟，打斷骨頭連著筋。那兩個婆娘糊塗，但你姪子、姪孫都不錯，你就高抬貴手，總不能讓他們再回去種地吧？」

錢老太也道：「聽說于家如今極不喜愛蝶兒，說是娘不好，閨女也不會好到哪裡去。三兒，得饒人處且饒人，就算了吧。」

錢三貴道：「我們也是氣狠了，傷了心。上次我們退出點心鋪，讓了大利，有些人嘗到甜頭，覺得再逼迫一番，我們還會讓更多，若是把我逼死更好，三房整個家當都能謀去。他們是想要我的命，要把錦娃趕出錢家，這心腸有多毒哪。」

錢老頭聞言，紅起臉，說不出話來。

錢三貴繼續道：「爹娘放心，我不是狠心的人，蝶兒是好孩子，以後我們還會幫襯她。至於點心鋪，他們再堅持三個月就是了，雖然會損失一些銀子，但還不至於垮掉。這次得讓有些人狠狠痛了，才會長記性。」見老父老母眼圈紅紅地望著他，又說：「您們放心，只要他們守本分，我和大哥、二哥以後還是好兄弟，該照應他們時，自然會照應。」

錢老頭夫婦聽了雖然無奈，也只好點頭，相攙著離開望江樓，由蔡老頭趕車送回錢家大院。

送走老倆口後，其他人也跟著出去，各自回院休息。

望江樓終於安靜下來，錢滿江去淨室洗漱完，一身清爽後，便猴急地上了樓。

臥房沒點燈，皎潔月光灑進窗櫺，照得屋內朦朦朧朧。

薄緞被下，程月玲瓏有致的曲線盡現。

錢滿江來到床邊坐下，浮動的香氣更加濃郁，眼前的雪白讓他身子躁動不已。

他伸手撩開程月濃密的長髮，揉揉她如玉的耳垂，側臥的程月嚶嚀一聲，轉過身平躺著，依舊沒有醒。美麗臉龐如月下盛開的蓮花，靜謐、潔白而美好。

錢滿江簡直愛不夠，又伸手輕輕捏她的小鼻子。

程月迷迷糊糊地嘟嘴道：「別鬧……人家好睏，要睡覺……」她沒有睜眼，半夢半醒間，還抿了抿紅唇，唇邊的梨窩若隱若現。

錢滿江看了，心柔軟得化成一灘水，用大拇指撫摸她的臉，輕聲道：「月兒，江哥哥的時日不多，咱們得抓緊工夫要孩子。」

程月睜開眼，眨眨矇矓而濕潤的眼睛。「還要打架嗎？」

錢滿江大樂。「是啊，不打架，怎麼把孩子吸引過來？」

程月伸開玉臂，環住錢滿江的脖子。「江哥哥，你回來，月兒覺得好高興。月兒喜歡這樣的日子，喜歡江哥哥在家裡，還喜歡繡兒、錦娃、公爹、婆婆，咱們一家人永永遠遠在一起過日子，真好！」

錢滿江低下頭，深深吻住程月的小嘴，呢喃著：「是的，我也喜歡這樣的日子。好月兒，妳再等等，我把那邊的事情處理好，就馬上回來接你們。以後，咱們一家人永永遠遠在一起，再也不分離……那時，咱們便能天天打架，生多多的孩子……」嘴唇和手在程月身上不停遊走。

「嗯，月兒喜歡跟江哥哥打架，也想要多多的孩子，像繡兒一樣乖巧的女兒，像錦娃一樣帶把的男娃……」

程月的聲音越來越低，逐漸被嬌喘聲代替。

紅羅帳裡春光一片。

窗外的明月遠遠掛在天邊，似乎也害羞了，由銀白變成橙黃，隱入雲霧之中……

天剛矇矇亮，住在樓下的錢曉雨被一陣敲門聲吵醒。

是錢亦錦。「娘，開門，兒子想您了。」

錢曉雨趕緊起來開門，低聲道：「哥兒，又這麼早來了？天未大亮哪。」

錢亦錦走進來。「我想跟我爹多待一會兒。」說著便往樓上走。

錢曉雨攔住他。「哥兒先在樓下玩玩行嗎？昨天大爺和娘子睡得有些遲，還沒醒呢。」

錢亦錦繞開她。「昨天我們那麼早就走了，他們睡得一點都不遲。」噔噔噔跑上樓，嘴裡喊著：「爹、爹，兒子來了。」

錢滿江聽見動靜，趕緊起身，邊穿衣裳邊制止要進門的錢亦錦。「錦娃別進來，就在門口等著，爹爹馬上出去。」

錢亦錦本來想推門而入，聽到錢滿江的話，只得在門口站住。

錢滿江把錢亦錦牽下樓，洗漱完，才清醒過來，對錢亦錦道：「錦娃，去水榭把妹妹叫過來，趁著其他人還沒到，咱們三個好好絮叨絮叨。」

他回來這麼久，除了被女兒質問之外，還沒好好跟她說說話呢。

錢亦錦笑著應下。「爹等等，兒子馬上去叫妹妹。」說完，便噔噔噔地跑下樓。

錢亦錦來到蓮香水榭，敲門道：「妹妹，開門，哥哥來看妳了。」

錢亦繡正在夢周公，被錢亦錦吵醒，只得打著哈欠坐起來，閉著眼睛往身上套衣裳。

白珠已經去開門，把錢亦錦請進來。

見到錢亦錦，錢亦繡不高興地說：「要看我也該晚些來啊，哥哥擾了人家的好夢。」

錢亦錦揮揮手，讓白珠退下，上前小聲說：「爹爹讓我們過去，咱們趁大家還沒來之前，好好絮叨絮叨。」非常開心錢滿江對他和妹妹的與眾不同。

錢亦繡聽到這裡，總算清醒。小哥哥又厚著臉皮去討嫌了。

兄妹倆出了門，夾雜桃香的晨風撲面而來，把錢亦繡徹底吹醒。她沒有往前走，而是拉著錢亦錦來到水榭側面，抬頭一瞧，那幾棵嫁接洞天池金蜜桃樹枝的桃樹已經結了果。

因為去年才剛嫁接，不敢讓果實結得太多，否則對桃樹有影響，剪去好些，每棵樹上只稀稀疏疏掛著十幾顆桃子，大多數還是綠色，只有幾顆的桃尖泛金、泛紅，在綠色葉子和其他桃子中間，顯得更加醒目。

錢亦錦吸吸鼻子。「好香，這金蜜桃比別的桃子香多了。」

錢亦繡點點頭。「嗯，這幾顆要熟的桃子，明天都給爹帶走。」

看完桃樹，小兄妹才往望江樓行去。

錢滿江在窗邊看見小兄妹手牽手地走來，兩人步履輕快，笑逐顏開，歡快的說笑聲不時飄進窗內，心裡突然有些異樣，覺得閨女不應該跟小主子這麼親密。

雖然他天天想著拜將封侯，但那是為了讓爹娘妻女過上衣食不愁的好日子，卻不希望女兒成為皇家人。皇家的女人看似風光，其實過得並不輕鬆。

閨女那燦若春花似的小臉若是終日愁眉不展，他會有多心疼。他希望她過舒心的小日子！

小兄妹一進來，錢亦錦就邀功道：「爹，我把妹妹帶過來了。」

錢滿江聞言，一手拉住「兒子」、一手拉住女兒。錢亦繡想掙脫，他卻用了點力握住，於是，小兄妹拉著的小手便鬆了開。

他把他們拉到側屋的羅漢床上坐下，再伸出胳膊，一邊摟一個。

錢滿江滿足錢亦錦的好奇心，講風吹草低見牛羊的大漠風光，說著軍營中的笑話。總之，全挑好的說，殘酷的一句也沒提，怕把香香的小閨女嚇著。漸漸地，他感覺錢亦繡緊繃的身體變軟，心裡才真正開懷起來。

三人才說一會兒話，錢三貴和吳氏便到了。他們趕在別人來之前見兒子，要講些不能讓人知道的秘密。

錢三貴說：「錦娃、繡兒，你們先去樓上看看你們娘起來沒有？爺爺和奶奶有話跟你們的爹說。」

錢亦繡猜到他們可能要說錢亦錦的身世，便硬拉著不想走的小哥哥上了樓。

見小兄妹上樓，吳氏去關了門，錢三貴才小聲把錢亦錦是他們撿來的事情說了。

吳氏低聲道：「滿江，我們也是沒辦法。那時不知你能不能活著回來，孩子又恰巧是在繡兒出生那天被人放在門口的，我們就撿回來當親孫子養，還騙你媳婦，說這孩子是她睡著時生的……」話沒講完，便泣不成聲。

錢三貴接著說：「錦娃是上天厚待我們，才到咱們家來的，若是沒有錦娃，咱們的日子會更艱難。那時，歹人幾次打你媳婦的主意，你奶奶和大伯他們都覺得是你媳婦長得太好拖累家裡，逼迫我們將她另嫁，是錦娃去求他們才打消那些念頭。

「錦娃是上天賜給咱們的，不管你將來有沒有兒子，他都是三房名正言順的長子，這個家的產業，會有他的一份。」

錢滿江先裝出吃驚的樣子，聽了錢三貴的話後，點點頭。「爹說得對，錦娃真是上天賜給咱們家的孩子，咱們必須對他好。」心裡想著，爹娘真是難得的好人，對撿來的孩子如此慈善。這份好心，會有好報的。

幾人正說著，錢老頭兩口子又來了，便出去圍桌吃早飯。

飯桌上，錢滿江更加見識了錢老太對錢亦錦的偏愛。若說昨天跟孫子久別重逢，她滿心滿眼裡全是孫子，今天則滿心滿眼裡全是這個重孫子，對錢亦錦笑得比別人和善得多，不時囑咐他多吃些，還抖著手幫他挾菜。

吃午飯前，錢滿霞和萬大中也來了歸園。萬大中手中還拿著一個包袱，裡面是錢滿霞給哥哥趕製的衣裳。

他們快到歸園時，碰到了錢大貴和汪氏。汪氏的眼睛是紅的，錢大貴則黑著一張臉。

見到他們，錢大貴求道：「歸園的門是關著的，我們敲了半天都沒開。霞兒，妳從小跟蝶兒玩得最好，幫蝶兒講講好話吧，她知道錯了，不該亂傳話；妳大伯母更有錯，不該出去碎嘴，氣得妳爹犯病。能不能讓妳爹跟錦繡行說說，繼續跟于家做生意？」

前些日子，錢滿霞也很氣錢滿蝶，她一再囑咐不要亂說，可錢滿蝶還是跟汪氏說了，鬧出這麼大的事。但後來聽說她在于家的日子不好過，又有些心軟了。

她剛想說話，萬大中便搶先道：「霞兒已經嫁人，不好多管娘家的事，大伯還是去找我岳父說吧。」然後牽起錢滿霞，越過他們走了。

第九十一章

萬大中與錢滿霞來到歸園前，敲了敲門，蔡老頭聽見是他們才開門。

錢滿霞一到望江樓，即加入爭搶錢滿江的行列，只是她搶不過錢老太和吳氏，只得眼睛紅紅地抓著他的衣角，看得萬大中都有些吃味。

如果錢老太不在，誰都搶不過程月。可錢老太在程月心中已積年成威，她一來，程月就害怕地躲到一邊。

錢滿江被一家人圍著，左右是祖母與母親，腿邊是錢亦錦。他很想讓小閨女坐在另一邊，可錢亦繡沒湊上來。

一大家子繼續絮叨家常與別後種種，不知不覺，便到了傍晚。

吃完晚飯，幾個女人哭起來，因為明天一早錢滿江就得離開。

為了保密，錢三貴夫婦和錢滿霞不能相送，由萬大中趕著馬車來接錢滿江，理由是錢三貴有些不好，要送他去縣城的保和堂看病，以此掩人耳目。

錢老太、吳氏、錢滿霞拉著錢滿江哭，錢亦錦也抱著錢滿江流眼淚；程月坐在一旁看著錢滿江，嚶嚶的哭聲、紅紅的小鼻頭，讓錢滿江的心都碎了，卻不能當眾安慰她。

錢亦繡則在一旁不停勸著程月，說小爹爹很快就會回來，以後一家人便能永遠在一起。

程月搖頭不信，哭道：「妳爹一出門就不回家，娘盼他盼得多苦呀。回來才短短幾天，又要走了，這一走，誰知道什麼時候才回來？娘怕……他再回來時，娘已經白髮蒼蒼了……」

一家子哭一陣，又互相勸一陣，見時辰已晚，才抹著眼淚回去休息。

是夜，錢滿江溫柔款款地安撫程月，才總算讓她不再哭泣，平靜睡去。

另一邊，錢亦繡回到蓮香水榭，心裡也很不好受。

雖跟錢滿江相處的時日不多，但她覺得，錢滿江並不是她原來想像中的那麼不負責任。有些事情做得的確欠考慮，但年紀輕輕，總會有考慮不周全的時候。

最主要的是，這個家離不開他，程月也離不開他。

夜裡，她沒睡好。古往今來，古今中外，當臥底沒幾個有好下場，絕大多數連死都死得不明不白，她不想讓小爹爹出事。

正想著，她聽見有人抓窗櫺，接著是翻窗的動靜以及猴哥的叫聲。

錢亦繡坐起來，猴哥咻地竄上她的床，急得她使勁推牠下床。「哎喲，你下去，太髒了。」

猴哥沒理她，拉著她又比又叫，意思是那個在京城錦繡行附近轉悠的高個子男人又來了，還住在望江樓裡。

錢亦繡道：「別大驚小怪了，那人是我爹。」

猴哥聽見，驚得用手捣住嘴。這也太不可思議了！

天邊剛泛魚肚白，錢亦繡就起床了，她把猴哥叫醒，讓牠去樹上把那幾顆泛紅的桃子摘下來。

猴哥不願意。牠早就饞這些桃子了，天天都盼著它們快快變紅。

錢亦繡見狀，只得哄牠。「好，給你和猴妹各留一顆，剩下的都摘下來。」

猴哥聽了才爬上樹，一共摘下六顆桃子，錢亦繡全拿去了望江樓。

這時，錢滿江和程月已經起來了，程月正趴在錢滿江的肩膀上哭著。

錢亦繡直接上樓，把梁則重送她的小匕首和潘子安給的扇子交給錢滿江。

「匕首是梁大人送我的，摺扇是潘駙馬給的，如果爹爹遇到危險，可以去找他們，或許能幫您脫困。」

接著，她悄聲道：「若爹爹的上峰是跟寧王打對臺的，定要想辦法逃出來。我無意中曾聽悲空大師說過，這天下以後是寧王的。」不敢提馬面，便抬出悲空大師。

錢滿江聽了閨女最後一句話，大喜過望。人們都喊悲空大師為老神仙，他說的話一定準。他果真跟對了人，更應該有所表現。

他拿著閨女給的兩樣東西，心裡熨貼得不得了。閨女是爹娘的小棉襖，這話說得真對。

錢滿江想了想，笑著把摺扇還給錢亦繡。「謝謝閨女，這把小匕首爹收下，說不定以後真能求到梁大人；潘駙馬的扇子就不帶了，爹在軍中，不會求到他。」

錢亦繡沒有接。「常言道：『貓有貓路，鼠有鼠道』，潘駙馬的人脈極廣，有些事能幫上爹也未可知。」

接著，她把金蜜桃送給他，又說明什麼時候能吃。

當錢滿江要走下樓的一剎那，程月猛地衝上去，抱著他哭道：「江哥哥，你帶著月兒一起去吧，月兒想跟你在一起，咱們一家人永永遠遠在一起。月兒怕你像我娘一樣，離開月兒，就再也不回來，月兒心裡好苦的……」

錢滿江聞言，紅著眼圈安慰她；錢亦繡也拉著她勸，無奈程月就是抱著錢滿江的胳膊不放，哭得像個即將被父母丟下的稚兒。

錢滿江無奈，只得狠下心腸，把程月的胳膊從自己脖子上拉開，幾步衝下樓梯。

下了樓，他抬起頭，對程月低喊：「月兒莫傷心，不久後，我就會來接妳。為了妳和家人，我會珍惜自己，好好活著。」又對錢亦繡說：「閨女，爹爹知道妳是個懂事的好孩子，妳娘就交給妳了，替爹爹好好照顧她。」

說完，他抹了把淚，牽著來接他的錢亦錦步出望江樓。

程月捣著臉，痛哭失聲，不住呼喊著錢滿江。

錢亦繡也流下眼淚。不只為這個家和程月，也為錢滿江，默默向上蒼祈禱，定要讓錢滿江平安無事，活著回來。

她隱約記得，當初馬面對錢滿江的批命，好像說他有個大劫，若是度過去，便能長壽。不知錢滿江的大劫是在之前的戰場上，還是在以後的無間道上？若是在戰場就好了，已經度過，以後定能平安歸來；若是在無間道，那就生死難料。

淚眼模糊的母女倆相攜著來到窗前。錢滿江和錢亦錦已經走到前院，吳氏又抱著兒子哭了一場。

錢滿江跪下，給她和錢三貴磕了三個頭。

接著，萬大中和蘇四武把錢三貴扶上車，錢滿江和錢亦錦跟上。萬大中和蘇四武坐在車前，趕著車向院外駛去。

在馬車快出院子時，錢滿江又從車窗裡伸出頭，朝望江樓的方向揮揮手。

朝陽下，馬車轆轆駛在荒原那條小路上，漸行漸遠，最後消失在朝霞中。

從此，程月又會繼續守在窗前，天天望著那條小路，盼望錢滿江再次歸來。

十一年的等候，僅換來三天團聚。

錢滿江這一走，不知程月還要再等多久，甚至不知他能不能再回來？一個女人的韶華能有多久，難道要在無盡的等待中蹉跎？

錢亦繡心疼地看程月，她已經哭得雙目紅腫、鼻頭通紅，扭著帕子的雙手放在胸前，不停顫抖著。

錢亦繡抱著她，寬慰道：「娘親，爹爹說，不久後就會回來接咱們的。」

程月輕聲哭泣。「娘不傻，妳爹爹的話，娘不會全信了……」

錢亦繡聞言，更是心酸，只能無聲地抱緊她，陪她一起落淚。

錢滿江走了，家裡又恢復平靜，除了程月因別離而傷心不已，其他人都極興奮。只要錢滿江還活著，比什麼消息都讓他們高興。

錢亦繡又搬回望江樓，天天跟程月膩在一起，不時開解她，頭幾天連書法課都沒上。錢亦錦放學後，也立刻跑來望江樓，講各種笑話給程月聽，逗她開心。

歸園的日子是平靜的，但錢家大房和二房卻是極其不平靜。

錢老頭知道錢滿江不僅活著，還當了從五品的官，比縣太爺的品級還高，能為親娘和媳婦請封誥命，心裡的天平便完全傾斜到三房那邊。等到錢滿江光明正大回來那天，錢家就不是普通農戶，而是官身。

錢家徹底發達了！

錢老頭大樂之餘，回想之前他做的種種感到非常害怕。要是錢三貴真有個好歹，不僅他追悔莫及，等錢滿江回來，更交不了差，關鍵是，這樣一來，大房、二房跟三房徹底結仇，那兩房不僅撈不到任何便宜，三房或許還會報殺父之仇。手足相殘，這是多可怕的事。

這件事一鬧，不但沒能謀到三房產業，還把幾兄弟的關係弄僵，全是不安分的汪氏和唐氏惹出來的。

錢老頭思考一宿，第二天便召錢大貴與錢二貴過來，說是有事商議。

他不敢提起錢滿江與錢亦錦。錢滿江已經親口說錢亦錦是錢家血脈，況且，即使錢亦錦不是，只要錢滿江活著，三房就會有自己的孩子。於是，把高管事那天威脅他的話說了。

錢老頭好面子，那天高管事來找他，不好意思跟兒子說人家是來威脅他的，還腆著臉說人家找他閒話家常，如今，顧不得面子，把真相全說了。

他的大意是，三房發達起來，其實靠的是兩個孩子，小兄妹倆不僅跟京城官家、省城官家的關係好，跟縣太爺和縣丞的交情也非比尋常，即使是高管事跟錢家交好，也是看在他們的面上。

若之前錢三貴真被氣死，三房定會到縣衙控告他們謀財害命。到時，別說謀得三房的產業，他與老大夫婦、老二夫婦，加上傳瞎話的錢滿蝶，全會被抓進牢裡，砍頭抵命都說不定。

威脅完，錢老頭又強調兄弟齊心，其利斷金，手足間應該團結友愛，相互扶持，而不是去妄想彼此的東西，這樣日子才能越過越好，而且絕不能聽婦人的挑唆。

農民最怕的就是官，他們想想，也是一陣後怕。不說那些官老爺，高管事伸伸手指頭，便能把錢家整得翻不了身。

為了以示懲戒，錢老頭把差點氣死錢三貴及在村裡散播謠言的唐氏趕回娘家，罰她思過三個月，若再糊塗惹事，直接讓錢二貴休了她。

汪氏則禁足兩個月。雖然源頭在她，但她的確沒讓錢老頭和唐氏去鬧。

對於唐氏和汪氏的懲罰，男人們都沒有幫著求情。

他們或許有占便宜的心思，卻還沒狠心到想要錢三貴死的地步。

如今老兄弟點心鋪的生意一落千丈，村人對他們兩家也議論紛紛，說他們不顧兄弟情分，為占人家產業，竟要氣死老的、攆走小的。內外交困弄得他們焦頭爛額，懲罰汪氏與唐氏，不只給三房交代，也能讓外人少說嘴，更能讓她們得到教訓。

錢老頭處置完便去了歸園，得意地宣布他的決定。

錢亦繡腹誹不已。這老爺子真是探照燈，只照別人不照自己。也不想想，如果他沒有某些心思，人家想利用，也利用不了。還有，汪氏本應跟唐氏得到一樣的懲罰，丟人丟到家，可是卻輕輕放過她了。

自此，錢老頭幾乎天天厚著臉皮與錢老太來歸園吃飯，似乎之前沒發生過他招人把錢三貴氣病兩次的事，偶爾還會把錢亦多和其他孫子帶來。

錢老頭精得很，想利用幾個孩子來慢慢軟化三房的心。三房再生其他兩房的氣，但孩子是無辜的，何況這些孩子實在討人喜歡。

錢亦多大些，曉得自家奶奶把人家得罪狠了，同時也受她娘的囑咐，要跟錢亦繡修好關係，何況她是真心喜歡跟錢亦繡玩，生怕錢亦繡不理她，每次來，都眼巴巴地說：「繡妹妹，多多是真心跟妳好的，妳別趕我們走。」

她的弟弟錢亦進聽見，就會癟著小嘴說：「不走、不走，進娃喜歡吃三爺爺家的肉。」

至於錢亦得，像他爹錢滿河，是個小人精。他一來，就爬上錢三貴的羅漢床，一邊幫他捶背、一邊糯糯地說：「三爺爺，得娃給您捶背，得娃記著三爺爺的好。」

儘管知道這些話是他爹娘教的，但錢三貴還是很高興，更想再要個嫡親的孫子了。

第九十二章

日子滑進六月，程月的心情稍稍平復，不再那麼傷心和失落，除了繼續眺望，還會做做針線活。

樹上的金蜜桃陸續泛紅、透金，這就是熟透了。桃子不多，不賣，除了自家吃，只送了幾顆給萬家、弘濟及張家與崔掌櫃家，還給老倆口各嚐一顆，為怕生事，故意說是來自佛寺的供果。不敢送高管事，怕宋治先吃了桃子還不夠，再來把這幾棵桃樹挖了。

還有一件大事，程月的月事延期了。她平時的月事很準，是每個月的五日或六日來，錢亦繡跟她住在一起後，便知道了這個規律，可是這個月直到月中旬，她的月事都沒來。

錢亦繡不敢確定程月懷孕了，激動、傷心都可能造成月事延後。

錢曉雨也發現這個秘密。她聽她娘說過，成親的婦人若月事延後，便有可能懷孕。她擔心不已。大爺回家並沒有過明路，若娘子真懷孕，該如何是好？

六月二十日，離該來月事的日子已經過了半個月，錢曉雨實在忍不住，晚上去找吳氏悄悄說了這事。

吳氏聽了，憂喜參半，趕緊告訴錢三貴。

「要是月兒有孕那怎麼辦？滿江是偷偷回來的，人家會不會說月兒……」

錢三貴卻是大喜過望。「爹娘看到滿江，就算是過了明路。大不了，等兒媳婦顯懷時不要讓她出門。若孩子生下後，滿江還沒恢復身分，咱們就說孩子是收養的，等滿江光明正大地回來再解釋清楚也不遲。」又哈哈笑。「兒媳婦真是個有福能生養的，才幾天工夫，又懷上了，等爹過來，我們定要好好喝幾杯。」

吳氏聞言，也跟著笑。「瞧你樂的，是不是，還不一定呢。」

但夫妻倆心裡高興極了，都希望程月真是懷孕才好。

第二天，三房一家人聚在一起吃早飯。

現在，吳氏看程月的眼神不一樣了，不住囑咐她要小心，別摔著，還親自剝蛋給她吃。

程月愣了愣。進門這麼多年，婆婆還是第一次把雞蛋剝好遞給她，說了聲謝謝，便優雅地吃起來。

吳氏眼睛眨都不眨地看程月，見她吃得香，沒有一點想吐的樣子，眼裡的失望掩飾不住。

錢亦繡總算看明白，定是錢曉雨跟吳氏講了，吳氏便試探程月。

這日中午，錢老頭和錢老太也在歸園吃飯。

桌上有條清蒸魚，吳氏先給公婆各挾兩塊，又挾給程月。

程月剛把魚吃進嘴裡，忽然一陣反胃，趕緊摀著嘴跑出門嘔吐，錢曉雨也追上去。

吳氏抿著嘴笑起來。錢老太看看程月的背影，又看看吳氏，也猜著了，一陣哈哈大笑。

「滿江媳婦會不會又有了？」

吳氏道：「還不敢肯定。她這種情況，也不敢讓大夫來診脈。」低聲把程月月事推遲的事情說了。

錢老太聞言，老臉笑成包子。「這還有什麼不肯定的？定是懷上了。」

錢亦錦聽說程月懷孕，也極高興。「讓我娘再生對龍鳳胎，這樣我就有一個弟弟、兩個妹妹了。」

錢老太搖頭。「最好生一對男娃。要那麼多丫頭片子做什麼？一個都嫌多。」

本來錢亦繡還挺高興，聽錢老太的歪嘴一說，氣得又噘起唇，同時為程月擔心。壓力大啊。

不僅錢老頭兩口子期待程月一舉得男，錢三貴和吳氏也希望她能生個男孩，徹底絕了那些人的想法。

所以，儘管沒有大夫診治，一家人還是堅定地認為程月懷孕了。

程月再次回到桌前後，錢老太和吳氏便鄭重地囑咐她一番。

程月弄懂自己再次懷孕，心情立刻好起來，眼裡的陰霾也隨之飄散得無影無蹤，笑得眉眼彎彎。「月兒又有孩子了，月兒能幹。」

錢老太聽見，難得地附和一句。「滿江媳婦是挺能幹，我孫子剛回來三天，就懷上了。」又瞄程月的肚子幾眼，話鋒一轉。「不過，是不是真能幹，得看生下的孩子帶不帶把？」

但程月正樂著，完全沒理會她的話，只顧沈浸在再度當娘的喜悅裡。

錢老太見狀，氣又上來，想說她幾句，但看錢三貴與錢亦錦笑得高興，便忍下了。

此後，吳氏每天換著花樣，做好吃食給程月。

讓錢老太和吳氏欣喜的是，這回程月喜歡吃酸，不管什麼菜，都要多放醋才肯動筷子。家裡剩下那十幾顆金蜜桃全歸了她，吳氏還到處買水果給她吃。

錢亦繡想著，若程月的肚子顯懷了，家裡人定不敢讓她在外面走動，得趁這兩個月還看不出異樣時，多帶她在外面轉轉。

之前程月懷小亦繡，由於她本身年紀小，再加上家裡吃得不好，所以小亦繡出生後，又小、又不健康。這次，定要讓程月把身體調養好，再保持愉悅心情，好生下健康寶寶。

現在，錢亦錦一放學，就會把程月牽到秀湖邊散步，若累了，就到他的臨風苑去歇歇。

此時，正是金蓮競相綻放、爭奇鬥豔的時節，老遠就能聞到芬芳馥郁的蓮香，漫步在秀湖的小木橋上，醉人香氣讓人捨不得離去。

程月也喜歡在秀湖邊散步，連早上都去，算著女兒下課的時辰，領著猴妹在望江樓門口等她，然後娘兒倆手牽手去和熙園，猴妹乖巧地跟在她們後面。

猴妹非常懂事，錢亦繡囑咐過牠，程月肚子裡裝著弟弟，不能像以往那樣跟她玩鬧，更不能不知輕重地衝撞她。猴妹怕自己忍不住撲上去，乾脆隨時與程月相隔半尺，這點讓家裡人驚奇不已，說牠比猴哥更精。

錢亦繡心裡還裝著一件事，就是說好要來歸園玩的梁則重和潘駙馬沒有來，既然這時沒出現，或許今年就不會來了。太后的七十歲生辰是八月，身有爵位的兩人那時必須待在京城，而九月後，歸園的風景遠沒有春夏好看。

錢亦繡在心裡不斷祈禱，最好今年別來，他們一來，小娘親就不能再來這裡散步。

因為程月懷孕，錢老頭兩口子也不敢再帶幾個孫子來，怕他們看出端倪，回去亂說，到時可麻煩了。

進入七月，程月應該懷孕兩個月了，雖然還沒有出懷，卻豐腴不少，孕味十足。她的變化讓一家人欣喜不已，但還是有些不放心，想讓大夫幫她摸摸脈。

結果，回娘家吃飯的錢滿霞出了個主意。距花溪村十五里外的三仙鎮有位杜醫婆，不光擅長接生，還會治許多婦人病，更玄的是，婦人懷孕七個月後，她摸脈就知道懷的是男娃還是女娃？

她的想法是，先讓萬大中把杜醫婆接到萬家，說是給她摸脈，到時帶程月去萬家玩，請杜醫婆順道摸摸。

錢三貴等人聽了，都覺得這方法可行，便決定這麼辦。

七月九日，蘇四武趕著牛車，載錢三貴、吳氏、程月、錢亦繡去了萬家。

本來程月不想出門，但聽說是為了給她診脈，看看肚裡的孩子長得好不好，況且是到錢滿霞家，才答應了。

怕路上顛簸傷著程月，車裡不僅墊了厚墊子，牛車也走得極慢。

萬家在大榕村西邊，一刻鐘便到了。

萬家是座大四合院，格局有些像錢家大院，不過新了些。

萬二牛住上房，萬大中和錢滿霞兩口子住東廂，年初剛成親的陪嫁下人蘇二武和蔡小花住倒座。

萬大中已經去接杜醫婆，錢三貴直接被萬二牛請去上房；吳氏、程月和錢亦繡讓錢滿霞招呼，到西廂的客房坐。

程月一到陌生環境就有些害怕，錢亦繡一直牽著她，吳氏和錢滿霞也不時安慰她兩句。

錢滿霞指著靠裡那張床和椅子道：「我知道嫂子好潔，靠枕與床單都是新的。」

程月感激地說：「謝謝小姑。」

錢滿霞已經懷孕九個多月，肚子很大，但走路仍是風風火火，勤快得似乎一刻也停不下來。

在萬二牛眼裡，這個兒媳婦什麼都好，就是太勤快、太愛乾淨了。她一嫁進來，家裡立刻變得乾淨整齊。

他喜歡這種變化。不過，許多事情，兒媳婦喜歡自己動手，有了身子也不注意。

上房廳裡，萬二牛便向錢三貴嘮叨。「……眼看要生產了，為讓兒媳多休息休息，前陣子又買了個婆子。可是，兒媳婦完全沒少做事，反倒是下人們又清閒好些。」

錢三貴知道萬二牛是心疼自己閨女，大笑道：「萬親家莫擔心，鄉下婦人都是這樣的，有些人快臨盆了還下地做活呢。無妨，多做些事，生產時還容易些。」

萬二牛還想說，看看他家兒媳婦程氏尚未出懷，走路便小心翼翼，還時不時用手護著肚子，卻忽然住了嘴。

認識錢家這麼多年，他今天是第一次看見程月，剛才見面的剎那，就覺得有種熟悉的感覺，現在他突然想起她像誰了。再想想珍月郡主遇難的時日，對上他之前打聽到錢家買兒媳的日子，心裡起了驚濤駭浪，連拿茶碗的手都有些發抖。

他一直待在寧王身邊當貼身護衛，後來寧王搬出皇宮開府，便升為衛隊的副隊長，皇家有宴會，他都跟著寧王去參加，見過潘駙馬多次，還遠遠瞧見珍月郡主兩次。雖然過了這麼多年，程氏長成少婦，但五官和氣韻仍有八成像；再加上一個遇難失蹤、一個出現，相差僅僅一個多月，又在相距不遠的地方……

他現在完全可以肯定，珍月郡主沒被山洪沖進山裡被野物吃掉，而是不知發生何事，竟然奇蹟般地活下來，不過磕壞了腦子失憶，才被錢家買來當媳婦。

老天，金尊玉貴的皇家血脈，竟會淪落至此……

萬二牛越想越覺得事情重大，得馬上向寧王稟報；還有，在寧王重獲自由前，千萬不能讓人發現珍月郡主還活著，否則，小主子更容易暴露。

午時初，萬大中把杜醫婆接過來。杜醫婆年約五十多歲，瘦瘦高高，穿著墨綠色細布褙子、月白色馬面裙，用一根銀簪把頭髮束在頭頂，耳朵上戴兩個小銀耳釘。整潔、清爽，一副婦科聖手的模樣。

錢亦繡對她第一眼的印象非常好。

杜醫婆被萬大中直接帶進西廂大廳，吳氏和程月仍待在旁邊的客房，只有錢滿霞和錢亦繡進廳裡。

杜醫婆給錢滿霞把脈，又摸了摸肚子，點點頭。「萬家娘子的身體非常好，肚裡的娃兒長得也不錯。」

錢滿霞笑著問：「杜醫婆，都說妳能把脈摸出男女，妳瞧我肚裡懷的是男娃還是女娃？」

杜醫婆笑道：「小娘子別聽那些傳言，老婆子沒那麼厲害。娃兒沒見天，我就能看出男女，豈不成了神仙？」

錢滿霞早就聽聞，杜醫婆摸出是男孩才會說，若是女孩，便不會開口。聽了她的話，失望不已。

萬大中在一旁笑道：「不管男娃女娃，都是咱們的孩子，我都喜歡。若是男娃，咱們下回生個女娃；若是女娃，下回便生男娃。」

杜醫婆看看萬大中，對錢滿霞說：「萬家娘子是個有福的，找了體貼的好相公。」

錢滿霞也不失望了，眼裡掩飾不住幸福的笑意。「我家有個遠親，今天正好從鄰縣來玩，她也懷了孕，請杜醫婆幫著把把脈。」

然後兩人把杜醫婆領去北屋，錢亦繡也跟進去。

程月已經躺在床上，羅帳也放下來。吳氏坐在床邊，見杜醫婆進來，趕緊起身，把凳子讓給她。

杜醫婆給程月診了脈，道：「肚裡的娃兒只有兩個月，時日尚淺，注意別磕著、碰著。大人的身子骨有些弱，要多吃補血補氣的吃食，多動動……」

吳氏忙問：「那需不需要吃些補藥？比如說人參、燕窩什麼的。」

杜醫婆搖頭。「她是懷孕，藥補不如食補，可以多吃些瘦肉、豬肝，如果家裡有閒錢，也能吃些燕窩。人參就不必了，容易導致氣盛陰虛……」

知道程月身子沒有大礙，三房幾人便放了心。

萬大中付了二百文診費，又賞一兩銀子給杜醫婆，才用馬車把她送走。

中午，萬二牛和錢三貴在上房喝酒，錢滿霞領著吳氏、程月、錢亦繡在西廂吃飯。這是嫂子第一次上她家作客，平時爹娘與姪女也少來，錢滿霞特別高興，昨天就開始準備，桌上擺的全是他們喜歡的食物，還不停幫程月和錢亦繡挾菜，囑咐她們要吃好吃飽。

看著錢滿霞幸福紅潤的小臉和當家作主的派頭，錢亦繡覺得萬大中是不可多得的好男人，是真心對錢滿霞好。

再看錢滿蝶，原本汪氏得意女兒嫁去縣城當少奶奶，自豪女婿比泥腿子萬大中強了好幾倍。

但是，有目的的婚姻總是脆弱的，只要利益一斷，感情便要受影響。哪怕錢滿蝶的夫婿是真心疼愛她，但來自父母和家庭的壓力仍會影響小倆口。

雖然萬大中從獵人轉行當泥腿子，但家境殷實，人口簡單，錢滿霞嫁進來就當家作主，這些好處，可不是從商的于家能比的。

飯後，一家人高高興興地上牛車回家。

車上，錢三貴聽說要給程月吃燕窩，遂道：「兒子買給我的燕窩還沒動，給兒媳吧。」

程月搖頭。「江哥哥孝敬公爹的，公爹自己吃，月兒不能吃。」

錢亦繡笑著說：「爺爺，咱們家現在不缺錢，爹爹孝敬您的，您就吃吧。明天我讓人去縣城買半斤給娘吃。」

一家人邊說邊笑，心情好得不得了。

第九十三章

牛車走到花溪村時，碰到錢亦多領著錢亦進和幾個孩子在路邊的樹下玩。

由於點心鋪的生意不好，作坊裡解雇兩個人，許氏每天都要跟著錢滿川去縣城幹活。小楊氏因為她的孩子太小，唐氏又不在家，必須留在家裡看孩子和做家務，所以，照顧錢亦進的差事，就落在錢亦多身上。

錢亦進眼尖，見是蘇四武趕牛車，便知錢三貴坐在車裡，迎面衝過來，叫道：「進娃要坐車！」

蘇四武嚇得趕緊停住牛車，錢亦多也尖叫著跑過去，拍他屁股一巴掌，罵道：「亂跑什麼！要是被車撞了，可怎麼辦？」

挨了打的錢亦進大哭起來，錢亦繡只得跳下車讓程月等人先行，過會兒她再走回家。

錢亦繡過去，把錢亦進抱到旁邊，從荷包裡掏出幾塊糖給他才把他哄住。其他幾個孩子也跟著跑過來，便又各給一塊糖。

錢亦繡正跟錢亦多和錢亦進說話，汪氏來了。

汪氏對錢亦繡笑道：「繡兒回去，幫大奶奶給妳爺爺賠個不是。之前大奶奶是豬油蒙了心，大奶奶一家始終記著妳爺爺對我家的好。我們幾次去歸園看妳爺爺，蔡管家都說他身子不好，不見人，以後等他身子好些了，大爺爺和大奶奶再上門賠禮。」

錢亦繡點點頭，便準備回歸園，錢亦多領著錢亦進把她送到村西頭。

她看見錢亦多眼裡期盼的目光，但依然沒請他們姊弟去歸園玩。

晚上吃飯時，錢亦繡跟錢三貴說了汪氏的話。

吳氏聽了，冷哼一聲。「那婆娘一貫如此。拿捏得住人家時，什麼東西都要搜刮過去；拿捏不住，又會腆著臉湊上來討好。」

接著，她又道：「今天聽霞兒說，前幾天蝶兒大著肚子還去了趟萬家，說是她在婆家的日子不好過，公婆時常對她擺臉色，說家裡的生意因為她們母女受了大影響。蝶兒哭著說她不是故意的，沒想到因為她的一句話，弄出這麼多事端來。」

錢三貴嘆道：「蝶兒是個好孩子，我相信那句話是她無意中傳過去的。她得到這麼大的教訓，以後知道什麼話該說、什麼話不該說。大嫂的心思不好，也教訓過了。我看過幾天跟蔡和說，錦繡行跟于家恢復之前的生意關係。蝶兒快生孩子了，別讓她太傷神。」

吳氏道：「當家的說得對。幫蝶兒，我沒意見，但不能這麼輕易放過汪氏和唐氏。想起她們想氣死你、趕走錦娃的事，我的胸口還痛得緊。心腸太歹毒了！」

錢三貴沈思一會兒。「她們的事情，再等等。但家和萬事興，只要她們知錯，看在爹娘和哥哥們的分上，咱們跟大房、二房的親戚情分，還是不能斷。」

錢亦錦卻想到另一件大事，鄭重地說：「爺爺、奶奶，如果將來有人家看上的不是妹妹，而是咱們家的家勢或錢財，我是不會讓妹妹嫁過去的，哪怕他家再有錢，有再好的前程也不行。」

程月聽懂了錢亦錦的話，也贊同道：「錦娃說得對。繡兒的公婆還要像月兒的公婆一樣好，才能讓她嫁過去。」

這馬屁把錢三貴和吳氏拍得神清氣爽，呵呵笑了起來。

錢亦繡聽了，咂嘴道：「娘，您的要求可真高。像爺爺和奶奶這樣的好公婆，古今中外，天上地下，除了娘有本事找得到，誰都沒本事找到。如果按這個要求，繡兒是不可能嫁出去的。」

結果，程月只聽進話的前半截，認為女兒是在誇獎她，高興得臉色緋紅，笑得眉眼彎彎。「是啊，娘有本事，才找到這麼好的公婆。」說完，還討好地看錢三貴和吳氏。

錢亦錦卻只聽了後半句話，咧著大嘴樂道：「那妹妹不要嫁人，哥哥養妳一輩子。」

錢三貴和吳氏聽了，大笑不已。

錢三貴笑完了，才道：「這話只能在家裡說說，不能出去講，被外人聽到，該說咱們錢家的女兒不賢慧了。孝敬公婆，是兒媳婦的本分。」又道：「不過，繡兒將來找婆家，的確要看看公婆好不好相處？如果不好相處，或另有企圖，就如錦娃說的，家世再好都不要，爺爺捨不得繡兒嫁進那樣的人家。」

程月聽兒，嘟起嘴。「月兒也捨不得。」

錢亦錦堅定地說：「哥哥更捨不得。」

吳氏嘆道：「再捨不得，繡兒長大了，還是要嫁人。咱們只得把眼睛睜大些，找戶好人家。」

錢亦繡笑道：「怎麼都說我嫁人的事呢？哥哥比我大，該說說哥哥要娶個什麼樣的媳婦吧。」

吳氏道：「錦娃要找什麼樣的媳婦，滿江沒回來時，我和當家的已經想好，要賢慧、脾氣好、孝順婆婆。那時，萬一我們先去了，錦娃媳婦脾氣不好，給月兒氣受，可怎麼辦？現在好了，滿江還活著，就不用操這些心。」

程月聽得出好話，聞言便紅起眼圈。「月兒知道婆婆和公爹對月兒好。」

錢亦錦豪氣地說：「她敢給我娘氣受，我就休了她。還有，我媳婦不僅要脾氣好，還要長得跟我娘一樣好看。」

錢亦繡聽了，又笑道：「像咱們娘親這麼好看的人，除了爹爹有本事找到，別人都沒本事。所以，按哥哥這個標準，也找不著。」

這頓飯，一家人吃得笑聲不斷，連猴妹都跟著不住咧嘴笑著。

飯後，小兄妹陪著程月去和熙園散步，三人後面跟著猴妹和跳跳。

幾人沈默地走了一陣，錢亦錦突然道：「妹妹，哥哥想起來了，不只爹爹有本事能找到娘親這麼好看的妻子，將來妹妹會跟娘親一樣好看，那妹妹的相公豈不是也跟爹爹一樣有本事？」

熊孩子竟然還在糾結那件事?!都怪她誤導了他。

錢亦繡安慰他。「哥哥放心，肯定有跟娘親一樣好看的人。等你以後長大，見的人多了，就能遇到。」

錢亦錦搖頭。「不會的。至少在哥哥心裡，不會再有比娘和妹妹更好看的人。」

錢亦繡道：「那是哥哥只瞧見花溪村的人。書中自有顏如玉，等哥哥考上進士，就能看到許多如玉的美女了。」

錢亦錦搖搖頭，並不相信。

錢亦繡取笑他。「哥哥，你還這麼小，該不會就想娶媳婦了吧？」

程月也抿嘴笑起來。「錦娃，羞羞。」

錢亦錦紅了臉，翹高嘴巴。「哪有，咱們不是剛好說到這個嘛。」又擺擺手。「好了好了，不說這些。娶媳婦、嫁妹妹，還早得很呢。」

幾人正說著，猴妹突然向後門瘋跑過去，跳跳也緊緊跟上。

只見後院牆上突然跳上一隻猴子，牠跳下來把後門門閂拔開，接著大山、白狼、奔奔依次衝進來，白狼嘴裡還叼著死野獸。等牠們全進來，猴子把門閂插上，才向猴妹迎去。

那猴子不是猴哥又是誰？牠高興地抱起猴妹，同大山一家朝錢亦繡跑來。

錢亦繡看看猴哥開門和關門的舉動，覺得牠比之前更精了。

夜裡，先是雷鳴電閃，接著便下起傾盆大雨。

想著住在樓下的猴哥和臨風苑裡的大山一家，錢亦繡心裡極安穩。要是牠們沒回來，家裡人會擔心得睡不著覺。

程月也被大雨聲吵醒，輕聲道：「這麼大的雨，不知江哥哥是在外面還是在屋裡？」

錢亦繡安慰她。「爹爹離咱們千里之遙，這兒下雨，他們那裡不見得下呀，娘莫擔心。」

程月嘆口氣，幽幽地說：「不管在哪裡，都會下大雨，娘特別怕大雨天。現在妳爹爹出外奔波，萬一他正在山上，怎麼辦？」

說著，程月眼前突然出現一幕駭人的情景，洶湧大水突然從山上洶湧而下，瞬間把半山腰的馬車沖下懸崖，少女被嬤嬤抱著，從車裡摔出去……眼前是大水，接著大水成了血水……

程月的眼睛睜得老大，猛地坐起身，哭道：「怕……月兒怕……嬤嬤、嬤嬤……」

錢亦繡見狀趕緊起身，跪著抱住程月顫抖不已的身子，輕輕拍撫。「娘莫怕，繡兒陪著您呢。爹爹也無事，他待在軍營裡，下雨也不怕……」

她哄了一陣，程月的身子終於慢慢軟下來，躺下睡了。

錢亦繡跟著睡去，迷迷糊糊間，聽見外面有人吵鬧。

是黃鐵領著下人和長工們起來，冒雨去除秀湖及荷風塘的積水，又有人去蒙溪村領著佃農疏通田間。

藕本身不怕水，但湖裡和藕塘有魚，若水漫出來，會把魚沖走。同時，水面不宜高過蓮葉，若長久如此，藕便容易爛死。

這場大雨一下多日，造成不小災情。因歸園的下人、長工多，疏通及時，平日又整理得好，災情最小；而萬家因壯勞力多，損失也不大。

但那些人少地多，或懶惰些的人家，受災就嚴重了。

錢家二房地多、藕塘多，卻只有一個長工，平時錢滿河忙縣城的鋪子，家裡只有錢二貴領著長工做活。

大雨當夜，錢滿河帶著長工去疏通藕塘，結果不小心摔傷了。他動不了，錢二貴和長工顯然忙不過來，但此時花錢都請不到人。

錢二貴見狀，讓小楊氏去綠柳村請錢滿朵一家來幫忙，想著他家沒有地，女婿是壯丁，大外孫李阿財已經十二歲，能當半個壯丁用；女兒李阿草來做做家事，就可以讓小楊氏出門，去塘裡幫忙。

結果，錢滿朵兩口子都說自己病了，不來。

錢二貴氣得直跺腳，大罵不已。「什麼病了？我看是懶病！沒良心的王八犢子……」

錢滿河躺在床上，氣道：「那家人是什麼德行，爹還不知道？但凡能勤快一點，日子也不會過成那樣。」

於是，只有長工疏通藕塘，錢二貴下田去忙。

那麼大的兩個藕塘，光一個長工忙，塘裡的水很快就漫出來，許多魚跟著被沖走。村裡的孩子們聽說，都跑去搶魚。

錢二貴年紀大了，冒雨忙碌兩天，就病倒了。

錢老頭聽說後，氣得在家裡大罵。他想去幫二房，被錢大貴攔住了。

錢大貴說：「今年就算他家遭了災，也不會過不下去。二弟平日沒個打算，什麼事都聽唐氏的，早讓他多請兩個長工，也能輕省些。可唐氏心疼錢，他就不請，天天累個賊死。現在連他平時供著的女兒女婿都不去幫忙，爹去幹什麼？您這麼大年紀，摔著可不得了。」

錢老頭想想，的確該讓老二吃吃虧、長記性，便沒過去。

十天後，大雨終於停了，唐氏拄著枴杖，偷偷跑回家看看，卻聽說家裡損失嚴重，藕塘裡的魚被沖走大半，田地裡的莊稼也損失慘重，而且兒子摔傷了，男人累病了。

唐氏氣得大哭，邊哭邊罵。「三房就是一群白眼狼！前些年當家的和滿河幫他們幹了那麼多活計，現在咱們家的人不夠使，他家那麼多人，卻不來幫一把。還有大房，他家人多、長工多，怎麼也不來幫幫忙？」

錢滿河氣道：「娘把人得罪死了，還怪三房不幫您。人家過去幫咱們那麼多，娘不懂不記情，還起了不好的心思，事情做得那麼絕，人家憑什麼要來幫？再說了，姊姊兩口子成日來家裡吃白食，他們都不來幫忙，憑什麼要大房來？

「我決定了，家裡不是善堂，我媳婦伺候爹娘，沒理由再伺候嫁人的姊姊。還有，家裡多請兩個長工，爹年紀大了，不能再讓他那麼辛苦。」

唐氏尖叫。「什麼？家裡受了災還要請長工？不行，我不答應！」

此時，錢老頭正好領著錢老太來二房探視，聽見了他們母子的對話。

錢老頭衝唐氏狠狠啐了一口，大罵一頓，說她好吃懶做又糊塗，不心疼男人兒子，還壞心眼地想氣死錢三貴。然後逼她交出管家權，把二房的錢全拿出來給小楊氏，以後這個家由錢滿河當，錢歸小楊氏管。並威脅她，若是不交，便讓錢二貴休掉她；交了，就可以回家。

唐氏不想交權，但更不想再回娘家。因為她小器，回娘家也捨不得交一文錢伙食費給嫂子，她嫂子天天摔碗拍桌子地對她使臉色，話說得十分不好聽。

衡量利害後，唐氏答應交權，但僅掏出六兩銀子，說家裡只有這麼多。

錢老太坐在一旁，見錢滿河偷偷給她使眼色，便起身進房，從唐氏的櫃子裡找出一百多兩銀子，全交給小楊氏。

唐氏看銀子都被搜出來，大哭不已，像挖了她的心肝一樣難受。

錢老太見狀，敲她一棍，罵道：「壞心腸的婆娘！有這麼些銀子，卻捨不得出幾文錢請長工，寧可把自己男人累病，害兒子摔傷。」說著，又舉起枴杖，連打唐氏幾棍。

錢老頭看著白花花的銀子，咬牙道：「前幾年，妳家別說有這麼多銀子，連五兩的存銀都不會有。這些錢是你們跟著三貴掙來的，壞良心的婆娘不知記情，竟想把我三兒氣死。」又對面紅耳赤的錢二貴說：「你是男人，管好這惹是生非的婆娘！要是她再鬧事，就直接休了！」

一晃進入八月，秀湖和荷風塘又開始出藕及活魚。蘇三武領著幾個長工下塘忙碌，用牛車運送，和熙園裡又熱鬧起來。

錢老頭來找錢三貴說情，讓錦繡行像往年一樣，幫著大房、二房賣藕。

錢三貴早就想好對策，道：「錦繡行是做生意的鋪子，只要賺錢，誰的生意都會做。往年，錦繡行純粹是幫忙，沒收他們一文，夥計們多幹的活計，都是我付的工錢。今年若他們不好找買家，可以跟錦繡行合作，但要收錢。」

錢老頭聽了，回去跟大房、二房商量，最後決定，即使出錢，也要讓錦繡行幫著賣，算來算去，總比賣給別的商鋪划算得多。

此時，程月的肚子已經出懷，家裡人便不敢再讓她出望江樓。

為了讓她多走動好利於生產，每天錢亦繡都數著，上午、下午、晚上讓程月從東屋轉到西屋，因為距離太短，每次最少要走兩百圈以上。

想想程月還真是可憐，原來不敢出小院子，現在連屋都不敢出。怕她寂寞難挨，錢亦繡除了上課外，其他工夫都陪著她，錢亦錦一放學也來這裡，陪程月聊天，給她講笑話。而且，早中晚三頓飯，小兄妹都在望江樓陪程月吃。

有小兄妹的陪伴，還有逗趣的猴妹，程月的日子倒也不難挨了。

第九十四章

七月十三晚上，蘇二武急急忙忙來歸園，說錢滿霞發動了，吳氏嚇得趕緊帶著何氏去了萬家。

直到第二天傍晚，蘇二武才來送信，說他家少奶奶生了位姊兒，母女平安，讓擔心不已的錢家人笑逐顏開。

錢亦繡想馬上去看錢滿霞和小表妹，錢三貴不許，說天晚了，萬家人也忙，等明天再去。

吳氏天黑後才回來，知道程月母子三人肯定掛念錢滿霞，還特地去了望江樓。

她說，孩子有六斤半，長得白淨，不像萬大中那麼黑。萬家父子極喜歡孩子，並沒有因為是女兒就有所怠慢。萬二牛還給孫女取好名字，叫萬芳。

最後，吳氏遺憾道：「女婿是獨子，年紀又這麼大，若霞兒頭胎生個帶把的男娃，就好了。」

錢亦繡道：「先生女，後生男，小姑姑定能湊成好字。」

吳氏點頭。「但願如此。」

程月摸著肚子，擔心道：「不知月兒這胎帶不帶把？月兒雖然喜歡女娃，但月兒知道公爹和婆婆還想要個帶把的男娃。家裡再多個男娃，爺爺和唐氏就不敢來罵人了。」

有時候，小娘親還滿聰明的。

錢亦繡寬慰道：「娘親莫擔心，只要爹爹還活著，繡兒就會有一大堆弟弟妹妹。」

程月笑了。「是哪。江哥哥和月兒一打架，就會……」

錢亦繡聞言，趕緊截住她的話，讓吳氏看看他們母子給小姑姑和小表妹準備的禮物，第二天要送去萬家。

第二天中午，錢亦錦與錢亦繡吃完飯，就帶揹著禮物的錢曉雷和白珠往大榕村走去。

到了萬家，不僅一早就趕去的吳氏在，連汪氏、小楊氏都在。昨天汪氏正式解禁，能出門了，她放下身段，正跟下人們一起把雞蛋染成紅色。

錢亦繡是女娃，與眾人招呼後，直接去了錢滿霞屋裡。

錢亦錦是男娃，不能進去，急得在東廂廳屋裡大叫。「快把表妹抱出來讓我瞧瞧！」

小奶娃睡著了，閉著眼睛，還不時抿嘴唇，可愛極了。雖然皺巴巴、紅彤彤的，但錢亦繡看得出來，長得像錢家人多些。

萬大中樂得不知道說什麼好，不時看著孩子，呵呵地傻笑。

聽到錢亦錦大叫，吳氏只得進房，把小奶娃抱出來讓他瞧。

錢亦錦看見小表妹，開心得不得了，小兄妹足足樂了一天。

隔天，是萬家幫孫女辦洗三的日子。除了程月，錢家三房所有主子一早就坐牛車過去。

另一邊的錢家大院裡，錢亦多有個重要任務，就是站在院門前，看歸園的牛車。

牛車一經過，她便大著嗓門告訴錢老頭。

然後，錢老頭和錢老太領著大房、二房所有人隨後趕去萬家，唐氏除外。他們不敢把唐氏帶去，只要她一出現，三房的人肯定不會給他們任何面子，直接攆人。

錢家大房、二房都送了大禮，各送一對銀鐲子、八個兩錢的狀元及第銀錁子、兩套奶娃衣裳、兩隻雞、一百顆雞蛋。老倆口送的是小銀鎖和一對銀手鐲。

錢三貴正和萬二牛在上房廳裡說話，錢老頭就領著錢家男人進來了。

錢大貴和錢二貴是出事後第一次見錢三貴，都紅著一張老臉湊過去。錢老頭在中間緩頰，錢滿川和錢滿河也說盡好話，倒不至於冷場。

萬二牛看出錢老頭想借他家的地盤跟錢三貴求和，怕錢三貴心腸軟，人家一哄就好，一說到關鍵，便擠對錢家人幾句，把唐氏在村裡說的話、錢三貴兩次差點被氣死，還有錢家另幾房過去因為錢三貴得了多少實惠，全念叨出來。

錢老頭氣得臉紅筋脹，卻也無法。萬二牛身上有股說不出來的氣勢，雖然沒掛任何頭銜，但就是沒人敢惹他，包括已經死了的方閻王。

至於其他女眷們，一到萬家，就主動去廚房幫忙，連汪氏都幫著燒火。

令人沒想到的是，錢滿蝶也大著肚子，帶著男人和公婆來了。

這個月末至下個月初，錢滿蝶就要生產，這樣還被公婆弄過來，顯見于家人也急瘋了。

之前于家人去過歸園幾次，錢三貴都以身子不好為由沒見。雖然上個月底起，錦繡行跟于家恢復部分生意往來，但之前融洽的關係卻不復存在。

于家帶來極厚的禮，有赤金瓔珞圈、金鎖、金鐲子、四疋綢緞，以及一大包給錢滿霞的補品。

汪氏見狀，氣得在心裡使勁罵于家人，但出來見到錢滿蝶的婆婆，還是覺得矮人家不少，不僅滿臉堆笑地迎上去，還拉著她的手表示歡迎。

孰料，錢滿蝶的婆婆不動聲色地把手收回來，笑著去拉吳氏的手，兩人相攜著進了上房側屋，身分貴些的女客都在這屋裡小坐閒話。

汪氏暗惱，也只得拉著錢滿蝶，跟在她們的後面進去。

吳氏看見錢滿蝶面色憔悴，不時看著她，眼裡似有千言萬語，只得抽空把她帶去東廂，背著人安慰幾句。

錢滿蝶哭道：「三嬸，對不起。我知道三叔三嬸對我好，我有現在的好日子，都靠你們。當時我真是無意的，覺得那句話很有趣，才忍不住當笑話學給我娘聽，誰承想會弄出那麼多事來，還把三叔氣病。若三叔真因我多嘴而有個三長兩短，那我這輩子都不會安生。我替我娘給你們賠不是，她做得的確不妥當。」

吳氏勸道：「我和妳三叔都知道妳是好孩子，快別難過了。妳現在要好好養胎，努力生個大胖小子……」

這時，汪氏進來了，聽見吳氏的話，也哭道：「弟妹，都是我不好，怪不得蝶兒。是我一時糊塗做下蠢事，以後再不會了。」

吳氏沒理汪氏，拍拍錢滿蝶的肩，起身出去。
萬家的酒席非常豐盛，眾人吃飽喝足，還拿了回禮。
于家人也高興，今天總算見到錢三貴，還在一起敘話喝酒。雖然錢三貴的態度比以前疏離得多，但總算有了改善。

八月十五，是中秋佳節。
今天還是個重要日子，就是太后的七十歲壽誕，普天同慶。除了必須當值的衙門，所有官衙、學堂都放假，縣城、省城、京城都會辦燈會。
錢亦錦和錢亦繡也放假，余修要去縣城參加詩會，一早便出了門。
這個時空也有許多描寫中秋節的詩，特別是當朝，國泰民安，湧現大量詩人，創作無數首詩歌，歌頌佳節的作品更多。因此，一到清明節、中秋節、重陽節、元宵節，許多大酒樓便辦起詩會，吸引文人才子去鬥詩。
錢亦錦想跟余修去見識見識，可余修說他另有事情，便沒帶著他。
那天，小兄妹窩在望江樓陪程月說話，錢亦錦還搖頭晃腦吟誦了幾首當代大詩人作的中秋詩，自己也寫一首，算是助興。
晚上，錢三貴和吳氏來了，一家人要在這裡吃團圓飯。
下午，錢亦善來歸園，說錢老頭請他們一家去吃團圓飯，被錢三貴拒了。
飯前，蔡老頭來稟，錢華從京城回來了。

家裡許多事不會瞞錢華，再加上錢曉雨知曉錢滿江的事，便讓她去把錢華請來望江樓吃飯，讓他和蔡老頭陪著錢三貴喝酒，家裡人也能聽聽見聞。錢華在花溪村與京城來去，有時還帶著魏氏一起奔波，見識自然多些。

錢亦繡有種預感，總覺得近日朝中或許會有大事發生。以前，千里之外的朝廷不關她任何事，可現在不同，不知錢滿江這種小蝦米，會不會成為那些皇子皇孫、勛貴大臣的炮灰？

錢華說了在京城和路上的見聞。他是七月底回來的，那時京城裡已經非常熱鬧，進出的船隻與車輛擁擠不堪，不僅三品以上的官員和家屬趕至，許多外國使節也齊聚在此，都是來給太后祝壽。

今天是太后壽誕的正日子，路過縣城時，他看見城裡乾乾淨淨，到處紮著紅綾、掛著彩燈，各大城門貼告示，說乾文帝以孝道治國，為慶賀太后壽誕，大赦天下，除官吏受贓者不赦外，凡死罪者減為流放，流罪以下者，一律赦免。

蔡老頭也插嘴道：「下午聽從縣裡回來的黃鐵說，除兩個死囚外，縣衙牢房一大早就把犯人全放走了。」

錢華道：「京城傳言最多的就是寧王，他也獲得大赦。」

錢亦繡聽見寧王兩字，馬上提起精神來。

蔡老頭疑惑。「不是說寧王有殺害太子之嫌被流放了嗎？這種大罪也能赦免？」

錢三貴說：「我聽余先生提過，寧王是被陷害的，根本沒有證據證明他殺了太子，全是坊間謠傳。」

錢華也道：「是啊，京裡都在傳，聖上為上次輕率處置寧王而後悔，這次大赦，主要目的就是為了赦免寧王。」接著聲音低下來。「坊間傳言，如今朝中三皇子一黨獨大，等寧王恢復自由，這種局面就會打破。寧王雖被圈禁十年，但他在軍中的威望不容小覷。」

錢三貴沈吟。「若這樣，三皇子一黨肯定不希望寧王被赦免。」

錢華點頭。「可不是，據說他們鬧得厲害，不然皇上早解了寧王的禁。這次以孝道之名大赦天下，正是為了堵那些人的嘴。」

錢亦繡心道，根據馬面的說詞，三皇子最後肯定會失敗的。

好在錢滿江走前，她假借悲空大師的名義告訴他，寧王能當皇帝。錢滿江精明，如果他在三皇子陣營，定會想辦法脫身。不過，脫不脫得了，得看他本事了。

另一邊，大榕村的萬家上房裡，萬二牛、萬大中、余修正默默地喝著酒。雖然沒說話，但緊皺的眉頭、嚴肅的面孔，還有微微發抖的手，都說明了他們極度緊張的心情。

若一切順利，現在主子應該已經脫離苦海。

幾人一直沈默到月上中天，萬大中才打破沈默，低聲說：「爹，明天霍參將就會暗中派人保護小主子和岳丈一家，咱們真不需要做任何事？」

萬二牛搖頭。「小主子的身分沒暴露，咱們的身分也不能暴露。霍參將得的命令是怕葉家報復錢將軍，來保護錢將軍的家人，這是以防萬一的萬全之策。若事情辦得順利，葉家猖狂不了多久，根本沒工夫也沒精力來找錢家的晦氣。」

萬大中聞言，又喝了口酒，不贊同地說：「錢將軍前次回來得太輕率，那麼些年都等了，哪裡差這幾個月？為了他，主子費多少勁，也把他的家人置於險境。」

余修道：「是人就有短處，錢將軍的短處正是家人。跟錢家人相處這麼久，我能理解錢將軍聽了繡姊兒的說詞後，幾近喪失理智、急於返鄉的心情。錢家人不易，錢夫人過得更苦。或許錢將軍已經算到，葉家會在主子出來後倒臺，根本無暇顧及一個鄉下農家。

「為什麼主子被圈了十年，還有那麼多擁戴他、甘心為他效力的人？得人心者得天下！主子在這麼為難的情況下，還成全錢將軍的孝心和癡心，不僅讓錢將軍感恩於心，也讓咱們這些為主子賣命的人更加心甘情願臣服於他……」看萬氏父子一眼。「這也是因為小主子，主子是要報答錢家撫養、善待小主子的恩情。」

萬家父子聽了，的確是這個理，便沒再指責錢滿江，繼續喝起酒來。

千里之外的京城，正是「月色燈光滿帝都，香車寶輦隘通衢」的盛景。皇宮裡更是歌舞昇平，君臣同樂。

永樂宮中，晚宴後，皇家人正在欣賞歌舞，不僅有大乾的，還有國外舞姬的表演。皇家的子子孫孫都在這裡，其中包括寧王朱祥盛。

寧王的臉色有些泛青，但絕不是心脈俱毀的將死之人。他很健康，只是長久不見陽光，讓他的臉色不太好看。

三皇子朱祥平也在其中，雖然表面平靜，但心裡惱怒至極。他竟被朱祥盛騙了！

慈寧宮裡的葉貴妃聽說寧王夫妻來赴宴後，也氣瘋了，怕自己因惱怒而言行有失，在寧王妃出現後不久，便裝病昏厥，被送回永福宮。

歌舞結束，乾文帝率眾皇子與皇孫，和在座的三品以上大臣及外國使節，向慈寧宮方向行禮，祝太后千歲千歲千千歲，然後宮裡與京城四門開始放煙花，足足放了兩刻鐘，把京城照得亮如白晝。

此時，在這「花千樹」、「星如雨」、萬民同樂的表象下，卻暗潮洶湧，惱羞成怒的葉家正想盡辦法，打算盡快捉到錢滿江。

而寧王的屬下，一邊利用錢滿江牽制三皇子和葉家的耳目，一邊想盡辦法把寧王一案的關鍵證人帶進京城最安全的地方。

第九十五章

第二日，錢亦繡與錢亦錦去臨荷苑上課，書僮卻紅著臉說：「哥兒、姊兒先坐著等等，先生昨天睡晚了，現在還未醒。」

昨天余修喝得太多，夜深後才滿身酒氣地回來。

過了一會兒，書僮又來稟：「先生頭痛得厲害，不能上課，請哥兒和姊兒回去歇息一天。哥兒的功課是撰寫一篇『論君子修身』的文章，姊兒則是寫四篇大字。」

小兄妹回了望江樓，程月還在歇息。現在她都是巳時初才起床，兩人便沒有上樓，而是在樓下逗弄猴哥和猴妹。

巳時過了，程月下樓吃早飯。

早飯已經擺上桌，一碗燕窩粥、兩個小籠包子、一張蔥油餅、一個雞蛋。為幫程月養好身子，她的早餐是錢亦繡訂下的，每天變換花樣，還規定她必須吃完。

今天程月的表現一點都不好，吃得很少，還說：「娘吃不下。娘作了個夢，夢見你們爹爹在前面跑，後面有好些人拿刀追他……錦娃、繡兒，娘怕。」說完，眼圈就紅了。

錢亦繡也心緒不寧，聽了程月的話，心裡更如貓抓般難受，想了想，對錢亦錦道：「哥哥，咱們去大慈寺上香，求菩薩保佑爹爹平安，再請悲空大師給爹爹算算，萬一爹爹遇險，看有沒有法子破解？」

求了菩薩又求悲空大師，她也是沒法子了。

錢亦錦哪有不同意之理，忙點頭答應。

程月聽說是去求菩薩保佑她的江哥哥，沒鬧騰，痛快地放人，讓小兄妹前往大慈寺。

為討好悲空大師，錢亦錦與錢亦繡商量著，帶半車秀湖裡的蓮藕及一些新鮮荷葉去。秀湖裡的金花蓮藕要比荷風塘產的好吃，價錢也貴些。再把猴哥猴妹帶上，悲空大師特別喜歡這兩隻猴子。

兩人到正院跟錢三貴說，萬大中也在這裡，結果錢三貴不答應，說外面亂，從今天起，家裡人不要隨意出門。

原來，萬大中一早就來了歸園，悄聲對錢三貴說：「舅兄走時告訴我，說太后壽誕後的兩個月內，家裡要小心。他的成敗，在此一舉，此時正是緊要關頭，家裡人最好不要出行，以免招惹不必要的麻煩。」

錢三貴嚇一跳。錢滿江只跟他說差事隱密，沒想到還關乎家人性命，遂忙不迭點頭應下。

萬大中又自告奮勇地說：「我的武藝不錯，在舅兄沒讓人帶消息來前，可以暫住臨風苑，若有情況，也能搭把手。」

錢三貴心驚不已，也只得點頭。「那你家裡怎麼辦？」

萬大中道：「霞兒有下人服侍，我會時常回去看看。我爹是獵人出身，我的武藝還是他教的，家裡出不了事……」

兩人正商量著，小兄妹就來說要去大慈寺上香。

錢亦繡見錢三貴和萬大中臉色嚴肅，猜到應該發生了什麼事。

這時下人來報，說弘濟小和尚來了。月初弘濟才來過家裡，還給悲空大師拉回半車金花蓮藕，隔不到半個月，他又上門了。

弘濟是最受歡迎的客人，聽說他來，錢三貴讓小兄妹領著他去望江樓，好生款待。

弘濟見兄妹倆的臉色有些凝重，便對他們說：「昨天貧僧的師父一夜未眠，坐在山頂觀星象，說紫微閃耀，紫氣東來，乃國之祥瑞。該起的已起，該落的會落，讓你們放心。」

錢亦錦和錢亦繡聽了，有些發懵。身為大乾子民，自也希望國運祥瑞，大乾昌盛，但是，他們更擔心自家爹爹的安危呀。錢滿江只是個從五品小武官，似乎跟國運掛不上鉤吧？

錢亦繡問道：「弘濟，我們的學識有限，真聽不懂悲空大師說的玄機，你能不能說得淺顯些？」

弘濟紅起臉，不好意思地說：「嗯……貧僧的師父就是這麼說的。」

錢亦錦湊近錢亦繡的耳邊道：「妹妹，大家都說悲空大師是老神仙，既然他讓咱們放心，爹爹應該平安無事。」

這倒是。對他們來說，這也算是好話了。

於是，錢亦繡又對弘濟說：「你是大師的徒弟，掐指一算或夜觀天象什麼的，你師父應該會教教你吧？如果你學會就好了，便可以跟我們說得直白些，讓我們聽得懂。」

弘濟搖頭。「師父說，還要再等等，若貧僧有這方面的天賦，又能一直待在空門，才會教貧僧這些。而且，師父說天機不可洩漏，有些事情洩漏多了，會折壽的。」

錢亦繡聽了，便不好再多說。總不能為了給她解惑，讓人家折壽吧。

小兄妹領著弘濟到望江樓，曉得他不會亂說亂問，就沒讓程月避開。

程月瞧見弘濟，笑得眉眼彎彎，還一廂情願地認為，因為弘濟來了，所以小兄妹才沒去寺裡上香。又想著，弘濟天天跟菩薩在一起，肯定相熟，讓他幫著求菩薩，或許更靈驗。

於是，她對弘濟沒有任何隱瞞，拉著他的手道：「弘濟，你回寺裡後，一定要幫嬸子給菩薩上炷香，求菩薩保佑錦娃和繡兒的爹爹平安歸家。」

弘濟也不驚奇，點頭道：「嬸子放心，明早貧僧就給菩薩上頭炷香，求菩薩保佑錢家叔叔能化險為夷，平安歸來。」

程月聞言，更是高興，笑得如春花般燦爛，雙手捧著弘濟的臉說：「嬸子謝謝弘濟了。」

這下，弘濟又是高興、又是害羞，激動得紅了臉，手足無措。

錢亦繡見狀，又去取一百兩銀票交給他。「這是給寺裡添的香油錢。」

弘濟沒客氣，右手收起銀票揣進懷裡，但左手拉著程月的衣角不放，目不轉睛地看著她。

懷孕後的程月散發出的母愛光輝更足，也越發懂得如何表達，任由弘濟拉著她，一隻手撫著肚子、一隻手不時摸摸弘濟的小臉，溫柔問著他在寺裡的起居。

弘濟有問必答，連夜裡撒幾次尿都說出來，逗得錢亦錦和錢亦繡在一旁捣著嘴直笑。

弘濟在望江樓裡玩到吃過晚飯，才帶著半車金花蓮藕和幾十張蓮葉回大慈寺。走前，還抓著程月的衣角，直叫孃子，眼裡是濃濃的不捨。

程月憐惜地捧著他的臉說：「以後常來家裡玩。不要隔得太久，孃子想你。」

弘濟聞言，更捨不得。但大慈寺已經派無名和尚來接他回去，只得依依不捨地與程月等人告別。

弘濟一走，錢三貴派人來叫錢亦錦，問道：「弘濟小師父來，都說了些什麼？」

錢亦錦的記性超好，回道：「弘濟小師父說，昨天悲空大師一夜未眠，坐在山頂觀星象，說紫微閃耀，紫氣東來，乃國之祥瑞。該起的已起，該落的會落，讓我和妹妹放心。」

錢三貴聽了，也有些懵，不知這些跟自家有什麼關係？

稍早過來的余修和坐在一旁的萬大中，心裡卻是快樂瘋，強壓住欣喜，乾掉碗裡的酒。

人們都叫悲空大師為老神仙，他算的卦應該準，其言或許在暗示，他倆的主子寧王有帝王之相，現在起復，而陷害他的三皇子和葉家一黨，應該快沒落了。寧王無事，錢家自會安然無恙，還有後福呢。

第二天起，錢家三房開始深居簡出，主子們不隨意出門。

此時正值農忙，大家倒也沒注意他們的變化，但花溪村和大榕村的人發現，去溪景山後山打獵的人突然變得多起來，每天大概會有兩、三批人，每批有四、五人。他們長得孔武有力，騎著馬、帶著刀槍，在溪景山和溪石山之間的路進進出出，偶爾還會去村民家中討口水喝，或吃頓便飯。

剛開始，村民嚇得戰戰兢兢，去了誰家，誰家就認命地拿出好東西來招待。孰料，這些人吃喝完，還會打賞些碎銀或銅錢，讓村民們大喜過望。之後，許多人家都盼望他們能上門吃東西喝水，好賺些小錢。

九月初一，錢滿蝶生了個五斤半的兒子。

于家人十分高興，到錢家大房報喜，又特地上歸園，請錢三貴一家去吃孩子的洗三宴。

下午，錢大貴兩口子扶著錢老頭和錢老太來了歸園。

錢大貴和汪氏想請錢三貴給錢滿蝶面子，去于家一趟。他們知道，于家最想請的貴客，就是錢三貴。

錢三貴不可能去，但見錢大貴態度謙卑，汪氏的眼淚都急出來了，無奈道：「我的身子骨確實不好，自上次氣壞後，再受不了顛簸，路途稍微遠些，便全身疼痛難忍。這樣吧，讓錢華代表我去，于家的生意，幾乎都是直接跟錢華談的。」

也只能這樣了。

錢大貴和汪氏脹紅了臉，還得謝謝錢三貴心疼錢滿蝶。

這幾日，錢家三房過著貌似平靜的小日子。

可千里之外的錢滿江卻如過街老鼠，四處逃竄，多少次與死神相遇，最終又與死神擦肩而過。

現在他必須當靶子，讓葉家人分心追殺他，好讓另一批人帶著太子一案的證人上京，以為自己必死無疑。

太后壽誕的第二日辰時，天色已經大亮，逃了一夜的錢滿江終於甩掉追殺他的敵人，累得筋疲力盡，躺在京城北郊的草地上歇息。

昨晚，他在御林軍的軍營裡被追殺，一路逃到這裡。

三皇子和葉家恨毒了他，寧可暴露御林軍裡的釘子，也要把他殺掉。

他逃出軍營，可軍營前埋伏一大隊等著追殺他的人馬。寧王的軍營在南邊，但他本能地不想往南跑，而是騎著馬，向北邊倉皇逃命。

望著天上的旭日、絢麗的朝霞，還有身下的青草、不遠處幾朵不知名的野花，再摸摸懷裡那把小匕首和扇子。錢滿江心底有些後悔，覺得愧對家人，尤其是愧對妻子和女兒。

要是他死了，月兒該怎麼活？以後會不會日日站在小窗前看荒原上的野花，直至死去？還有繡兒，他唯一的女兒，會不會被小主子拐進宮裡？皇宮裡的女人，若是沒有背景，過得更是不易和悽苦。

他的眼裡浮起淚，旭日和朝霞揉在一起，成了一片殷紅。

他側過頭，眨眨眼，隱約看見河對岸有頭牛和幾個農人悠閒經過。這種生活也很愜意吧？老婆孩子熱炕頭，其實也不錯。雖然日子不富裕，但一家人和和氣氣在一起，多好。只是，這輩子不可能再過這樣平靜的好日子了。

錢滿江正想著，突然感覺身下草地震動起來，危險將至，趕緊起身，想上馬，馬卻被一枝箭射中，另一枝箭從他頭邊飛過，射落垂在耳旁的一綹頭髮。

他來不及多想，縱身跳進河裡，朝對岸游去。

他拚命游上岸，再拚命地逃、拚命地躲。跑了多久、跑去哪裡，連他自己都不曉得，直到跑得沒了力氣，天也已經黑透。

他東躲西藏，來到一處小樹林，用盡最後一點力氣，鑽了進去，癱在地上。

他聽著逐漸逼近的喊殺聲，知道自己要死了，他的父母又要傷心，妻子和女兒要在世間受苦……

錢滿江正難受著，突然聽到不遠處有說話聲，跟喊殺聲不同，遂又咬著牙爬起來，循著那個聲音跑去。

樹林的另一邊，停著幾輛馬車，其中一輛好像壞了，正在修理。

月光下，站在車邊的幾人中，有個人是錢滿江見過的。雖然天黑看不清，但那人太突出，朦朧中，錢滿江還是一眼就認出他。

那個人正是潘駙馬，任誰看過他一眼，都不會忘記。

錢滿江摸摸胸口，踉蹌著跑過去。「潘先生，我是錢亦繡的父親，她說，若我有難，或許你可以幫我。」

潘駙馬的隨從見狀，出聲趕著錢滿江，罵道：「哪裡來的粗人？快走，不要打擾我家先生。」

潘駙馬也冷笑。「我是認識一個叫錢亦繡的女娃，可她爹已經死了。如果你冒充她的叔叔，或許我還會幫你。」

沒想到，去莊子小住的路上，不但車壞了，還遇到騙子，讓潘駙馬的臉色更差了。

錢滿江急道：「我沒有撒謊。我離家十一年，今年五月才回家一趟，這裡有你送繡兒的扇子為證。」

他從懷裡抽出扇子，一打開，上面的畫已經花了，成了一團五顏六色看不出什麼東西的污漬。原來他游過河時，扇子已被弄濕，雖然現在乾透，畫卻毀了。

錢滿江閉上眼睛，真是天要亡他。

幾個隨從繼續趕人。「哪裡找來一把破扇子，竟敢冒充是先生送的。再不走，信不信打斷你的腿！」

潘駙馬卻擺手制止隨從，接過扇子。他送的扇子，扇面上不僅有他的畫、有他的蓋印，扇骨上還有他刻下的印記。就著月光仔細看看，這的確是他送錢亦繡的扇子。

他正猶豫著，樹林另一邊傳來馬的嘶鳴和人的喊叫。

一個隨從說：「先生，這人有麻煩，一看就是被追殺的，先生切莫因為他，捲入不必要的紛爭中。」

潘駙馬看看眼前的青年，雖然衣衫破爛、披頭散髮，但仍能看出他俊朗英武，跟錢亦繡的確有兩分相像。更奇怪的是，他有種強烈的感覺，若是不幫幫他，會後悔一輩子，接著，竟覺得胸口一陣陣刺痛。

於是，清高又不願惹麻煩的潘駙馬做了這輩子最正確的決定，讓這個青年鑽進他的馬車底下，雙手雙腳把著車底的四根軸，身子懸空，躲藏起來。

錢滿江剛藏好，那群人馬就到了，大概有一百多人。

領頭的人是三皇子的護衛，也認識潘駙馬，給潘駙馬行了禮，說奉三皇子之命，正在捉拿朝廷要犯，問他們是否看到可疑的人經過？

潘駙馬沒吱聲，他是不屑跟這些人說話的。

幾個隨從七嘴八舌地說沒看到、沒注意，還有一個人指著前方道：「剛才隱約聽到那裡有動靜，不知是野貓還是人？」

護衛見狀，為難地對潘駙馬拱手，道：「潘先生，我們也是奉命行事，職責所在，您看是不是……」

潘駙馬的臉色更沈了，對隨從揮手。「讓他們搜。」

護衛領著十幾人在幾輛車上搜索，的確沒人，也沒有藏人的地方，一隊人馬便喧鬧著去遠處找人。

那些人剛走，就聽見砰的一聲，錢滿江從車底摔落，竟是昏了過去，不知是累的還是餓的？

兩個隨從把錢滿江拖出來，他還是沒有絲毫清醒的跡象。

這時，修車的人向潘駙馬稟報，車修好了，可以啟程。

潘駙馬示意隨從把錢滿江拖到不遠處的灌木叢下藏好，這樣也算對得起他了。至於他能不能活下去，得看他的造化。

潘駙馬上了車，車子走了半里路，他卻讓人停住。錢滿江的臉不時在他眼前晃，覺得若是不救他，這輩子不會安生！

於是，他讓馬車往回走，來到剛才修車的地方，錢滿江還躺在灌木叢中。

潘駙馬讓人把他揹上車，一起去了莊子。

第九十六章

第二天一早，錢滿江餓醒過來。從昨天起，他就粒米未進。

他睜開眼，見自己躺在一張雕花嵌玉架子床上，屋內布置精緻，暗香浮動，牆上還掛著一幅月下吹簫圖，畫風灑脫清麗，還有潘子安的蓋印。

潘駙馬？錢滿江混沌的思緒一下子清明起來。是了，昨天他被人追得走投無路時，是潘駙馬救了他，然後，他就什麼都不知道了。

再看看身上，他穿著乾淨的白色中衣中褲，摸摸頭髮，順滑乾淨，還有一股好聞的皂角香。昨天他可是衣衫破爛、臭汗淋漓。難道，這是潘駙馬的家？他進京城了？

這時，一個清秀的小廝走來，見他清醒，便笑道：「公子醒了？餓了吧？」

錢滿江坐起身，狐疑地問：「請問小哥，這是哪裡？我怎麼到這裡來了？」

小廝笑著回答：「這是潘先生在京郊的別院。昨晚公子昏過去，是我家先生把你帶來的。這間屋子是客房，公子身上是我打理的。」說著，從洋漆雕花衣櫥裡拿出一件藍色箭袖圓領上袍給他。「這是護衛蕭大哥的衣裳，公子的身量跟他差不多，他吩咐了，先讓你穿著。」

錢滿江忙站起身，因為無鞋，只得站在踏板上抱拳躬身。「謝謝潘先生，也謝謝小哥跟蕭大哥。」

小廝見狀，又從衣櫥旁拿過一雙鞋子，放在踏板下面，讓錢滿江換上。「這鞋也是蕭大哥的。」

錢滿江穿上衣裳與鞋子，還挺合身。

小廝出門，拿回食盒，取出兩盤包子、一碟雞油卷兒、一碗碧粳粥，還有大碗雞蛋銀絲麵。

錢滿江餓急，也沒客氣，一下子全吃了，起身走幾步，才覺生龍活虎的自己又回來了。

之後，他被小廝領著，去見潘駙馬。

他們穿過一片紅楓林，來到書房。

錢滿江目不斜視，進屋就給潘駙馬磕了三個頭。

「先生救命大恩，末將沒齒難忘。若先生以後有所差遣，願肝腦塗地，甘效犬馬之勞。」

潘駙馬從錢滿江進屋的一刻，對他的印象就不錯，覺得他氣質上佳，進退有度，遂道：「起來吧。我雖救了你，卻不想招惹不必要的麻煩。你犯了什麼事，惹著三皇子？」

錢滿江覺得現在沒什麼可隱瞞的了，也知道許多朝臣看不慣三皇子的跋扈和葉家人的囂張，潘駙馬自視清高，應是更不喜他們，便有保留地說了情況，稱自己是御林軍的人，暗中為寧王辦事，卻被三皇子和葉家記恨，到處追殺他。

正如錢滿江所料，潘駙馬非常瞧不慣三皇子和葉家的作派，不但在朝中拉黨結營、排除異己，且作風狠戾，若三皇子當了皇帝，以他平時的囂張跋扈、心狠手辣，定是個暴君，百姓要吃苦頭了。

雖然潘子安心裡不喜歡乾文帝，但也不得不承認乾文帝是明君，把大乾治理得蒸蒸日上。況且，乾文帝的身子還硬朗得很，三皇子一黨就如此囂張，簡直是可忍，孰不可忍。

不過，潘駙馬心中倒是佩服寧王的，更確切地說，他是擁戴溫文爾雅、才華橫溢的太子。因太子跟寧王關係密切，便被定上太子一黨的印記。

而且，他覺得乾文帝在處理寧王大案時，太過輕率，證據還未確鑿，就把寧王一家發配到北寒之地。絕大部分朝臣都知道，乾文帝是因為失去太子，傷心過度，拿寧王當出氣筒。

幾年前，乾文帝有些後悔了，朝裡便有大臣開始為寧王叫屈，潘駙馬也參與其中。雖然他沒實權，卻有資格給乾文帝上摺子。可是，乾文帝看不看、理不理，就是另一回事。

但那次潘駙馬振臂一揮，許多學子、生員也跟著湊熱鬧，寫了不少洋洋灑灑的萬言書。

這是乾文帝對潘駙馬表現最滿意的一次，覺得這種討嫌的人，有時還是有些用處。當然，潘子安並不知曉乾文帝的心思。

潘駙馬聽了錢滿江的話後，思索一會兒。「太后壽宴開始後不久，傳聞身患重病、將不久於人世的寧王竟然現身。當時，三皇子和葉紳吃驚和惱怒的樣子，有目共睹，而他們當夜就開始追捕你……」

潘駙馬用指尖敲敲書案，了然地笑笑，沒繼續往下問，話鋒一轉。「你家小女非常聰慧伶俐，她是我的小友，我們極談得來。」

提到錢亦繡，他又想起那座名為「盼」的繡屏。

潘駙馬上下左右仔細打量錢滿江一番，道：「聽繡兒說，她父親已經死在松江裡，只有她母親堅信她父親還活著，日日盼著丈夫回歸，繡出那座名為『盼』的屏風。在我看來，那屏風前無古人，後無來者，堪稱曠世絕品。可惜，最終卻落在壽王府裡。」

聽潘駙馬提起妻女，錢滿江的眼神柔軟下來，笑道：「是，我的繡兒乖巧懂事，我的月兒聰慧靈秀，她們都在盼我早日回家。為了她們，我必須好好活著。謝謝潘先生救了我。」說著再次躬身。

「月兒？」潘子安似乎沒聽到別的話，嘴裡重複這個名字。

錢滿江紅了臉，趕緊解釋。「末將一急，便把我妻子的閨名說出來了。」

潘駙馬聞言，心情似乎一落千丈，揮手讓錢滿江下去，卻道：「你想在這裡住多久，就住多久，我不怕得罪葉家人。」

錢滿江抱拳。「不了，下午末將就離開。」

潘駙馬冷笑。「下午就走？是出去當靶子嗎？你剛才還口口聲聲說為了你的女兒、妻子要好好活著。若昨天沒遇到我，你已經死了。」

不知為何，想到跟自己女兒有些相像的錢亦繡，還有那從未謀面、卻跟女兒有同樣名字的小婦人，他就不願讓錢滿江出去涉險。

錢滿江回答：「昨天是意外，沒想到他們在軍營裡就敢動手……」可保護我的人，已經安排好了。

後面的話，錢滿江沒說出口，又無奈道：「已經上了這條船，即使再艱難，也必須咬牙走下去。為了家人，未將定會珍重自己。」

潘駙馬聽了，突然有些羨慕眼前的青年。錢滿江至少還會為妻子和女兒珍惜自己，那他呢？想了想，便讓小廝把護衛蕭止叫來。

蕭止並非潘家的奴才，早年是個遊俠，武藝高強，性格豪爽。

潘駙馬喜歡遊山玩水，本人又太俊俏多金，每次出行都要帶大批護院。雖然現在是太平盛世，總要以防萬一。

在一次出行中，他偶然結識了蕭止，見他武藝極高強，對山路、水路都熟悉，又會觀天，處理事情很有一套，便想把他請回府裡，專門保護他出遊時的安全。

蕭止本不是能靜下來的性格，但因那時他母親的身子不好，便答應潘駙馬，這樣，既可以把母親接到京城安頓，還能請好大夫給她看病，他也能時時隨潘駙馬出去遊玩，不用一直悶在家裡。

蕭止帶著母親來京城後，潘駙馬還特地給他買間小院子，安置他母親，又出錢幫他娶媳婦。

自從有了蕭止，潘駙馬出行時就不用帶那麼多人，也放心許多。

但讓潘駙馬最恨的是，那天女兒出事時，他讓蕭止去辦其他事，沒把人帶在身邊。

若是蕭止當時在場，或許就能看出天氣不對而提前防範。退一萬步說，即使保不住女兒的命，也能找到她的屍首，而不是讓她被野獸吃掉。當時，大批官兵在深山裡搜尋時，只看到她的兩樣首飾，還有下人殘缺的遺骸……

不久，一個三十多歲的漢子進來，正是蕭止。

潘駙馬道：「你給這位錢將軍準備一匹好馬、一把好刀。」

蕭止答應著，下去準備，心裡有些納悶。潘駙馬最不喜多事，竟能為這年輕人做到這一步。

錢滿江謝過潘駙馬，又去歇息一陣，養好精神，再吃了一頓飽飯。

飯後，小廝不僅拿來一把好刀，又牽來一匹棗紅色的高頭大馬，還把那已經泡過水的扇子還給他。

小廝拍著馬說：「蕭大哥讓我告訴公子，這匹馬是他的專騎，讓公子善待牠。等公子脫險，就把馬送回來。」

錢滿江道謝，把扇子揣進懷裡，便跨上馬，出了別院。

之後，錢滿江便不是一個人戰鬥，遇到危險，總會有人來幫他。

他跟那些追殺他的人馬玩了半個月貓抓老鼠的遊戲，證人便被安全帶到大理寺，幾個葉家男人也被抓進去。

三天後，錢滿江也以重要證人的身分，進了大理寺。

兩個月後，葉家暗殺太子和寧王大案便真相大白，昭告於天下。葉紳被判剮刑，葉家滿門抄斬。

葉紳和葉林在重刑之下，也招認了，許多事是三皇子和葉貴妃的授意。

乾文帝怒極，賜葉貴妃白綾。本想將三皇子廢為庶人，但這個聰明的三兒子也是他從小心疼過的，實在不忍，遂貶他為曆王，一家人發配嶺南，永不許進京。

那位證人是十年前被葉家派去暗殺寧王的殺手。當時，葉家派人假扮敵軍，把糧草燒了，一個殺手負責趁亂射死太子，另一個負責收拾寧王。

那天夜裡，太子一聽糧草被敵軍燒掉，嚇得不聽護衛勸阻，立刻跑出營帳，被當場射死。

而寧王有經驗得多，臨危不亂，沒馬上跑出來，出來時也讓高大護衛把他護在中間。那殺手失去動手的時機，只得趁亂逃跑。

暗殺沒成功，殺手不敢回葉府，在外面徘徊幾日。結果，他家竟發生大火，一家人全被燒死，包括他兩歲的兒子。

從此，那殺手便亡命天涯，躲避葉府的追殺。

幾年前，得知消息的寧王手下也開始到處找他。

殺手恨極葉府，卻不敢來找寧王，還是後來得知寧王或許有可能被赦免，才冒著危險來京郊，跟寧王手下見面。

錢滿江終於光明正大地恢復身分，暗中派人把棗紅大馬送回潘家。他給寧王當暗樁，是受當時在邊關的上峰趙將軍指示。趙將軍欽佩寧王，一直偷偷幫他辦事。

當初葉林犯事，就是趙將軍設的陷阱，先派錢滿江替他受刑坐牢，取得葉林的信任。錢滿江出來後，被葉家安排進御林軍，連毒殺寧王的差事也交給他，才促成這一連串的行動。

幾天後，寧王府、大理寺和趙將軍分別寫信，送至冀安省溪山縣縣太爺手上，同來的，還有一封錢滿江的家書。

衙役把錢滿江的家書送至歸園，又跟汪里正說明他還活著，失蹤是因為有差事在身，必須隱瞞身分，現在錢滿江不僅好好活著，還當上從五品的官。

這個大消息瞬間在花溪村炸開來，錢家三房的獨子活著，而且當了比縣太爺品級還高的官。整個花溪村裡，別說官身，連個舉人都沒出過，所以錢滿江當大官，不只是錢家的光榮，也是整個花溪村的榮耀，村民們奔相走告，喜氣洋洋。

除了范家人嚇得躲在家裡不敢出去，幾乎所有人家都派代表去歸園道賀。家裡富裕些的，手裡提雞、鴨、豬肉，窮些的便拎兩斤米，連最窮的幾家也拿了幾顆蛋來。

正在上課的柳先生聽說了，乾脆放學生的假，讓下人提著兩隻雞，去了歸園。

這時，程月和錢亦錦、錢亦繡正待在錢三貴和吳氏的臥房裡，讓錢亦錦一遍又一遍地唸著錢滿江的家書，興奮得流下眼淚，肚子已經大些的程月更是激動得哭出聲。錢滿江說年前就會趕回來，一家人終於要團聚。

這時，蔡老頭來報，說村裡人家都拿著東西上門恭賀了。

錢三貴聽了，趕緊讓蘇四武揹著他，和吳氏、錢亦錦一起去前院。

現在是冬月，正值隆冬，天氣非常冷，足有近百人擠在院子裡，還有人站在大門外。

錢三貴見狀，忙讓下人把院門打開，請大家進來坐。

錢家大房跟二房也在場，錢老頭這才把他的滿江孫子半年前就偷偷回家過，孫媳婦又有了身孕的事說出來。

錢三貴見村人都替他家高興，便豪爽地笑道：「後天請流水席，請全村的人來歸園吃飯喝酒，再請紅雲戲班來唱一天大戲，戲臺就設在院子裡。滿江不在家時，許多鄉親幫過家裡的忙，對錦娃尤其好，他吃過很多人家的吃食……」說到後面，情不自禁地紅了眼圈。

大家聽了，樂得又說笑一陣，除了錢家人沒走，其他人都先回去傳消息。

這時，萬大中領著錢滿霞和萬芳趕來。錢滿霞在家聽說這件事，便激動地哭了一場，來歸園後，又拉著吳氏哭。

汪氏笑著勸錢滿霞。「霞兒快別哭了，哭得太多，就回奶(注)了，對芳姊兒不好。滿江當大官，這是大喜事，以後啊，不只咱們變成官家，錢家姑娘的腰桿也更硬。」

唐氏也大笑。「可不是，看以後哪個親家還敢欺負咱們家的姑娘？若敢欺負，就讓縣太爺抓他坐牢。滿江當的可是大官，聽說比縣太爺還大，是專門保護皇帝的。」

錢老頭聽了，便罵她。「放屁！妳若敢出去亂說話，我立刻讓老二休掉妳。滿江孫子好不容易熬到這一步，可不許妳們這些婦人的臭嘴壞了他的官聲。」又吩咐屋裡的人。「你們聽好，咱們錢家雖然成了官家，但萬不可藉著滿江的勢欺壓百姓，給滿江招禍。」

錢三貴聽了唐氏的話，也直皺眉。「咱們錢家不能仗著滿江的勢來魚肉鄉里，如果你們敢這麼做，我第一個不答應。」

注：回奶，指乳房不再分泌乳汁的意思。

錢滿河趕緊笑道：「爺爺放心，三叔放心，滿江哥當了大官，我們都高興，會更加謹言慎行，不給他惹禍。」

他說完，錢家的男人們都點頭，連聲應下。

錢老頭又對錢二貴道：「把你婆娘看好，若她再胡亂說話，就直接休了。」

當晚，晚飯在正院上房吃，擺了兩大桌。錢三貴讓人把鐵鍋頭拿出來，他不能多喝，但看著大家喝，他也高興。

錢亦繡也把程月勸出來，畢竟她大著肚子，總得出來讓人看看，省得以後生了孩子，這些人再亂傳。

由於高興，程月聽了女兒的勸，來到正院。錢亦繡知道她不喜人多，便讓人在側屋擺一小桌，母女倆和錢滿霞、萬芳待在側屋吃。

程月穿著妃色繡纏枝蓮花棉袍，頭戴嵌紅寶石的頭面，還上了淡妝。這時她的肚子已經大了，臉也更加圓潤。

她只對錢老頭和錢三貴兩口子福了福，便被錢亦繡牽進側屋。

汪氏笑道：「滿江媳婦是個有福的，一看就是少奶奶的相貌。」又拉著吳氏的手說：「三弟妹也是有福的，以後滿江給妳請封誥命，就是夫人了。別說花溪村，就是二柳鎮，妳也是身分最高的。」

這話吳氏愛聽，笑道：「滿江說過，等他能恢復身分時，就給我和月兒請封誥命。」

錢亦錦見錢老太羨慕不已，便拉著她道：「太奶奶好好活著，等我當官，就給太奶奶請封誥命。」

錢老頭擺手笑道：「錦娃別以為太爺爺不懂，聽說官員只能給母親和妻子請封，連奶奶都請封不了，哪能為太奶奶請封？」

錢亦錦聞言，一本正經地說：「法理不外乎人情。我奶奶和我娘有我爹請封，我當大官後，就要幫太奶奶和妹妹請封。」

錢老太聽見，高興得眼睛都笑瞇了。

萬大中笑呵呵地對錢老太說：「奶奶，就像錦娃說的，您老人家好好活，以後錦娃出息，真能享他的大福。」

錢老太樂得直點頭，歪著嘴道：「好、好，老婆子等著。」

此時，汪氏的腸子都悔青了。錢老頭罵得沒錯，她確實見識短，早料到有今天，打死都不分家，說不定，還能跟著三房去京城享福呢。聽說大家族裡，當家的都是長房，那叫什麼——主持中饋。可惜這種好事，這輩子都別想了。

等菜上齊，錢老頭一聲令下，眾人才舉起筷子吃飯。

錢老頭看看滿屋的兒孫，以及寬闊的房子、高高的房頂、雕花的桌椅，還有一桌雞鴨魚肉，止不住地樂。

錢家發起來了，錢家變成官身，他是名副其實的老太爺了。雖然早早分家是個遺憾，但日子總沒有十全十美的不是？

第九十七章

晚上，猴哥和大山、奔奔回來了，白狼也來了。

錢亦繡正打算上床，已經洗得乾乾淨淨的猴哥牽著猴妹跑上樓來跟她打招呼，還一副求誇獎的表情。

白珠跟上來，說這次動物之家可立下大功，帶回一隻梅花鹿和一頭野豬。

錢亦繡聞言，笑著幫猴哥捏後脖子。「好極了，家裡正好要請客，你們就把下酒菜帶回來。姊姊想好了，今年過年，不僅給你們各做兩套小衣裳，還各打一個新的銀項圈。」

愛美的猴妹聽了，樂得在一旁直跳腳，猴哥也呵呵地咧嘴笑出聲。

錢亦繡想想，又吩咐白珠。「去跟廚房說清楚，鹿頭、豬頭和下水可以拿去辦席，肉全留著，我另有用處。」

她想到了錢滿江。

小爹爹會回來過年，替他準備些鹿肉乾、豬肉乾帶回京城。如今臘肉、香腸已經不稀罕，她就弄點麻辣肉乾、五香肉乾讓他下酒。

既然小爹爹和小娘親恩恩愛愛，她也應該當個乖女兒。

雖然他說會帶家人去京城，但這邊的事情還多，小娘親又懷著身孕，想來不可能馬上成行，準備耐放的肉乾讓他嚐嚐總是沒錯的。

第二天一早，錢亦繡就領著紫珠和白珠忙開了。

廚房忙著做流水宴，騰不出地方，她們就把鹿肉拿到在歸園後面的白珠家裡弄。

第三天，縣城的紅雲戲班早早來歸園，在離大門不遠的地方搭起戲臺。

這可是花溪村有史以來第一次請戲班，看熱鬧的人早早便跑來，不僅有花溪村的村民，連綠柳村、大榕村的村民都到了。

這次，錢家除了請花溪村的村民外，還請了張家、崔家、高管事、萬里正這些不住花溪村，但關係又走得近的人家。

不久，張家和崔家的馬車先到，這兩家的男人，還有高管事等有身分的人，直接被請去正院，錢三貴和錢老頭、吳氏、錢老太、錢香兩口子在那裡作陪。而錢家其他人則與萬大中一起，待在前院招待村裡的人家。

至於女眷，則直接被請去後院的翠竹軒，由錢亦繡和錢滿霞招呼。

于家不知怎麼曉得這個消息，所以錢滿蝶帶著公婆和相公一起來了。來者是客，他們也被萬大中請去前院。

飯後，張仲昆被吳氏帶到望江樓，請他給程月把脈。

張仲昆把完脈，笑道：「是雙胎，胎兒長得也很好。大人要多動動，切忌憂思過多，晚上要歇息好。」

錢家人聽說，都樂瘋了。

這頓流水宴熱鬧至極，一直吃到未時末才結束。

五天後，一直盼著錢滿江回家的錢家人又盼來他的書信，結果信上說，他不僅不能如期回鄉，還將再次遠赴邊關打仗。

信是錢滿江的親兵秦小川送來的，還附帶許多禮物和二百兩銀票，以及梁錦昭的信和禮物。這次梁錦昭也會隨大軍前行。

秦小川說：「小人來時，大軍已經出發，這時肯定到了邊關。」

其實，昨天萬大中就收到寧王的信，讓他們父子繼續住在鄉下保護錢亦錦，只是他不敢說而已。

原來今冬大元國連日大雪，凍死無數牛羊，損失慘重，因此揮軍南下，想徹底占領大乾這塊富庶之地。大元國早有狼子野心，一直暗中準備，這次聚集二十萬大軍向大乾開戰。

邊關雖有重兵把守，但此番大元國準備充分，攻勢猛烈，已經占領兩座城池，若援軍再不到，讓他們攻下邊關重鎮，那大元國的軍隊將勢如破竹，長驅直入。

如今朝中最有能力和威望掛帥的僅有兩人，一個是岳鋒岳侯爺，另一個是梁則重。收到緊急軍報的當天夜裡，他倆就被乾文帝宣進宮。

乾文帝想讓他們其中一個掛帥，岳鋒和梁則重卻跪下，稱自己不是最適合的人，恐負重託，連袂向乾文帝推舉寧王，說寧王年富力強，胸有韜略，又能親自帶兵遣將，且在北地待了這麼久，最適合擔當此任。

可乾文帝心裡並不希望自己的兒子在軍事上過分能幹或掌權，這樣容易讓他們生出不該有的野心，對未來的儲君威脅太大。

於是，乾文帝發了脾氣，罵道：「混帳東西！枉費朝廷養你們這麼多年，現在要用人卻互相推諉，朕留你們有何用處？」

梁則重聞言，趕緊磕頭。「聖上，並非微臣相互推諉，實乃這次大戰太過艱鉅，必須推舉出最適宜的人。老臣和岳大人能夠掛帥，但絕不是最好的人選。我們已離開軍中多年，又年老力衰，對北邊的地勢，遠沒有寧王熟悉……」

乾文帝聽了，猶豫一下。「是不是該鍛鍊鍛鍊梁宜謙他們？」

梁則重又道：「舉賢不避親，聖上能看中宜謙，老臣也高興，但是，他的經驗不足以打贏這場仗。大元國狼子野心，他們準備這麼久，要的可不是幾座城池，而是整個大乾天下。」

岳鋒也跟著磕頭。「這次大戰之艱難，遠超乎事前所想，甚至可能成為大乾開國以來最難打的仗，應該找最有能力、最適合的人掛帥，而非鍛鍊年輕將領。」

接著，兩人又說了一長串，說大元國如何剽悍善戰、如何比大金國難對付得多，今年又是大元災荒之年，那些將士為了活命，定會拚死作戰等等。

乾文帝聽罷，只得點頭，封寧王為北征兵馬大元帥，先帶二十萬精兵直奔邊關，兵部再迅速調齊十萬大軍，並徵兵十萬，隨後趕赴。

本來御林軍是不上戰場的，但因為這次要的兵將多，又急，便從中調了一部分人，正好把錢滿江所在的營調過去。

別說錢滿江，就算是再硬的後臺也不敢在大戰前臨陣退縮。想著老婆孩子熱炕頭的錢滿江再一次食言了，被迫去邊關掙更大的前程。

那天，從軍營趕回來的寧王把錢滿江召進王府。

這是錢滿江第二次進寧王府。第一次是他及武成等八個為寧王出生入死的心腹將士被寧王接見，一起吃了飯。

飯後，寧王妃還特地把錢滿江請去後院，當面感謝他的家人對她兒子的養育之恩。

這次，只有他一個人，去的是寧王在外院的書房。

寧王坐在書房的炕上，穿著普通棉袍，一副跟家人見面的樣子。

如今他已不像原來病殃殃的模樣，看起來躊躇滿志，目光堅毅。或許因為思慮過多的關係，抬頭紋比同齡人要深許多。

寧王很和善，指著離他最近的官椅，對錢滿江說：「坐吧，今天沒有外人，隨意些。」

錢滿江又躬了躬身，這才坐下。

寧王說，明天就會下令，把錢滿江調到他身邊。

錢滿江有些臉紅，猜測寧王定是因為他家人的緣故才這麼做的。他現在的確不想送死，也不想去最關鍵的位置掙軍功，遂起身謝了寧王的照拂。

寧王揮揮手，讓他坐下。「這次本王上戰場，即使為帥，也生死難料，況且朝中局勢不明，暫時不宜接回錦兒，還得麻煩你的家人再照顧他一段日子。」

寧王給錢亦錦取名為朱肅錦。

錢滿江點頭應是。

寧王和錢滿江說了幾句話，寧王妃孫氏便領著一個手拿包袱的嬤嬤走進來。

錢滿江看到比之前還憔悴乾瘦的寧王妃，有些吃驚。

寧王妃的眼圈還是紅的，因為思念兒子、憂慮丈夫，容顏提早衰老，儘管綾羅裹身、珠翠滿頭、粉黛敷面，看起來卻比丈夫還要蒼老許多，而她今年才不過三十三歲。

貴婦人注重容貌，只有看起來比實際年齡小的，像這種比實際年齡衰老得多的女子，京城的貴圈裡，只有寧王妃一人。

寧王妃不僅看著蒼老，身子也不好。兒子早產，一生下就被人抱走，接著又馬不停蹄地北上跟丈夫會合。結果，她的月子沒坐好，又想兒子想得厲害，幾乎天天哭泣，落了病根，再難受孕，又得眼疾，一見風就流淚。

每年兒子生辰前夕，寧王妃都會依據萬家父子描述的模樣，親手做兩套衣裳、兩雙鞋子給未謀面的兒子。如今已經做了二十套衣服、二十雙鞋，卻仍簇新地鎖在箱子裡。有時候，她太想兒子，就會抱件小衣裳，一夜垂淚到天明。

自從回到京城，寧王妃就一直盼著能快些見到兒子。盼啊盼啊，好不容易盼到三皇子和葉家徹底倒臺，卻因丈夫要遠赴邊關打仗，只得又推遲跟兒子相見的時日。

從希望到失望的巨大落差，折磨得寧王妃差點死去。

如今，不只兒子不在身邊，連丈夫都要離開她。

可刀槍無眼，要是丈夫再有個三長兩短，那她豈不是跟先太子妃一樣？丈夫死了，兒子又被抱走，所有希望都沒了，除了上吊，還活著幹什麼？

錢滿江起身給她行禮。「末將見過王妃。」

寧王妃強笑著點點頭，指著嬷嬷手裡的包裹，道：「這裡是我給錢將軍的祖母、父母、妻子、妹妹，還有閨女買的禮物，謝謝他們對錦兒的愛護和照顧，請錢將軍以你的名義送給他們，以表王爺和我的心意。還有幾樣東西，是我給錦兒買的，不知他是否喜歡……」

話沒說完，眼淚又奪眶而出，她趕緊用帕子擦去。

寧王見狀，勸道：「看看妳，又流淚。御醫不是說了嘛，妳不能再哭，傷眼睛。現在錦兒安全，又過得無憂無慮，咱們應該高興才是。其實，最是無情帝王家，以後錦兒回王府，要說他最快樂的日子，肯定還是待在鄉下的那段時光。」

寧王妃笑著點點頭。「王爺說得是，我也明白這個理，可就是忍不住。」說完，眼淚流得更加洶湧，趕緊又用帕子拭去。

寧王無奈地苦笑，哄道：「越說哭得越厲害，也不怕錢將軍看到笑話。莫哭了，本王為讓小容早些見到錦兒，定會快些把元狗打回老家去。」

聽見丈夫調侃，寧王妃的臉上浮起一絲紅暈，面容也因嬌羞而變得年輕些許，破涕為笑，擦乾眼淚，把包袱遞給錢滿江，再次道謝。

錢滿江行禮，接過包袱。「王妃客氣。末將家人有幸照顧小主子是福氣，應當盡心。」

寧王搖頭。「錢將軍此言差矣。一個赤貧農家，自己都吃不飽，卻能待撿來的孩子如親生……」忍了忍，把原本要說的話吞回去，才道：「這份善良與大度，不是一般人能做到的。」

寧王妃也點頭。「是啊，有些人家為了一點利益就骨肉相殘，鬥得你死我活，像錢將軍家人那樣良善的，真是少之又少。錦兒有福，萬護衛有眼光，才會進了錢將軍家裡。」

禮物送出去了，寧王妃曉得他們還有事要談，不好多留，微微笑著對寧王行禮，帶著嬤嬤走出書房。

見寧王妃出了院門，寧王又跟錢滿江說：「我再跟錢將軍講件事，這事牽扯重大，你知道就行，萬不可透露出去。」

錢滿江點頭應是。

寧王便把萬二牛寫來的密報說了。

錢滿江的妻子程月，很可能是「死去」十一年的珍月郡主，也就是太后的親外孫女、乾文帝的親外甥女、紫陽長公主和潘駙馬的獨女——潘月。雖然還沒證實，但八九不離十。

這個消息把坐著的錢滿江炸得跳起來，大叫：「怎麼可能?!」說完，又覺得唐突了寧王，趕緊抱拳躬身。「末將失禮。」

寧王擺手笑道：「錢將軍無須跟本王客氣，坐吧。」又簡單地把程月在深山裡被野獸「吃」掉的事情講了一遍。

錢滿江越聽越驚心，時日、地點、長相，全對得上，果真八九不離十。他擦擦前額嚇出來的汗，仔細想想潘駙馬的模樣，的確跟月兒非常像，跟女兒也有幾分相似。或許潘駙馬是看繡兒親切，所以才救了他吧。

之前，他只覺潘駙馬長得俊，卻沒往程月身上想過。

他恢復自由後，特地買禮物上潘府拜謝，但因潘駙馬不在府裡，沒見到人。

再想想月兒，雖然前事盡忘，有些癡傻，可氣質的確不是小戶人家能培養出來的，而且還是京城口音。

寧王繼續道：「紫陽長公主是父皇的胞妹，本王的姑姑，雖為中宮所出，卻最是敦厚賢良。本王小時候得到為數不多的溫暖，正是來自於她。可惜，她錯付了一腔癡情，看上潘子安那個小白臉……」

他說著，擺擺手，深深嘆了口氣。「哎，算了，不提那些，孰是孰非，現在說來已經沒有任何意義。本王要講的是，儘管我們知道這件事也暫時不能說出去，得考慮錦兒的安全。我之所以提前告訴你，是讓你心裡有個數……呵呵，沒想到，你居然是我的表妹夫，我是你大舅子，咱們竟是親戚啊……」

這時，下人來稟，梁則重與梁副統領梁宜謙帶著梁世子求見。上個月，梁錦昭已被封為衛國公世子。

寧王一聽，趕緊道：「有請。」起身迎出去，錢滿江也跟著走出書房。

第九十八章

寧王跟梁則重祖孫寒暄完，錢滿江上前向他們抱拳行禮。「末將錢滿江參見老國公、梁大人、梁世子。」

雖然錢滿江只見過梁宜謙，但眼前這一老一小，他一猜就知道是什麼人。

若按軍裡品級，已升正五品的錢滿江要比前陣子才升從七品的梁錦昭大許多。但梁錦昭是衛國公世子，這身分又比錢滿江高，所以，錢滿江也必須向梁錦昭行禮。

梁宜謙笑著點點頭。「錢將軍也在。」

梁則重上下打量錢滿江，笑道：「嗯，不錯，心性堅韌，也的確吃了不少苦頭。能徹底把葉奸賊拉下馬，錢將軍功不可沒。」說完，還拍拍錢滿江的肩膀，讓他受寵若驚。

梁錦昭抱拳還禮。「錢大哥客氣了。我跟繡兒和錦娃熟識，之前我去大慈寺學藝，經常跟他們在一起玩……我看她可憐，回京後就請爺爺上摺子，把一些失蹤將士改為陣亡，沒想到……嘿嘿……」摸著頭，不好意思地笑起來。

錢滿江忙道：「謝謝梁世子。我聽家人說過，你幫過他們不少。」

梁錦昭豪爽地說：「應該的。錢大哥客氣，叫我梁兄弟即可。」

梁則重聽了，笑道：「錢家小哥和小女娃喊你梁大哥，你怎麼能叫人家父親錢大哥呢？搞錯輩分了，要叫叔叔。」

梁錦昭覺得，叫叔叔是自己吃虧，但叫大哥，錢亦繡的確該喊他大叔了，遂笑道：「那我叫錢將軍好了。」

幾人客氣幾句後，才進大廳落坐。

坐定後，寧王率先開口。「本王知道昭兒是悲空大師的親傳弟子，不僅武藝高強，對兵書、謀略、陣法頗有研究，聽說還會觀天術。本王想把他調到中軍營來。」

他知道，勛貴家的子弟很少會上前線，即便去，也是打穩贏的小仗，或戰爭快結束才去露臉，藉此撈些軍功，以利於升官。

何況梁錦昭還是衛國公世子，是梁宜謙的唯一嫡子。

他把梁錦昭調到中軍營，是公私兼顧。不只因為衛國公府的關係，還因為他打從心底欣賞這個懂上進的年輕人，真想把梁錦昭留在身邊，時時聽聽他的建議。

梁則重笑道：「謝謝王爺對昭兒的照顧，但今天老臣領他來，是另有要事。」轉頭對梁錦昭說：「昭兒，把三眼火銃拿給王爺看。」

寧王早就看到梁錦昭手裡有樣東西，有些像火銃，又不完全一樣。

前朝起，工匠就發明火銃，但射不遠、威力小、裝填慢，打起仗來還沒有弓弩實用。所以，儘管軍營裡有火銃，卻只是偶爾才用。

梁錦昭起身，把手裡的武器拿到寧王面前。

「寧王爺，這是三眼火銃，是根據火銃改造的，可射到一百尺遠，威力比火銃大，而且是散發，火力密集，有利於壓制行動迅速的騎兵……」

這只三眼火銃是梁錦昭半年前在一個叫焦發的獵人手上買的，那人的兄長會製火銃。他看了之後，非常感興趣，不僅學著做，還進行改造。

寧王興奮地站起來，接過三眼火銃細看後，朝外面走去，邊走邊說：「走，咱們去試試，看它究竟有沒有這麼神奇。」

他們來到院子裡的空地，寧王把三眼火銃交給梁錦昭，伸手指著八十尺遠的一座人工堆積小山包。

「打那棵柳樹。」

梁錦昭應是，點燃火藥，發射鉛彈丸，只聽三聲巨響，那棵柳樹的粗枝椏完全折斷，威力的確比火銃大得多，也射得遠。

梁錦昭又說：「步兵用這個最好，敵人離得遠時，可以射人；離得近，它等於鐵棒，能舉起砸擊。而且，末將還想到一種三段式的射擊陣法，利用步兵與騎兵結合……」

寧王越聽越欣喜，對梁則重和梁宜謙讚道：「果然是將門虎子！」

梁宜謙謙虛地說：「犬子從小跟著悲空大師學藝，有不一樣的想法，多得益於大師的教誨。」

寧王點頭。「名師出高徒，甚是。」

突然，梁錦昭一撩長袍跪在地上，對寧王說：「王爺，末將還有一事，望王爺容稟。」

寧王見他如此鄭重，愣了一下。「梁世子請說。」

梁錦昭道：「大元國以騎兵為主，擅長奔襲，行動迅猛，作風剽悍，而大乾以步兵為主，騎兵甚弱。以前跟他們對打，我們只能堅守城池，基本上是敵進我退，敵退我不追，這樣下去，到哪兒才是個頭？末將覺得，防守遠遠不夠，想徹底戰勝大元國強大騎兵的唯一方式，就是建立一支更強大，並且有新武器的軍隊。

「現在大乾軍隊沒有任何優勢，只能另闢蹊徑。末將建議，建一支專門使用火器的軍隊，利用各式火器來對付敵軍，光是三眼火銃不夠，還要製造比之威力更大的火器。末將已經把焦發安置妥當，出重金讓他和他的兄長專做火器，目前，他們正在研製火炮，威力比三眼火銃大百倍……」

寧王聞言，俯身扶起梁錦昭，喜道：「咱們去書房繼續說。」牽起梁錦昭，向書房走去。

走了幾步，他回頭見梁則重父子及錢滿江還站在原處，就對他們說：「我要跟梁世子秉燭夜談，你們退下吧。」

出了寧王府，與梁家父子告別後，錢滿江便找了家客棧住下。現在天已經快黑了，軍營在京郊，既然他請了兩天假，索性明天下午再回去。

他想去榮恩伯府見潘駙馬。雖然潘駙馬以前對妻女冷漠，但不管如何，潘駙馬都是月兒的爹爹、他的長輩，又機緣巧合救過他的性命，於情於理，去邊關之前，都該上門拜見。

另外，他想再給家人買些東西。程月又懷了孕，他想多給她買些藥材補身，聽說北邊的藥材要比南邊好許多。

第二天早飯後，錢滿江把自己收拾索利，去霧溪茶行買了罐彩釉細瓷瓶裝的霧溪峰尖。這一小罐茶只有半斤，卻花去二百五十兩銀子。

錢滿江是農家子弟，半斤茶就花去他一年多的俸祿，心疼得直皺眉。但潘駙馬的愛好是所有人都知道的，東西孬可拿不出手。

他來到榮恩伯府，潘駙馬正好在府裡。

下人領著錢滿江去了潘駙馬的內書房。一路上亭臺樓閣，雕紅刻綠，流水潺潺，佳木蔥籠，梅花的清香隨處可聞。這裡既奢侈華麗，又雅致精巧，比寧王府好上許多。

程月就是在這種富貴環境中長大的！

想想也是，她的外祖母是當今太后，舅舅是當今聖上，母親是長公主，父親是榮恩伯兼當朝最受推崇的大名士，祖父是從一品次輔，潘家更是五大百年世家之一……

錢滿江想起自家當初的小破院，月兒穿著他娘帶補靪的衣裙，頭上只有一根木簪子，竟然在那裡生活那麼多年，真是難為她了。

兩人來到潘駙馬的書房，一進門就聞到一股清雅的沉香味，屋裡擺設更是鑲金嵌玉，富麗堂皇。

錢滿江目不斜視，把手中的茶葉罐交給房中小廝，便跪下給潘駙馬磕頭。

「晚輩錢滿江拜見潘先生，祝您身體康健，福壽綿長。」

錢滿江的大禮讓潘駙馬有些發愣，說的話也讓他納悶。第一次見面時，錢滿江給他磕頭還說得過去，畢竟那時救他一命，可這次的禮就有些大了。不管怎麼說，他都是朝廷的從五品官員，如此舉止，並不適合，況且剛才的話說得好像在給他拜壽一樣。或許錢滿江出身小戶人家，還不太懂得把握分寸。

這個當爹的，可比他閨女差多了。那個小丫頭古靈精怪，不卑不亢……

潘駙馬想著，笑道：「錢將軍太客氣，快快請起，這邊坐。」

錢滿江起身坐定，告訴潘駙馬，他又要去邊關打仗，幾日後就出發。

潘駙馬說了句客套話。「希望錢將軍能建功立業，平安凱旋。」又補一句：「你的父母妻女都在盼著你，多多保重。」

錢滿江表情鄭重地承諾道：「晚輩謹記先生教誨。」

潘駙馬點點頭。「我甚喜歡你家門前那片草地。聽繡兒說，每年五到七月，不僅是草地最多姿多彩的時候，金蓮也開得最豔，我想去看看。」

錢滿江馬上表示歡迎，心裡卻想著，若潘駙馬去了，會不會發現程月是他「死去」的女兒？這事得向寧王稟報，看看如何應對？

潘駙馬禮貌地留錢滿江吃午飯，卻被拒絕。

「晚輩還要去給家人買些禮物。下午回軍營後，再沒工夫進京。」

潘駙馬聞言，不再留錢滿江，讓小廝送他出去。

另一邊，花溪村的錢家人讀完錢滿江的信，錢三貴唉聲嘆氣，吳氏和程月都哭了起來。

尤其是程月，簡直泣不成聲。

「江哥哥又食言了。」程月哭著，反覆道：「他說過要來接我，可現在連面都沒露，又走了……」

錢三貴也嘆。「聽說大元國比大金國的人還剽悍，這次更危險啊。」

錢亦繡寬慰眾人。「爹爹現在在寧王的中軍營當差，待在元帥左右，不會有大危險。」

秦小川機靈，見狀也道：「你們放心，錢將軍不會有事。軍營裡，最安全的地方就是中軍營，都在後方指揮作戰，不會上戰場。聽說，有些在中軍營當差的人，仗都打完了，還沒見過敵人長什麼模樣呢。」

大家聽秦小川這麼一說，總算放下心來，除了程月。她還在抽抽噎噎地抹眼淚。

錢三貴讓蔡老頭領秦小川下去休息，又吩咐準備一些東西，明天請他給錢滿江帶回去。

接著，錢三貴打開錢滿江捎來的包袱，按照信裡的囑咐，把禮物分了。

其中，給錢老太等女眷的首飾，再加上送錢亦錦兄妹的禮物，絕對價值不菲，連錢亦繡都暗暗吃驚。這些東西的價值不會在千兩銀子以下，錢滿江哪來那麼多錢？

錢老頭和錢三貴的禮物就有些普通了。其實，錢滿江留了個心眼，寧王妃也送貴重禮物給錢三貴，但他怕錢老頭眼紅，沒讓秦小川帶回去。

至於梁錦昭的信和禮物，秦小川便直接交給錢亦繡。

禮物是御膳房做的點心和糖果、十朵宮花，還有幾條墨和一個筆洗。雖然沒明說如何分配，但前兩樣禮物明顯是送錢亦繡的，後兩樣給錢亦錦。

錢亦繡拿出梁錦昭的信，仔細看起來，讀完後卻腹誹不已。

那熊孩子，還真是矛盾！

給她送吃食與宮花，肯定是把她看作不諳世事的十歲小女娃，但這封信的內容，又顯然把她當成大人，讓她分享他的成功與喜悅。

信上說，梁錦昭非常高興能和她爹錢將軍變成好友，又說寧王對他的宏圖規劃如何感興趣，向乾文帝上奏，破格封他為游擊將軍，給他五千將士和五百匹戰馬，讓他組建專用火器的軍隊。同時讓兵部和工部立即調集工匠，趕製三眼火銃和火炮。他還給自己的軍隊取了個非常威風的名字，叫霹靂營，先在京城訓練半年，再赴邊關……

錢亦繡沒想到，這個與前世明朝極相似的時代，其火器營前身竟是由梁錦昭創建。她記得，明軍正是用火器與蒙古人的騎兵對戰，若霹靂營建成，可是有劃時代的意義。

梁錦昭或許真會因此而封侯拜將。還有那個焦發，他算不算是火器之父？

錢亦繡想著，忍不住也替梁錦昭高興起來。

晚飯後，見秦小川休息夠了，錢亦繡便去前院客房，讓他把霹靂營講得更具體些。

秦小川說，別看梁錦昭一下子升了游擊將軍，威風得很，其實，他頭上懸著一把劍哪。

因為，乾文帝和朝臣都不看好他及他的建議，覺得一個乳臭未乾的十七歲小子，哪怕是悲空大師的親傳徒弟，也不足以擔當大任。另一點是不看好火器，覺得笨重又不實用，和弓弩差得太遠。此時正是用人之際，給他這些兵馬，完全是浪費。

但是，寧王力排眾議，梁錦昭又立下軍令狀，若是霹靂營打不贏，就奉上項上人頭。不成功，便成仁，這次梁錦昭真的玩大了。

秦小川又說，明天便要走，不進京，會北上直接去邊關。

錢亦繡聽了，心想還是先準備小爹爹的東西，給梁錦昭的信和禮物，等臘月初崔掌櫃進京時，讓他一併帶去。

當晚，她便開始收拾。吳氏領人給錢滿江做的幾雙棉鞋和幾副棉手套、程月親手縫的幾套褻衣褻褲和一塊象徵愛情的鴛鴦戲水手帕，全都要帶給錢滿江。

前幾天做的鹿肉乾和野豬肉乾也派上大用場。這些肉不需要煮，好吃又耐餓，還不怕壞。大半送錢滿江，然後各留兩斤給梁錦昭。

另外，由錢亦錦執筆，眾人口述，寫了洋洋灑灑十幾頁寄託全家人思念之情的書信。

隔天一早，把秦小川送走後，一家人又傷心起來。

第三天，花溪村裡出了件大事，讓難過的錢家人分了心。

下午，從縣衙回來的汪里正把每家的男人召集到村北頭，說有事要宣布。錢三貴身子不好，就由蔡老頭代替他去。

蔡老頭回來，說朝廷又要徵兵了。這次錢家三房不用出人，但大房、二房各攤上一個，但這兩家的男丁肯定不會去，交二十兩銀子就是。

隔天上午，花強來了，他要去邊關，求錢三貴讓他弟弟頂他的缺，來錢家當長工。

錢三貴十分喜歡花強，打從幾年前他幫家裡送柴開始就覺得他忠厚、自立，後來便招他當了長工。這回不僅答應他的請求，還讓他走之前再來一趟，打算給錢滿江寫封信，讓兒子多看顧花強。

幾天後，錢老頭、錢老太來了歸園。錢老頭一進門，就開始大罵錢二貴和唐氏。原來，錢滿朵的婆家也得出一個壯丁，竟要讓她男人李栓子去。

錢滿朵說不過他們，就回娘家哭訴，找唐氏借二十兩銀子，不讓李栓子去當兵送死。錢滿河不肯給，罵道：「李家有三個兒子，其他兩個兒子下面又有三個兒子，為什麼讓只有獨子的姊夫去？李家人打的好算盤，是讓咱們家幫忙出銀子，他家男人就不用去當兵。」

可唐氏和錢滿朵又哭又鬧，錢二貴也罵錢滿河只認錢不認人，怎能眼睜睜看著姊夫去送命？

錢滿河無奈，只得讓小楊氏拿出二十兩銀子。錢滿朵收下錢，高高興興地回去了。晚上，不知怎的，綠柳村的幾個無賴竟得知李栓子手上有一大筆銀子，讓李栓子的二哥李柱子把他哄出來，幾人聯手，把二十兩銀子全贏過去。

錢滿朵知道後，哭鬧不休，不肯把銀子拿出來。

那幾個無賴也蠻橫，賴在李家不肯走，說要把她兒子李阿財拉出去賣了抵債。

錢滿朵的婆婆李婆子便道：「妳娘家可是大東家，還有那麼多田地和藕塘，再讓他們多出二十兩銀子就是。」

錢滿朵哭著說：「我娘家的點心鋪虧了不少錢，聽說今年連紅都分不到，他們已經給我二十兩銀子，我弟弟也被抽丁，交了二十兩。如今，他們哪還有多的錢給我？」

李婆子又出主意。「妳娘家三叔可有錢了，妳去向他家借。我就不信，嫡親的三叔，能眼睜睜看親姪女婿上戰場送死？」

於是，錢滿朵又回娘家商量，想讓錢二貴去歸園找錢三貴借錢。

錢二貴不願意，罵道：「你們把人得罪死了，還好意思去借銀子？我知道，你們說借，其實就是要。」

唐氏和錢滿朵聞言，又是一陣哭求，錢二貴就有些動搖了。但錢滿河堅決不許錢二貴去，說錢三貴身子不好，到時話說得不好聽，又把他氣著。

在他們吵架時，錢亦得悄悄出門，去錢家大院找錢老頭。錢老頭來了，才把錢滿朵攆走。

現在，聽錢老頭說，當兵名單已報上去。李栓子無錢，只得去當兵，李家因此把錢家恨上，到處說錢家不認親戚，只認錢，錢滿朵還去二房哭鬧幾次。另外，范二黑子也去當兵了。

吳氏聞言，罵道：「那個缺德玩意兒，但願他死在外面，別回來！」

想起范二黑子對程月和小亦繡犯下的惡行，錢亦繡頓覺吳氏罵得對極，他最好別再回來。

第九十九章

冬月底，崔掌櫃回京，錢家不只送年禮，還捎上錢亦繡和錢亦錦給梁錦昭的信和禮物。

兄妹倆的信是分開寫的，錢亦錦寫的內容主要是祝梁錦昭更進一步，順利高升，僅僅寫了兩頁。而錢亦繡一寫十幾頁，除了祝他事業有成的客套話，還記上許多對火器的暢想，試圖為他們開啟新思路。

比如，能不能製造像小鳥那樣，能在天空飛的火器；能不能製造埋在地下，一踩就爆炸的火器；能不能製造像石頭那樣，扔到敵軍中就起火燃燒的火器……林林總總十幾條，完全一副天真小女娃的口吻。

錢亦錦看了她寫的信，笑得不行，揪揪她的包包頭說：「虧妹妹想得出來。妳當製造火器是扮家家酒呢？連小鳥跟石頭都說上了。」

錢亦繡也笑。「不管什麼事情，不怕做不到，只怕想不到。說不定他們真能做出來呢。」

臘月初二，黃鐵和錢曉雨成親。他們倆是跟錢家三房患難過來的，跟主子們的感情自然要好上許多。成親當天，錢三貴賞五十兩銀子，主子們都送了賀禮。

成親後，錢曉雨還是會在望江樓當差，但升為管事嬤嬤，改叫黃嫂子。接替她位置的，是個叫晨雨的丫頭，兩個月前新買的，清秀機靈，剛滿十二歲。

這時，程月的肚子已經非常大了。

錢亦繡想著，古代女人生產不易，想請杜醫婆來家裡住著。有了這位經驗豐富的婦科大夫，總要放心許多，遂去正院跟錢三貴和吳氏商量。

錢三貴兩口子聽了，也覺得好，只是不知杜醫婆願不願意？現在可是快過年了。

錢亦繡道：「那咱們就多出些銀子打動她。」

最後，錢家三房用五十兩銀子、十尺綢緞、十斤點心糖果請來了杜醫婆。

來歸園吃晚飯的錢老太聽說花了那麼多銀子請醫婆來家裡看護程月，心疼得把臉皺成包子，道：「老天，生個孩子還要花那些錢？她又不是公主、郡主，有那麼尊貴嗎？」

錢亦錦笑道：「太奶奶，我娘如今是五品官的夫人，自然尊貴。」

錢老太這才想起，自己孫子是五品大官，程月以後是要當誥命夫人的，點頭道：「可不是，太奶奶糊塗了。」

錢亦錦見狀，又靠過去說許多好話哄錢老太，讓她開懷不已，不再心疼那些銀子了。

臘月二十，錢亦錦和錢亦繡開始放長假，要放到明年的正月二十。

這日，突然變了天，天空陰沈沈的，還飄著小雪。小兄妹穿得厚厚實實，坐上馬車，後面跟著兩輛牛車，去了溪山縣城。

他們是去給縣太爺家、縣丞家、張家、錢香家送年禮的。這幾家的年禮，前幾天已經送到歸園。

兄妹倆商量好，兩人分頭行動。錢亦繡去錢香家、張家，錢亦錦去另外幾家，最後兩人到錦繡行會合，一起回家。

錢亦繡先到錢香家，再去張家，被張老太太留在張府吃飯，又逗了張央的寶貝兒子鈺哥兒。小娃子長得極漂亮，走路搖搖晃晃，抱著錢亦繡直叫姊姊，可愛極了。

現在，黃月娥又懷上，讓張家人喜瘋了。張家幾代單傳，沒想到找了個看似嬌滴滴的媳婦，卻挺能生養。

張小神醫如今已褪去所有青澀，長成一位溫潤儒雅的青年。三天前他去錢家送年禮時，還幫程月把了脈。

飯後，錢亦繡便直接回了錦繡行。

錢亦繡下車時，天空更加陰沈了，小雪中夾著小雨。

魏氏等在錦繡行後院門口，看見錢亦繡，就趕緊把手裡的披風給她裹上，打起傘，牽著她進院子，嘴裡還說著：「怎麼挑了今天出門？多冷呀。」

錢亦繡回答：「今天我和哥哥才放假嘛。」

進了後院廂房，裡面燃著炭盆，魏氏又拿了小銅手爐遞到錢亦繡手裡。

魏氏笑道：「姊兒先坐一會兒，哥兒還沒回來。」又神秘地說：「今天行裡來了一個金毛鬼，頭髮是金色的，眼睛是綠色的，皮膚跟宣紙一樣白，臉上的毫毛足有半寸長。天哪，看著好嚇人，比我在京城裡看見的波斯人還可怕。」

錢亦繡一愣。這不是歐洲人的長相嗎？經常跟大乾做生意的番人，除了來自大乾周圍的國家外，就是通過絲綢之路入境的西域人、波斯人和印度人。但這人的長相，明顯不是中亞或西亞的人，而是歐洲人，便問：「那人是來做什麼的？從哪裡來？」

魏氏低聲道：「他是鏢局的林青領過來的。林青走鏢去了廣東，在海上時突然遇到颱風，被捲進海裡，被來走私的金毛鬼救了。聽說他們的船隻極大，不敢靠岸，停在不遠處的小島上。他們經常在夜裡悄悄上岸，換些稀罕東西。為報答他們的救命之恩，林青就領一個金毛鬼來，讓他買些好東西帶回去。」

「人呢？」錢亦繡追問。

「在鋪子的三樓，我當家的正給他介紹咱們錦繡行的貨品。他說，金毛鬼帶的東西值高價，得想辦法多換些。」

錢亦繡聞言，起身就往外走。

魏氏跟在後面，急道：「姊兒別去，那金毛鬼很嚇人哪。」

錢亦繡沒停步，笑道：「再嚇人，還能有野獸嚇人？狼和蛇我都不怕，還怕他？」

兩人來到三樓，錢華、林青，還有一個穿著大乾朝長錦袍的番人正坐在裡面。番人大約二十幾歲，一頭齊肩的鬈曲金髮，高鼻碧眼，唇邊一圈金色鬍子。

錢亦繡看見這個番人，竟然生出見了家鄉人的感覺，但不敢一開口就說英語，便故意好奇地看他兩眼，然後跟林青打招呼。

林青的父親是鏢局的二當家，錢三貴當初就是跟著他父親跑鏢。前陣子兩家已經說好，京城的錦繡行若要運送貴重貨物，就由他們鏢局來押鏢。

林青對錢亦繡笑道：「繡兒，一陣子不見，又長高了。」

番人見這個小姑娘沒被他嚇著，還好奇地打量他，便樂起來，開口道：「Hello！」說的果然是英語。

錢亦繡笑著向他點點頭，算是歡迎。

一旁的几案上擺著許多東西，有玻璃花瓶、玻璃彈珠、香料、一尊象牙雕的擺件、一座精緻座鐘，還有兩面玻璃圓鏡、兩只懷錶。

她真穿到了一個混亂的時代。大乾朝經濟繁榮，鼓勵手工業和商業，但火器卻相對落後，到目前為止，只製造出火銃，火炮還在研製中。再看看彼岸過來的東西，工藝非常精湛，不知他們發展到什麼程度了？

據她推斷，因海盜極為猖獗，東洋的番人又時時騷擾，大乾朝廷才實行海禁。但番人的大船能在小島上待那麼久，沒被海盜滅了，定是有對付海盜的強大武器。

錢亦繡一邊想著心事、一邊用眼角餘光瞄著那個番人。

這番人極有趣，見小女孩用眼睛偷瞄他，就笑著用手指把自己的大鼻子往上一戳，嘴裡發出豬的哼哼聲，滑稽的模樣成功把錢亦繡逗樂了。

他見錢亦繡笑了，更是高興，拿起一面玻璃鏡，先照照自己，再轉過去照照錢亦繡，獻寶似的遞到她面前。

錢亦繡見狀，故意極感興趣地接過鏡子。

錢華笑道：「姊兒喜歡，咱們就用好東西換一個過來。」

錢亦繡指著桌上的東西說：「這些東西都好。多少錢？咱們全買下。」

錢華搖頭。「這番人不要銀子，只拿東西換。他之所以冒險跟林兄弟跑來，就是想尋些更稀罕的好東西。咱們已經用二十斤溪山毛峰換四顆玻璃彈珠和一面玻璃鏡子，一只青花瓷大花瓶換五斤香料。剛才我讓人拿了些綢緞來，但這個番人眼光挺高，看不上。」

錢亦繡想到另一種可能，遂道：「家裡有不少從京城帶來的好東西，比錦繡行的貨品還好，讓他去歸園換。」

錢華遲疑。「不好吧，咱們又不認識這番人。」

林青是個豪爽性子，聞言便說：「錢掌櫃放心，李只是個生意人，他一個人都不怕，你還怕什麼？我也許久沒見到錢叔叔了，正好去看看他老人家。」

於是，林青對李連說帶比，李搞懂了他的意思，點頭表示願意。

錢華見狀，只得同意。就算他不肯，錢亦繡有了主意，也不會聽他的。

不久，錢亦錦也回了錦繡行，聽說鋪子裡來了個金毛鬼，急吼吼跑上來看熱鬧。他是第一次看到番人，稀奇得不得了，眼睛直愣愣地盯著李瞧。

李被這樣看慣了，也不生氣，故技重施，按著自己的大鼻子學豬叫，又成功把錢亦錦逗笑了。

錢亦錦聽妹妹說，要把李帶去歸園換好東西，也高興得直點頭。

林青怕李嚇著人，出門前，給他戴上大帽子，還教他用袖子遮起臉，才帶著他出了錦繡行，往花溪村去了。

到了歸園，李一下車，就把沒見過世面的吳氏等人嚇得尖叫，直說山裡的野人跑出來了。

錢三貴倒不覺得害怕。以前跑鏢時，他也見過番人。

錢亦繡沒敢讓程月出來，怕她驚著胎。

錢三貴在外院招待林青和李吃飯，除小兄妹外，錢華也在一旁作陪。

李不會用筷子，便拿勺子給他。他特別喜歡吃糖醋排骨，和用金蓮藕粉做的藕粉桂花糕。

飯後，錢亦繡讓人將她從京裡買的及梁府送的五疋提花錦緞、二十疋軟緞、十床七彩被面拿出來；又叫紫珠去望江樓，取程月之前繡的兩把異色雙面繡團扇。在她眼中，這兩把團扇可算得上是大乾國粹。

這些東西把李的眼睛看花了，尤其是團扇，讓他的眼珠都瞪圓了，嘴裡嘰哩呱啦，不停說著番話。

錢亦繡大概聽懂，他是在說：太不可思議、太神奇、太美妙了！

李不愧是個商人，先把這些東西全拉到他這邊，才指指他的腦袋，一陣比劃。

跟他接觸久的林青翻譯道：「李是說，這些東西都好，他非常喜歡。但他是冒著掉腦袋的危險來到這裡，得再拿些好東西出來換，他就把他帶來的東西全給你們。」

錢亦繡聽了，低頭看看李的兩口箱子。

李會意，稍微打開箱蓋讓她瞧。

一箱裡有六面小玻璃鏡、兩面大的玻璃方鏡、四只大玻璃花瓶、一小盒玻璃彈珠。另一箱內則是兩座鍍金座鐘、三個望遠鏡、三只懷錶、兩樣象牙雕的擺件、三顆食指腹大小的紅寶石，以及二十斤香料。

錢亦繡雖看不上那幾樣玻璃製品，但覺得李是冒著生命危險遠渡重洋來到大乾，的確該多掙些錢。再說，她想談下一步的合作，遂打算多買一點。

於是，她又讓人把家裡上好的瓷器拿來，包括十幾只大小花瓶、二十幾套碗碟。再取十套蓮艾妝黛、幾架錢曉雨繡的小繡屏、二十斤好茶葉、五十斤金蓮藕粉，連梁錦昭送的十朵宮花都掏出來，還吹噓了蓮艾妝黛的特殊之處。

李看了，終於滿意地笑起來，比著手勢。「Ok！Ok！」

做完生意，見時辰不早，錢亦繡便讓錢華安排，請林青和李在外院客房歇息，自己則帶著換來的寶貝去了正院。

錢亦繡到正院後，便把跟番人換得的貨物擺出來，讓大家見識見識。

這些琳琅滿目的稀罕物事，看得吳氏、程月及幾個下人的眼睛都花了。

錢三貴笑著問錢華。「我孫女做的這筆生意，還划算嗎？」

錢華也笑，答道：「姊兒拿出的東西，大概值三千多兩銀子。那個番人的東西，若是拿去賣，能賣到一萬多兩銀子，甚至兩萬兩也不一定。」

錢三貴哈哈大笑。「怪不得都說走私生意做好了，能一本萬利。繡兒能幹，又賺了。」

這時，錢亦繡把望遠鏡拿出來，問道：「咱們軍隊裡有望遠鏡嗎？」

錢華點頭。「聽說有從西邊過來的望遠鏡，不過非常少，也極貴。」

錢亦繡又建議。「爺爺，如今咱們不缺錢，玻璃和香料讓錢大叔拿去賣，望遠鏡和懷錶各拿一個給爹爹，其他東西都留在家裡用。」

錢亦錦聽見，趕緊拿了幾顆玻璃彈珠。「我喜歡這彈珠。」

程月也道：「我喜歡玻璃鏡子。」

錢三貴豪爽地說：「那咱們都不賣，全留著。」

於是，他對這些東西做了一番分配。吳氏和程月各拿一面大玻璃鏡，以後請人做妝檯鑲上。錢亦錦則要了四顆玻璃彈珠和象牙雕刻的白馬，錢亦繡的是一面玻璃圓鏡和一只懷錶。本來錢亦繡想把座鐘留在正院，可錢三貴說自己看不懂，不要，便放去望江樓。另外，再託人給錢滿江帶望遠鏡和懷錶過去。

最後，送錢老太和錢滿霞各一面玻璃圓鏡，四顆玻璃彈珠給了錢華。

回望江樓後，錢亦錦便讓錢亦繡教他認座鐘和懷錶，學會了，又強把她那只懷錶要去。同時感到疑惑，妹妹怎麼會看懷錶呢？

錢亦繡解釋，她是跟梁錦昭學的。梁錦昭打算進軍營後，梁則重就送了一只西洋懷錶給他，上回去京城賣繡屏，瞧見懷錶覺得好玩，便學起來。

第二天早飯後，錢三貴讓人把林青請來敘舊，錢亦繡便牽著猴妹去西廂客房。她讓猴妹站在門口守著，自己走進去，看李正忙著包裝他新買的商品。

錢亦繡從懷裡取出那顆從洞天池拿來的白色大珍珠，把珠子托在手裡，伸到李的眼前。

李手上的動作瞬間停止了，目光定在那顆珍珠上，隨著珍珠的移動而抬起頭來。

天啊！這珍珠又大又圓，上面還隱隱露出金色蓮花的圖案，比他們女王王冠上的寶石更璀璨好看。

錢亦繡如願看見李的眼光發綠，便把手握成拳頭收回來，另一隻手攤開伸向他，又指指握珍珠的手，意思是，拿相應的東西來換這顆珍珠。

然後，她把事先準備好的一張紙和一小塊炭遞給他。

李依次畫了花瓶、寶石、象牙、望遠鏡、錶、鐘等等，又連比帶畫，連蹦帶跳。這些常出國做走私生意的番人，肢體語言極其豐富，就像在表演一齣默劇。

錢亦繡一直失望地搖著頭。

李的眼神黯下來，突然，靈機一動，又畫了個長長的圓筒，底下有個座子。

他怕錢亦繡不懂，指指圓筒，雙手假裝抱了個東西放進圓筒裡，然後粗著嗓子喊砰砰兩聲，再聳聳肩攤開雙臂，意思是都沒了。

錢亦繡這才滿意地笑起來，指指圓筒，學著他用雙手假裝抱物的姿勢，意思是還要放進圓筒的東西。

李搞懂了，笑著直說：「Ok！」

錢亦繡再比比手勢，表示要十顆放進圓筒內的東西。

李搖搖頭，伸出三根手指。

錢亦繡見狀，心想不能都為國家貢獻，遂用炭在望遠鏡和懷錶上畫一圈，在寶石上畫三圈，指指李的眼睛，意思是要這個顏色的。彼岸好像不產翡翠，看能不能弄兩顆祖母綠或貓眼石回來。

李看了，伸手指指昨天買的茶葉，比個手勢，再要二十斤，及十疋軟緞。

錢亦繡現學現用，也比了個手勢。「Ok！」

這筆生意談成了。

李急著回船上，想告訴同伴這個好消息，便請錢亦繡帶他去找林青，連比帶說，拜託林青再保護他一次。

林青肯領著李千里迢迢跑這麼遠，不僅因為李救了他的命，還送他一面玻璃圓鏡、一個望遠鏡。這兩樣東西，他跑一輩子的鏢都掙不到。

李承諾，再保護他一次，就給林青一個大玻璃花瓶、一只懷錶。

林青想想，這兩趟跑下來，把東西一賣，什麼都不幹，就能富富裕裕過一輩子，便點頭答應，轉頭跟錢亦繡說：「我們從廣東到這裡，用了一個半月，這趟來回，至少要花三個多月。回來時，已經四月，連年都要在外面過。」

錢亦繡道：「辛苦林叔叔了。」又給二百兩銀票，當作林青的酬勞。

接著，三人說好，明天一早就出發。

談完生意，錢亦繡去上房，偷偷跟錢三貴講了她跟李談的買賣。她找的藉口是，林青說，番人船上的巨型火銃特別厲害，比弩和弓強多了，打得那些海盜不敢上前。這巨型火銃有些像梁錦昭信中說的火炮，霹靂營正在研製，造不造得出來，卻不一定。

既然如此，她讓那番人弄個火銃過來，找工匠拆裝，然後把圖紙畫出來，派可靠的人送給錢滿江，由他獻上。這樣，不僅能早些把大元國打敗，讓爹爹早些歸家，爹爹還立下奇功，說不定能因此升官。

錢亦繡又遺憾地說：「可惜現在海禁，走私是犯法的。否則，咱們直接把巨型火銃送去邊關，還不用自己費勁拆裝。」

錢三貴極高興，又聽說孫女是拿珍珠做成這筆交易，便把自己手中的珍珠分一半給錢亦繡，說不能讓她吃虧。

之後，錢亦繡假託去京城時聽人偷偷議論，似是無意地對錢亦錦提了加強海上航運及武器對國家的重要性。既然他想入仕，也該了解一些才好。

第一百章

除夕上午，錢滿川和錢滿河親自來歸園接錢三貴一家，他們已經好久沒去錢家大院。

這次，三房孝敬老倆口的東西不多，但都精貴，包括那面值高價的玻璃鏡子。

錢老太樂得嘴更歪了，大著嗓門說：「哎喲喲，老婆子可是享著三兒的福，還用上玻璃鏡子。聽說這東西精緻得不得了，只有極富貴的人家才能使呢。」

錢老頭笑道：「老太婆又糊塗了。現在咱們孫子是大官，咱們也是極富貴的人家了。」

另外幾房，除了四房及錢滿川、錢滿河見過玻璃，其他人都沒見過，都想看看這面玻璃鏡子長什麼樣？

錢老太正想炫耀炫耀，又怕把鏡子打爛，自己不敢拿，也不許他們拿，只讓做事穩當的錢四貴拿著，讓眾人看一眼，然後趕緊收起來。

如今，錢家子孫又壯大了，廳屋裡擺滿三桌菜。

吃團圓飯前，錢老頭照例又總結了一年的收穫，誇了為家族改換門庭的三房，又批評無知婦人搬弄是非，差點鑄成大錯；還念叨錢四貴竟把省城的生意做虧了，讓艱難經營的老兄弟點心鋪雪上加霜。

最後，讓錢家四兄弟團結起來，把錢家的生意做得紅紅火火。

錢家四兄弟聽了，笑著舉起酒碗，像沒發生過過節一樣。

另一桌上，錢亦多小聲跟錢亦繡說：「繡姊姊，我真怕妳不理我，今天妳能來我家，我好高興。」

去年，錢亦多長高了些，臉上的嬰兒肥消去不少。由於家裡環境變好，沒讓她在太陽底下幹過活，皮膚白皙細嫩，而且生得十分俏麗，長大了也會是個美人。

錢亦繡捏捏她的臉，笑道：「繡姊姊也喜歡多多，怎麼會不理妳呢？」說完，給她挾了一塊肥肥的紅燒肉。

錢亦多高興地把肉送進嘴裡。

吃過團圓飯後，二房、三房便回了自己家去。

錢亦善跟幾個孩子隨三房眾人一起走，來到村西頭那片荒原。

如今，這裡算得上花溪村最熱鬧和喜氣的地帶，樹上掛了許多紅燈籠，好些孩子和半大小子都在這裡放爆竹，追逐打鬧。

錢亦錦和錢曉雷也留在這裡跟孩子們一起玩，其他人則回歸園。

此時望江樓裡，程月正坐在廳中，等著家人回來。

她已經換上大紅軟緞繡牡丹的棉長袍，戴鑲紅寶石的孔雀步搖，打扮得喜氣洋洋，期待跟家人一起過年。

她的肚子越來越大，上下樓甚是困難，早兩個月，錢亦繡就讓人把她的臥房搬到一樓。

程月正有些不耐煩時，錢亦繡終於回來了。

程月在晨雨的攙扶下，費勁地站起身，挺著大肚子向女兒迎上去，嘟嘴拉著她的手說：「繡兒可回來了。娘想妳和錦娃，也想江哥哥。」

錢亦繡笑道：「我們也想娘，一吃完飯就趕回來。」又替錢滿江說好話。「爹爹也想您。」然後把她牽到正院上房。

吳氏第一次看到打扮得如此喜慶的程月，笑著點頭。「喲，月兒這麼一穿戴，還真有誥命夫人的派頭。」隨即過來扶她，怕她摔著。

這時，錢亦錦也進門，一家人這才坐下，歡歡喜喜吃了年夜飯。

正月，三房一家是在緊張中度過的。

程月的預產期是二月上旬，但因懷了雙胞胎，很可能早產。也就是說，孩子很可能正月就落地。

因為肚子太大，程月的雙腳腫得厲害，呼吸也不順，時常喊肚子痛。不僅杜醫婆時時跟著她，張央隔三差五也會來幫她把脈，林大夫幾乎每天都會來一趟。

錢老太看了直搖頭，對錢三貴嘀咕道：「你們是不是過分了些？不就是生個娃嘛！」

正月二十一大早，放完長假的錢亦繡和錢亦錦又去臨荷苑上課。錢亦繡雖然只上一個時辰，還是集中不了精神，被余修用戒尺輕輕敲了好幾次頭。

一下課，錢亦繡就帶著紫珠，急急忙忙趕回去。剛過月亮門，就看見吳氏同何氏慌張地往望江樓走，遂也加快腳步。

吳氏並沒有進望江樓，而是繞過望江樓去了後面。那裡有幾間廂房，原來是庫房，現在收拾出兩間，給程月生產用。

錢亦繡的心一下子提上來。小娘親這是要生了？緊跟著去後院，果然聽見程月的呻吟聲從廂房裡傳出。

錢亦繡想闖進去，卻被吳氏擋住。「妳娘在裡面生產，不能進去。」又讓人去喊村裡的接生婆來幫忙。吩咐完，便進了產房。

程月斷斷續續的呻吟及喊痛的吼叫，陸續從房裡傳出，聽得錢亦繡捣著嘴哭。

下午，錢三貴、錢老頭、錢老太都來了，坐在望江樓裡等消息。

錢亦錦也不上課了，和錢亦繡一起站在廂房前面等，無論大家怎麼勸都不離開。

黃昏後，程月的聲音已經嘶啞，叫得更加恐怖。小兄妹又難過、又害怕，抱頭痛哭。

錢亦錦大著嗓門哭道：「娘親，您要好好的，錦娃和妹妹不能沒有娘。」

錢滿霞聽說，也跑來，陪著小兄妹一起站在外面等。

天黑了，來幫忙的接生婆出來倒血水，一盆接一盆，看得兄妹倆又是一陣哭泣，身體不停發抖。

錢滿霞見狀，抱著他們，不時勸解著。

突然，一陣響亮的兒啼傳來，接生婆叫道：「恭喜太太，恭喜大奶奶，是個男娃！」

小兄妹聽見，也不哭了，緊緊盯住那扇小窗，期待第二道啼聲。

大概半刻鐘後，另一聲兒啼傳出來，接生婆驚喜叫道：「天哪，這次是女娃。大奶奶又生了一對龍鳳胎！」

聽到程月平安生下龍鳳胎，守在外面的人一陣歡呼。

因為程月這回生得實在辛苦，此時不只錢滿霞領著小兄妹站在廂房前，錢老頭、錢老太也來了，連錢三貴都坐在椅子上、蓋著大棉被，被人抬來聽消息。

杜醫婆領著人在屋裡給孩子秤了重，才跑出來報喜。「兩個娃兒都長得壯，男娃有五斤二兩，女娃是四斤三兩。」

錢三貴和吳氏喜瘋了，錢老頭和錢老太也歡喜，卻是錦上添花。錢三貴兩口子是真的把心放進嗓子眼裡。他們這房終於有親孫子了。

錢老太高興地說：「怪不得滿江媳婦的肚子那麼大，兩個孩子都沈手。」

杜醫婆又道：「雖是雙胎，但大奶奶生得還算順利，不影響以後再生娃。」

產房打掃乾淨，給來幫忙的人打賞後，錢老太就進屋看孩子，錢亦繡也跑進去瞧瞧弟弟妹妹。

錢亦錦也要去，卻被錢滿霞拉住。她來之前，萬大中鄭重告訴她，定要阻止錢亦錦進產房，說男孩進產房不吉利，會阻礙他的前程。

錢亦錦見妹妹都進了，偏不讓他去，急哭了。但錢滿霞拉著他不放，錢老頭和錢三貴也說男娃不能進產房，只得抹著眼淚，在小窗外說：「娘，等過幾天您和弟弟妹妹回望江樓，我再去看你們。」

其實，錢老頭和錢三貴更急著看奶娃，但天太冷，不敢把孩子抱出來。

產房裡，兩個奶娃雖然皺巴巴、紅彤彤的，但一眼就能看出男娃像錢滿江多些，女娃比較像程月。

錢亦繡愛到心裡去了，瞬間覺得自己也變小，輕輕地摸摸這個，再摸摸那個，嘴裡不住地招呼。「弟弟、妹妹，漂漂……」

虛弱的程月終於緩過勁來，說出生產後的第一句話。「娘，月兒有本事，又生了個帶把的。」

吳氏忙笑道：「是，咱們月兒最有本事。」

程月的第二句話是：「雖然有了兩個帶把的，月兒還是喜歡繡兒，還有這個小閨女。」

這話把錢亦繡感動得唏哩嘩啦的。

吳氏點點頭。「閨女是小棉襖，貼心，我們都喜歡。」

錢老太撇了下歪嘴，想說什麼，但看看程月充滿慈愛的目光，又改口道：「咱們錢家的閨女也金貴。」又笑著說：「老頭子先把名字取好，說男娃就叫錢亦厚或錢亦富，女娃就叫錢亦豐或錢亦滿。」

程月聽了，立刻哭起來。「不能叫這名兒！月兒的娘親在天上聽見，都會哭的。」

錢老太一聽，又要罵人，吳氏趕緊勸道：「婆婆，月兒的心思跟咱們不一樣，剛生完孩子，別讓她哭了。」

錢滿霞見狀，趕緊把嘮嘮叨叨的錢老太扶出去。

錢亦繡幫程月擦眼淚。「娘不哭，弟弟妹妹不會取這些名字，太難聽了。」

另一邊正院屋裡，錢三貴聽說了這件事，也不喜歡錢老頭取的名字。他的兒子可是五品官，孫子跟孫女取這名字多不好聽，遂特地把余修請來，請文曲星幫著取一個。

余修想想，道：「非淡泊無以明志，非寧靜無以致遠。哥兒就叫錢亦明，姊兒就叫錢亦靜吧。」

錢三貴聞言，高興得直點頭。

錢老頭聽是舉人老爺取的名及出處，也心悅誠服地同意了。

錢家三房媳婦又生下一對龍鳳胎的消息，迅速在附近幾個村裡傳開了。

村民都說，怪不得人家能發大財，怪不得人家的兒子能當大官，這個傻媳婦果真是旺家旺夫的命。傻字當然只敢在心裡說。

錢亦明和錢亦靜是幸福的，出生在家裡最好的時候。雖然他們各自有乳娘，但程月不許人把孩子抱走，乳娘只負責餵奶和把屎把尿。兩個孩子各睡一張小床，放在程月的臥房裡，錢亦繡還是陪著程月睡大床。

在兩個孩子健康成長的同時，錢家也完成了幾件大事。

今年，小香山的桃樹終於能結果了，他們選了長勢最好的五十棵桃樹圈起來，跟蓮香水榭後的金蜜桃樹枝嫁接，想種出比一般桃子更多汁美味的水蜜桃。

根據當初的協定，三月初，錦繡行可以對外賣出金花蓮藕的蓮子。金花蓮藕的名字也徹底定下來，秀湖裡產的，叫一號金蓮藕；荷風塘裡的，叫二號金蓮藕。錦繡行賣的是二號金蓮藕的蓮子，種出來的是三代金蓮藕，雖然口味依次下降，但仍比普通的紅花藕和白花藕好吃得多。

這筆生意是宋家、梁家、錢家一起做的，但由於買的商家極多，又囤了兩年的貨，還是大賺一筆。現在宋治先對錢家極禮遇，錢亦明和錢亦靜的滿月宴，還親自帶著青姊兒和蘭姊兒過來，送上賀禮。

去年底，錢亦繡就讓錢華派人到處尋訪金工、木工、石工及懂鑄造的能工巧匠，還真找著五個人，三月初來了歸園。其中一個老頭曾在工部做過火銃，被火藥炸傷右手，才回老家去。

這幾人住在荷風塘西邊的房子裡，等待火銃送過來的工夫，做出的第一件產品，竟是嬰兒車。

錢亦繡把嬰兒車的圖樣畫出來，又說明一番。做出來後，不僅自家弟弟妹妹能用，以後還可以賣錢。

還有，今年錦繡行和霧溪茶行共同栽種的茶樹終於採收了，清明前摘了四百多斤，製成茶葉，卻不超過一百斤。清明後，隨著天氣變化，採的鮮茶就不會這麼好了，依次取名為金蛾峰、金蛾茶。

四月六日，是錢亦錦和錢亦繡的十一歲生日。兄妹倆吃了水煮蛋，又得了錢三貴和吳氏及程月送的生辰禮物。

早飯後，上學途中，錢亦錦如往常一樣，又要牽妹妹的手。

錢亦繡躲開了。「咱們已經十一歲，哪怕是親兄妹，也不能再牽手。」

錢亦錦一愣，脹紅了臉，眼睛也鼓起，嘴抿成一條縫，右手把錢亦繡藏在後面的左手硬扯出來，捏緊，快步往和熙園走去。

錢亦錦個子高，腿長勁大，拉得錢亦繡一路小跑。走了一段路，才忿忿地說：「咱們是兄妹，在家裡拉拉手有什麼關係？那奔奔和跳跳還成了兩口子哩。」

錢亦繡聞言，暗暗翻了個白眼。奔奔也真沒出息，不知道進山拐個漂亮媳婦，卻把主意打到妹妹跳跳身上。如今，跳跳已經懷上小狗崽了。

「狗是畜牲，人怎麼能跟牠們相提並論呢？」

錢亦錦說：「我只是打個比方。」又緩和聲音道：「哥哥習慣了，從小就牽著妹妹的手，一下子不牽，心裡難受得緊。好妹妹，再讓哥哥牽兩年吧，過兩年妹妹訂親，哥哥就不牽了。」心裡卻憂傷地想著，想牽也牽不成了。

這熊孩子真發起火來，錢亦繡也拿他沒轍，不想跟小屁孩一般見識，便認命地被他牽進臨荷苑。

第一百零一章

放學後，錢亦繡剛出臨荷苑，便看見程月領著幾個人在秀湖邊散步，兩個乳娘各推了一輛漂亮的嬰兒車。

小嬰兒車前天就送來，讓眾人稀罕了好一陣。

錢亦繡笑著走過去，跟程月打了招呼，就俯身欣賞起「藝術品」。

兩個孩子長開後，更漂亮了，被稱為藝術品一點也不為過。尤其是錢亦靜，幾乎繼承程月的所有優點，又白又嫩的皮膚吹彈可破，大大的杏眼又黑又亮，又長又翹的睫毛像蝴蝶的小翅膀，小巧的鼻子、花瓣似的小嘴、尖尖的小下巴，還有兩個時隱時現的小梨窩……比當初又瘦又小的小亦繡漂亮多了。

錢亦繡俯身親妹妹兩口，逗得錢亦靜笑起來，啊啊地向姊姊吐了兩個小泡泡。

錢亦靜特別認人，若是程月和姊姊、哥哥親她，她就高興。有些人，比如錢老太，離她稍微近些，便大哭不止，氣得錢老太直罵她：「小丫頭片子分不出好歹！」

另一輛車裡的錢亦明見狀，哼哼嘰嘰起來。

錢亦繡轉頭去看他，小傢伙長得像錢滿江，高高的鼻梁，眉眼俊秀，見人就笑，討所有人的喜歡。

但錢亦繡最喜歡的，還是他微翹的小方下巴，上面還有個小槽。程月和錢滿江都不是這種下巴，不知隨了誰。她隱約覺得見過這種下巴，卻一時想不起來。

她又親了錢亦明兩口，他高興得咯咯直笑，不停舞動雙手雙腳。

幾個人正鬧著，弘濟被人直接領到了和熙園。去年冬月，他和悲空大師去了京城，昨天才回來，今天便急不可耐地來錢家。

「嬸子、姊姊……」弘濟見到他們，一高興，又把心裡的稱謂喊出來。

他先跑到程月面前，抱著她的腰說：「嬸子，貧僧好想您。」

程月用帕子擦擦他前額的汗，笑道：「嬸子也想你。你的春衫和鞋子都做好了，等會兒回屋裡試試。」

弘濟聽了，樂得眼睛彎彎。

錢亦繡在一旁招手。「弘濟，快來看看我的弟弟妹妹。」

弘濟來到嬰兒車旁，看到兩個小孩子，喜歡極了，捏捏他們的小臉，從懷裡取出一尊觀音像和一尊彌勒佛像，只有成人拇指那麼大，雕工極精緻。

「這是用紫檀木雕的，我特地請師父誦了經，保佑弟弟妹妹一生順足。」

兩個小傢伙都喜歡弘濟，連會認人的錢亦靜都非常給面子地咯咯直樂。

逗了孩子一會兒，弘濟告訴錢亦繡，他們之所以在京城待了這麼久，正是因為悲空大師在幫梁錦昭的忙。他們回來前，火炮製造出來，威力極大，可以打中二里外的地方。雖然還是有不少缺點，但已是了不起的發明。

乾文帝極高興，下旨加緊製造火炮，又厚賞梁錦昭和焦發兄弟。下個月，梁錦昭就會帶著霹靂營，奔赴邊關。

弘濟又說，現在邊關交戰得非常激烈，儘管寧王用兵如神，將士也英勇無畏，無奈大元鐵騎太過剽悍，邊關已連丟三座城池，大乾的士兵死傷無數……

想到不知如何的小爹爹，還有那些活生生的年輕生命，錢亦繡的心情不禁低落下來。

弘濟見狀，勸解道：「放心，我師父說，這些火炮極厲害，再加上我師兄的三段式陣法，對攻克大元騎兵有奇效。只要寧王能在邊關堅守到師兄帶著霹靂營和火器前去，最後的勝利就屬於咱們大乾。」

錢亦繡聞言，想起了李。現在已經四月，不知道他們什麼時候才能到？

中午，招呼弘濟的素宴擺在望江樓裡。

三個孩子加一隻猴子，爭搶著讓程月挾菜，若覺得自己少了，就會假裝吃醋，大喊「娘親」，讓程月多挾些，連弘濟都有意無意地喊了好幾聲娘。猴妹不會說話，就拿勺子敲碗。程月樂得眉眼彎彎，不停給他們挾菜，還安慰著：「乖，不急，娘這就給你們挾。」其中，搶得最歡、叫得最大聲的就是弘濟。錢亦錦和猴妹純粹是湊熱鬧，錢亦繡則想讓弘濟多感受一分喜悅和親情。

今天，前院也擺了六桌席。

不少親戚朋友主動來給錢亦繡和錢亦錦送生辰禮，錢三貴心裡十分無奈，只得盡心招待客人。

窮在鬧市無人問，富在深山有遠親。當初三房窮時，好像只有花溪村的幾戶人家和錢香家與他們來往。如今，來歸園攀親的人越來越多，不僅有鄰鎮的親戚，連外縣都來人。

弘濟沒離開歸園，要住到明天下午才回大慈寺。

飯後，他同錢亦錦回臨風苑歇了午覺，再來望江樓。

程月招呼弘濟過去，親手把新做的僧衣給他套上。午飯前幫他比劃時，發現做得大些，下午便改了改。

程月細細看了，才滿意地笑道：「合身了。」又捧起弘濟的臉瞧，心疼地說：「之前弘濟比錦娃胖得多，如今卻跟錦娃差不多。是沒吃好嗎？」

弘濟笑道：「嬸子莫擔心，師父說我該長高了，所以才瘦下來。」

初夏下午的陽光已經非常烈，幾人便待在望江樓裡沒有出去。

陽光從窗櫺外和門外灑入，讓屋裡沐浴在一片光暈中。隨著微風飄進來的，還有門外幾株梔子花的清香。

程月靜靜坐在一邊，望著三個孩子說笑，不時親手為他們續續茶，偶爾插幾句話。

陽光漸漸西移，當霞光布滿天際時，程月幾人吃完晚飯，又推著嬰兒車去和熙園散步。

另一邊，錢三貴送走客人後，又累著了，去望江樓吃完晚飯，便回去歇息。

這時，外院的蔡老頭急急來報，林青和金毛鬼來了。

錢亦繡一聽，急急向前院走去。若程月不在跟前，她早撒開腿跑了；錢亦錦和弘濟也跟著她去了前院。

下午，小兄妹沒少講李的笑話。錢亦錦還送了兩顆玻璃彈珠給弘濟，弘濟樂得抓耳撓腮。錢亦繡還承諾，若李再拿懷錶來，就送他一只，又教他如何看錶。

弘濟對錶不感興趣，卻想要望遠鏡，錢亦繡便大方地把自己手上的送給他。

前院裡，一根又細又長的炮筒擺在地上，旁邊還有裝著兩個大輪子的炮架。

錢亦繡先被這兩樣東西吸引住目光，接著耳邊傳來李熱情的招呼聲，雖然發音不算準，但也勉強能聽出，他在喊「繡兒、錦娃」。

錢亦繡笑著回應，又跟林青打招呼，然後讓人準備洗澡水和晚飯，請他們先休息。

弘濟好奇地看著炮筒，納悶地說：「我師兄他們做的大炮，筒子又短又粗，這炮的筒子怎麼又細又長呢？」

錢亦繡隱約記得，前世明朝從葡萄牙人手裡進口了紅夷炮，又透過葡萄牙人，買得英國的加農炮。加農炮的炮管較長，不知這大炮是不是前世的加農炮？

她能曉得這些，全要感謝前世的工會工作。有一年慶祝軍人節，工會辦了徵文活動，有個年輕人寫了篇關於近代武器的文章，介紹大炮是如何引進中國的。當時她挺感興趣，還上網搜尋相關知識。

等一身清爽又吃飽喝足的李和林青回到前院，李果真叫這種炮為Cannon，錢亦繡便順勢喊它加農炮了。

錢亦繡又跟李比劃，要等明天試過火炮後，再給他珍珠。

李點頭，表示理解。

第二天辰時初，趁著外面還沒有行人，李、林青、錢華推著炮架往西走去，錢亦繡、錢亦錦、弘濟跟在他們後面。

李依約帶來三顆鐵彈，錢亦繡隨意選擇一顆，讓人把它抬進手推車裡，一併推去。

到了荷風塘西面，這裡是亂石崗，方圓十幾里地，人跡罕至，正是做試驗的最好地點。

住在歸園的幾個工匠也來了，好奇看著、摸著這個奇怪的大物。

李說，這種炮最遠可射至一里多遠，讓人先去前面檢查，看看有沒有突然闖進來的人？再讓黃鐵站在射程外的另一邊，看看是否射中？

一切準備妥當，李帶人抬起鐵彈，裝入炮管，打出大乾土地上的第一聲加農炮炮聲。

砰！一聲巨響，硝煙瀰漫後，除了李、錢亦繡、錢亦錦、弘濟外，所有人都抱著腦袋趴在地上。

他們跑到一里遠的地方，有塊巨石被炸碎，還出現一個大坑，可見威力有多大。

弘濟的眼睛睜得老大，對錢亦繡咬耳朵。「這比我師兄他們製造的火炮好幾十倍啊。」

錢亦繡滿意地笑了，帶著人回了荷風塘。

錢亦繡比劃著，請李跟那幾個工匠講講如何操作加農炮，以及該注意的事。

李點點頭，向那幾個工匠連比帶說，林青勉強充當翻譯，竟也把用法解釋清楚了。

另一邊，附近幾個村卻炸了鍋。

村民認為，剛才的巨響是天上打的大雷，震得連地都晃了幾晃。

許多老人被嚇哭，認為是天神發怒，先打大雷預警。許多人便出主意，應該殺牲獻祭。

一會兒後，錢亦繡等人回到歸園，才聽蔡老頭說起村裡正籌款買羊、買豬，準備三日後獻祭的事。

這事，錢亦繡不好去跟村裡人解釋，便沒在意，只吩咐蔡老頭，自家可以多出些錢。

蔡老頭應聲出去，林青和其他工人自去歇息。等屋裡僅剩下李和錢亦繡後，李回房把箱子拿到前廳，將兩只懷錶、一個鍍金座鐘，及兩顆祖母綠、一顆貓眼石擺在桌上。

是女人就沒有不喜歡寶石的，錢亦繡拿起寶石，呵呵傻笑起來。

對她來說，洞天池那顆大珍珠再好，也不敢戴出去；而這三顆寶石雖然珍貴，卻不是獨一無二，她和小娘親想戴就戴了。

三顆寶石都有她兩個食指指腹大小。她曾見過梁大奶奶戴貓眼石首飾，那顆還沒她手上的大呢。

錢亦繡笑完了，看見李瞪圓了眼睛盯著她，顯然急得不行。

她先把一旁早準備好的箱子打開，裡面裝了十足軟緞、二十斤茶葉，接著從荷包裡取出大珍珠遞給李。

李猴急地把珍珠接過去，貪婪地看了又看。

錢亦繡見狀，又問，能不能再多換一個望遠鏡？

李點頭笑了。他來時，還多帶了兩個望遠鏡和兩副銀架老花眼鏡，想再換十套蓮艾妝黛。他父親說，這比他們國家的化妝品還好，顏色豔麗、香味濃郁，包裝的彩釉細瓷盒也極好看。

除了再要十套蓮艾化妝品，李又要了十斤茶葉，錢亦繡都給了，又跟他約定好，她還有好東西，讓他拿最有價值的東西來換，最好是他們那種大船。

李說，船隊等他回去後，馬上就要回國。幾年後，他們會再來，讓錢亦繡把歸園的地址寫給他，看看以後還能不能再相遇？若真有等價的好東西，他就給她一條大船。

同時，他又用英文寫下自己的地址，即使錢亦繡去不了他家，也是個紀念。他還真是日不落帝國的人，家住帝國首都。

接著，錢亦繡把換回來的東西拿到正院，錢三貴看了看，只留下大炮，其餘都讓錢亦繡拿回去。

錢亦繡只取走三顆寶石，剩下的都讓錢華拿去京城賣。

錢三貴笑道：「賣了的錢，全給繡兒當嫁妝。爺爺知道，這些東西都是繡兒冒著危險掙回來的。」

錢亦繡搖頭。「我有錢。現在有了弟弟妹妹，要給他們多留些銀子才成。」

錢三貴聞言，心疼地摸著她的小包包頭。「繡兒是個好孩子，爺爺心裡有數，以後不會讓妳吃虧。」

錢亦繡聽了，感動至極，乾脆抱著錢三貴撒嬌，逗得他哈哈笑起來。

下午，萬大中來了歸園。
大榕村也聽見巨響，老人們都認為是上天發怒才打起巨雷，現在萬里正在籌錢，準備買雞、魚、豬祭祀天神。
錢三貴聽了，搖頭苦笑，講了巨響的原因。
萬大中震驚不已，也想瞧瞧火炮，便邁開長腿往荷風塘西邊跑去。不僅看了大炮，又去看大坑，興奮得立即趕回家。
此時，余修也在萬家。弘濟來了，他就放錢亦錦的假，自己跑來萬家喝酒。
萬大中興奮地跟他們說：「那火炮可射一里遠，巨石都被炸碎了，還炸出好大一個坑。沒想到，這種叫加農炮的大火銃如此厲害。有了這大傢伙，主子凱旋回朝，指日可待！」
萬二牛和余修聽了，俱震驚不已。
萬二牛對萬大中說：「這段時日，你不要管家裡的事，多去荷風塘，跟那些工匠一起拆解那火炮，盡快摸透它……」
萬大中點頭應下，笑得更樂了。

第一百零二章

這天下午和晚上，錢亦繡、錢亦錦、弘濟跟李學起阿拉伯數字的加減法。兩個小男孩因為認懷錶而會看阿拉伯數字，學起來快些，到晚上便會了。而天才女娃錢亦繡更快，連乘除法都行。

這次錢亦繡之所以選擇當天才，純粹是想以後再教這兩個小男孩。使用阿拉伯數字計算，實在太方便了。

第二天清早，小兄妹送走了李和林青，下午又送走弘濟。

弘濟前腳剛走，錢亦繡後腳就帶著紫珠去找那些匠人。

萬大中居然也在，討論了關於加農炮的注意事項和細節後，錢亦繡才悠閒地慢慢往歸園走去。

回家路上，錢亦繡的心情異常輕鬆。有了加農炮，大乾的勝算會更大；若乾文帝有遠見，再發展海軍，用火炮打海戰也非常好。

既然生活在這塊土地上，錢亦繡還是希望大乾能和平、強大，不要戰火紛飛，不要生靈塗炭。

此時正值夕陽西下，霞光為大地披上一層金輝。走在塘邊的小路上，荷塘一望無際，有的蓮葉大如碗口，有的小如拳頭，縫隙間的水面像灑滿碎金，一陣風過，蓮香陣陣，金波盈盈，還能看到划著船在塘裡忙碌的長工。

對岸，一片片金色麥浪隨風翻滾，蔚為壯觀，隱約還能瞧見騎在牛背上的牧童和歸家的農人。

美麗的田園風光，悠閒的田園生活，還有愛她及她愛的家人……錢亦繡真希望時光能夠靜止，讓她永永遠遠擁有這分愜意、寧靜和美好。

回了歸園，錢亦繡先悄悄走進蓮香水榭，重新梳洗一番，換好衣裳鞋子，才去望江樓找程月。

錢亦錦已經在那裡，母子三人便一起推著嬰兒車，帶兩個寶貝與乳娘去正院吃飯。

剛進正院，兄妹倆就被一個消息嚇傻了，皆義憤難平。

程月連屋都沒進，一聽見吵鬧聲，便吩咐乳娘，帶著兩個小的回望江樓。

事情是出在錢滿朵的婆家。

照理說，李家的事，錢家不會多管，但這次是因錢亦繡試驗大炮而起，實在不能視而不見。

洪河對岸的十里鎮，昨天清晨突然聽見一聲響雷，接著河岸邊便硝煙瀰漫。鎮上的人都嚇壞了，認為是老天發怒，要懲罰眾人，齊齊跪下，向那片煙霧磕頭。

鎮上有個大地主，正好看見那可怕的一幕，認為不是老天發怒，而是洪河河神發怒，便出三十兩銀子，說是要買一對童男童女獻祭給河神。二十兩買男童，十兩買女童。

那天，李柱子在鎮上跟幾個混混賭了一宿的牌，手氣差，輸了八百多文。他罵罵咧咧地走出來，想著怎樣籌錢還債，便聽說了這個「好」消息。

真是瞌睡來了有枕頭，李柱子樂顛顛地跑回家跟李婆子商量。十兩銀子，可是能買二畝地的錢，李婆子也樂得點頭答應。

李柱子出了正房，先回屋拿塊冰糖，去後院找剛餵完豬的李阿草，笑道：「阿草，給妳吃冰糖，很甜哩。」

李阿草有些發愣，搞不懂向來很凶的二伯怎麼給她笑臉瞧，還給糖吃？不過還是把小髒手放在衣襟上擦擦，接過冰糖塞進嘴裡。果真很甜，甜得她瞇了瞇眼睛。

李柱子又道：「我在十里鎮看見妳舅舅了，他在館子裡買好餛飩，讓我帶妳去吃。」

李阿草覺得，這個世上最疼愛她的人就是錢滿河了，只有他對她和顏悅色，只有他會在過年或她生辰時去家裡看她，還會給她好吃的，而且看著她吃，不許別人搶。

聽說錢滿河在十里鎮等她，李阿草便沒多想，跟著李柱子走了。

下午，李柱子回來後，才跟錢滿朵說了實話，給她一兩銀子。雖然錢滿朵不喜歡長得像李栓子、又黑又醜的女兒，但也不願讓她祭河神，便在家裡大哭大鬧，想去要回李阿草。

李婆子一怒之下，和老大媳婦、老二媳婦一起把錢滿朵鎖起來。本來想把李阿財一起鎖了，但李阿財卻跟他們站在一條線上，還勸錢滿朵。「娘莫鬧了，妹妹去祭河神，說不定河神便會保佑爹平安回來，像滿江舅舅那樣當個將軍也不一定。」

李柱子聞言，大樂道：「好小子，總算做了件合老子心意的事。」晚飯時，還給他吃了兩塊雞肉、一碗雞湯。

不過，李家人還是怕李阿財回錢家報信，晚上輪流看著他，不許他出去。

隔天一早，李婆子、李老大一家和李柱子一家因為分配銀子，爭吵不休，鬧到下午時，竟然大打出手，李阿財才瞅準時機，偷偷跑出門。

他拚命跑到花溪村的外公家，哭訴李阿草被賣去十里鎮祭河神，還有錢滿朵被關起來的事。同時又說，李栓子走後，李柱子經常趁著夜裡闖進屋調戲錢滿朵，被他拿著棒子嚇跑，李柱子記恨，便經常找藉口揍他。

李阿財說著，掀起衣裳，身上果然交錯著許多青紫傷痕。

錢二貴氣得要命，卻想不出好辦法，只得等兒子錢滿河回來再商議。

唐氏倒不是心疼外孫女，而是心疼錢滿朵被關，還有心疼那九兩銀子，不住罵著：「那十兩銀子是賣阿草的錢，都該給朵兒，憑什麼被老虔婆和那兩家畜牲分了？」

錢二貴氣得打她一巴掌。「外孫女都要被沈河了，妳竟然只惦記著銀子。」

好不容易等到錢滿河從縣城回來，錢二貴已經氣得說不出話，李阿財又哭訴一遍。

錢滿河聞言氣壞了，雖然氣錢滿朵，但也不能不管她。尤其是李阿草，她是他的親外甥女，怎能眼睜睜看她送死？

他去找錢老頭和錢大貴商量，他們也沒法子，遂來歸園求錢三貴幫忙，想借幾個壯實些的下人，一起去十里鎮贖人。明天早上就要祭祀，看今晚能不能把李阿草要回來？

錢三貴聽見這事也嚇著了。祭河神，不就是把童男童女沈河淹死嗎？

錢亦繡更是心驚，她買大炮是為了幫助大乾，可不能傷害無辜的性命。仔細想想，她穿到這裡五年，當鬼魂近七年，竟從沒見過李阿草，只偶爾聽吳氏提起幾句。

李阿草今年六歲，由於是女娃，又長得像李栓子，還一直尿床，極不得錢滿朵兩口子的歡心，每次錢滿朵領著男人跟兒子回娘家蹭吃蹭喝，都沒帶過她。

錢二貴曾讓錢滿朵帶女兒回來，錢滿朵總是說：「那丫頭蠢得緊，吃那麼多做什麼？」李阿草就是個隱形的存在。

現在，她第一次被眾人說起，卻是因為這種事。

那地主罔顧人命，李家喪盡天良，但此事是由她而起。她不殺伯仁，伯仁卻因她而死。

錢亦繡按著狂跳的小心臟，第一個開了口。「爺爺，救救阿草吧，還有那個男娃。」

錢三貴也這麼想，不能因為自家的計畫，讓無辜娃子送死，遂道：「祭祀是大事，關乎神對人的眷顧，得找個好藉口，不然，救不出娃子，還會引起眾怒。」趕緊讓蘇四武去把余修請來，聽聽他的意見。

余修也曉得打「響雷」是怎麼回事，來了正院，聽說要用童男童女祭祀河神，氣得拍案而起，罵道：「草菅人命，可惡至極！」

他發完火，重新坐下，思索一陣，問道：「除了花溪村，另外幾個村祭祀的是天神還是河神？會用什麼祭品？」

經常出去逛的錢老頭道：「除了十里鎮，附近幾個村都是祭祀天神，用的祭品跟咱們村裡差不多，有的是羊和豬，有的是雞跟魚。」

余修點頭。「這就好辦了。先去村裡找幾個有威信的老人，說只有天神才能打雷，為什麼要祭河神？祭錯了，天神會更生氣；再說，上蒼有好生之德，不願意吃活人。據史料記載，近千年來，連帝王都不用活人為祭，便是為了順應天意，十里鎮那樣做，不怕遭天譴？天神發怒，不僅會降禍給十里鎮，挨著十里鎮的鄉鄰也會遭殃。再讓他們去找里正……」

不愧是文曲星！錢亦繡聽了，心裡向余修豎起大拇指。

錢老頭也相信那聲「響雷」是神仙發怒。他想救重外孫女，又不想因此得罪神明，聽了余修的說法，才徹底放下心裡的包袱。

錢三貴等人商量完，事不宜遲，打算連夜解決這事。

錢老頭馬上去找花溪村的幾個老頭，再找汪里正和萬里正，由兩個里正帶兩個德高望重的老人去見其他村的里正，然後趕到十里鎮，跟地主和鎮裡有威信的老人講清楚。

又讓蔡老頭代表錢三貴，跟著他們一起去。如今錢三貴在方圓百里都算響噹噹的人物，任誰都要給幾分面子。

明天就要祭祀，若十里鎮一時不好找祭品，就由錢家出雞魚豬。

幸好一切順利，錢華把三十兩銀子還給地主，先將兩個孩子領回錢家。

錢大貴、錢二貴扶著錢老頭和蔡老頭，幾人急急進了歸園。

錢滿河又給錢三貴跪下。「謝謝三叔救了阿草。我知道三叔幫我們良多，但我娘、我姊糊塗，做了許多對不起三叔一家的事……可是，這次我姊姊遭難，還請三叔伸手幫忙。」

李阿財聽了，也趕緊跪下來哭道：「三外公，求您救救我娘吧。」

錢三貴不想摻和太多，搖搖頭。「該幫的，我已經幫了，還要我幫什麼？」

錢滿河說：「我想趁此機會，把這件事鬧大，把我姊他們母子三人分出來單過。李家喪盡天良，我姊夫剛走沒多久，他們就幹出這麼多壞事……」

然後，他說了李柱子調戲錢滿朵的事，又把李阿財身上的傷掀給錢三貴看。

李阿財身上布滿傷痕，新傷都有，看得錢家人觸目驚心。

錢三貴氣得大罵。「真是畜牲！」

錢亦繡聽了，對李阿財的印象好轉些。這熊孩子雖然有許多壞毛病，但盡心保護娘親和妹妹，沒壞到芯子裡。

錢滿河又道：「我想向三叔借幾個壯實後生去李家算帳，再想辦法把我姊一家接出來；若事情辦得不順利，還想借三叔的名頭壓壓他們。」

借人倒好辦，至於借名頭，錢三貴相信錢滿河有分寸，便點頭答應，吩咐蘇四武。「去讓黃鐵帶十個壯實些的下人和長工過來。」想到錢滿朵是婦人，又說：「再讓兩個壯實媳婦過來，也把花大娘子叫上。」

分派好後，錢滿河便帶人去了位在綠柳村的李家。

第一百零三章

一群人浩浩蕩蕩來到綠柳村時，已經暮色四合。

他們來到李家門口，就看見李家被人圍得水洩不通，裡面傳來錢滿朵撕心裂肺的哭喊及李婆子等人的怒罵。

有人說：「李家的三媳婦一看就是水性揚花的狐狸相，沒想到還真騷，男人剛走，就耐不住，勾引上二伯。」

還有人說：「李家沒一個好東西，一家子又饞又懶又賭，現在可好，還嫖上了，嫖的還是自家弟媳，真是吃喝嫖賭樣樣全了！」

「喲，李阿財回來了，還帶舅舅……」

再看兩人身後跟著浩浩蕩蕩一群人，看熱鬧的人不敢吱聲，讓開一條道。

村裡的人都恨李家，不然看到這麼多人來找他家晦氣，定會相幫。

現在，這些人不幫也不走，繼續站著看熱鬧。

錢滿河等人進門，看到錢滿朵倒在地上尖叫，李柱子的婆娘騎在她身上，又抓頭髮、又抓臉，李婆子還不時拿著手中的棍子抽錢滿朵，李柱子及其他李家男人站在一邊瞧著。

錢滿河怒吼一聲，朝李柱子衝去，黃鐵幾人跟著上前，李阿財及花大娘等人則跑向錢滿朵。

李阿財哭著把錢滿朵扶起來，花大娘帶著幾個婦人，開始揍李柱子的媳婦。
錢滿河痛打李柱子幾下，洩憤後，恢復了理智，來到錢滿朵身邊問道：「姊，他們為什麼打妳？」
錢滿朵的臉被抓出幾道傷痕，披頭散髮，衣裙不整，哭著說：「李柱子要欺負我，我不願意，就跟他打起來，他媳婦聽見，硬說我勾引她男人，便動手打我。婆婆也幫著他們，說她三兒一走，我就勾引二兒……」
錢滿河氣得眼睛都紅了，到院門口對看熱鬧的人大聲道：「李家是什麼玩意兒，你們心裡肯定都有數，懶、饞、賭、壞……還有你們想不到的，他們一家喪盡天良，竟把阿草賣掉祭河神，賺那喪良心的錢！」
眾人聞言，一下鬧開了，紛紛罵李家豬狗不如。
錢滿河繼續道：「自從我姊夫一走，李柱子便幾次三番欺負我姊母子，天天找藉口打阿財。」把李阿財的衣襟掀起來，讓大家看。
李阿財邊抹眼淚邊講，他爹走以後，他們母子三人是如何被欺負的。
李婆子大聲辯解。「不是這樣，你們莫聽他胡說……」
錢滿河道：「是不是我胡說，妳這老虔婆說了不算，縣太爺自有明斷。」把縣太爺抬出來嚇唬人。
李婆子一聽要告去縣衙，害怕了，不敢再說。
李柱子不怕事，儘管已經被打得鼻青臉腫，還嘴硬。「到縣衙我也不怕。我沒打過阿財，他身上的傷，我可不知道怎麼回事。至於三弟媳婦，真是她熬不住，主動勾引我的，這點，我娘、我媳婦，還有我大哥他們，都能為我作證。阿財一個小孩子的話，哪裡能信？

「至於阿草的事，嘿嘿，什麼叫送死？河神發怒打響雷，所以地主才花銀子買童男童女獻祭，這是為萬千百姓做好事啊！」

錢滿河剛想說話，卻被一聲粗獷的嗓音搶了先。

「放屁！你做了壞事，還說得忒好聽！」

隨著話音，一個五十多歲的黑老頭走過來，是綠柳村李里正的親爹李老漢，去年才把里正位置傳給大兒子。李家是他的族親，雖然出了五服，還是親戚。

李老漢來到李柱子面前，伸手拍他的腦袋一巴掌。「我打死你這黑心肝的東西！賣親姪女去送死的事，虧你幹得出來！這次是天神發怒才打了響雷，你還在說河神。地主祭錯神，又用活人祭祀，要遭天譴的。」又對錢滿河說：「阿草不用送命了，把她接回來，一家人好好過日子。」

錢滿河冷笑。「還能好好過日子？您看看我姊一家三口被他們欺負成什麼樣子了？不行，得讓我姊他們分出來單過。」

李婆子尖叫。「不行！老婆子還沒死呢，不能分家！」

李柱子更不願意分家，分了家，他妄想多年的好事就辦不成了，跟著道：「分不分家是我們李家的家務事，還輪不到你一個外人說嘴。」

李老大亦不願意分家，他也眼饞錢滿朵，遂大聲反對。

李老漢覺得錢滿河管得太寬，對錢滿朵也沒有好印象，覺得顏色太好的婦人是禍水。

「柱子賣阿草、打阿財不對，我作主，讓他賠不是，但有些事，一個巴掌拍不響，不能只怪柱子。男人不在家，婦人更應該放尊重些，穿著舉止要得體，不能讓人誤會……」

哭聲已經小些的錢滿朵聽了，羞憤難當。「您不能這樣冤枉我！自從阿財的爹走後，我沒有不尊重……」

李柱子的婆娘啐道：「呸！我還沒見過這麼不要臉的騷狐狸，男人一走，就猴急地勾漢子。」

李老大的媳婦看到李婆子對她使眼色，也開口。「是啊，我看過三弟妹給我當家的送媚眼，我當家的沒理她，還罵她不守婦道。」

錢滿朵百口莫辯，只邊哭邊說：「沒有，我沒有不守婦道……」

錢滿河氣得不得了，大吼：「我姊守不守婦道，明天咱們就請縣太爺明斷！」

這下，李老漢也來了氣，粗著嗓門道：「去就去，我奉陪到底！這麼多人作證，是這婦人水性楊花，先勾引人，我看縣太爺怎麼判！」

黃鐵見狀，走過來拍拍錢滿河的肩膀，再向李老漢拱手。「李大叔，我雖然是個外人，但我家錢爺派我來幫著錢二掌櫃撐場面，能讓我說兩句話嗎？」

李老漢年老眼花，天色又暗，剛剛沒瞧見站在院子裡的黃鐵，這時聽到聲音，立刻換上笑臉，也拱拱手。

「黃管事說笑了，有話請說。」

他沒想到，這事連錢三貴都插手了，還把黃鐵派來。

李老漢父子逢年過節都會找理由去歸園跟錢三貴套套交情，曉得黃鐵是錢三貴的心腹，對他可比對錢滿河尊敬多了。

其實，錢滿河是錢三貴的親姪子，面子應該比歸園下人更大。但附近幾個村的人都知道，他們早就分家，而且唐氏淨幹些得罪人的壞事，惹了錢三貴不快，連累二房跟他不親近。

黃鐵道：「李大叔，李柱子為了十兩銀子就賣親姪女去送死，這事你承不承認？」見李老漢點頭，又問：「這種喪盡天良的人說的話，也能相信？」

李老漢反駁。「我不只聽他的話，李家的人都這麼說。」

黃鐵挑眉，又問：「那你知不知道，李柱子把親姪女賣了，這些人卻沒一個想著去救親孫女、親姪女，卻為那十兩賣命銀子吵鬧一天，最後大打出手。你覺得這些豬狗不如的人的話，能相信嗎？」

李阿財聞言，哭著把他娘被鎖起來，他如何取得李家人的信任，第二天趁他們打架時跑出去求救的事說了。

黃鐵道：「李大叔，縣太爺可不是隨便能被欺瞞的。如果你跟著去作假，縣太爺不會想到你是被騙了，會認為你跟李家人是一夥的。」

話落，他也不等李老漢開口，轉過臉對錢滿河說：「錢二掌櫃別生氣。今天留幾個人在這裡看著李家，不讓他們逃走，又能保護你家姑奶奶母子不受欺辱。

「明兒一早，錢二掌櫃就去歸園向我家錢爺要張帖子，我陪你去縣城擊鼓鳴冤。縣太爺是青天老爺，最能明辨是非，又跟我家老爺交好。這些人嘴硬，一頓板子下去，打得他們血肉模糊，看看還撒不撒謊？」

李家人除了李柱子是天不怕、地不怕的混蛋外，其他人都怕官，聽說黃鐵要抓他們去見縣太爺，還要挨板子，都害怕了。況且，錢三貴跟縣太爺關係交好，錢滿江又是大官，要是官官相護……

李老大的媳婦越想越害怕，尖叫道：「不是我要撒謊，是婆婆讓我這麼說的……」

李柱子看風向又變了，大罵黃鐵。「你一個下人，居然敢管老子的家事……」話沒說完，一個下人抬手就打他幾拳，疼得他捂著肚子，跪在地上說不出話來。

黃鐵冷笑。「老子是下人又怎麼了？即便是下人，身分也比你這混蛋高得多。」

這下，李老漢也看出來，的確是李家聯合起來欺負錢滿朵，趕緊道：「這事就不要鬧去縣衙了吧，對栓子媳婦的名聲有礙。咱們坐下來解決，有些事，我可以作主。」

錢滿河也不願鬧去縣衙，如果李老漢能作主讓錢滿朵出來單過，再好不過，便同意了。

李老漢又讓人去請兩個李家長輩來，再把看熱鬧的人全攆走，才與相關人等進了李家的屋子。

經過商量，李家三房淨身出戶。這點沒有異議，李家沒有田地，這間破院子，錢滿朵也不敢要。

李婆子又想讓錢滿朵每年給她一貫養老錢。

錢滿河聽了，讓李家先交出賣李阿草的賣身銀子，交得出，錢滿朵母子就給養老錢。

這個要求，李老大和李柱子都不依，他們可不願意把吞進去的銀子吐出來。賣李阿草的十兩銀子，除了給錢滿朵一兩，李婆子和李老大各分二兩，李柱子貪走五兩。

又是一番吵鬧，李婆子敗下陣來，要走錢滿朵身上的那一兩銀子後，只得同意不給養老錢。

李老漢和另外兩個李家長輩看到如此不堪的一家人，直嘆氣搖頭。尤其是李老漢，為自己公然幫著這樣的人家而羞慚不已。

錢滿朵回屋收拾東西，望望這個住了十幾年的破房子，又破又亂，根本沒什麼東西可帶走，只收了幾件她和兒子的衣裳；至於女兒，連衣裳都沒拿。

十幾個人浩浩蕩蕩出了綠柳村，已是月上中天。

錢滿河如願把錢滿朵跟兩個外甥救出狼窩，但心情並不輕鬆。他知道，今天若是沒有黃鐵出面，事情根本辦不成，錢滿朵不知還要吃怎樣的虧。

他沒有黃鐵見多識廣、處事老道，是其中一點；另一點是，黃鐵的氣勢比他大得多，李老漢更願意看他的面子。

都是仗著錢三貴的勢，但他的氣勢明顯趕不上一個下人。他是錢三貴的親姪子，可不是族親或遠親，弄到現在，居然連個體面的下人都不如。

曾幾何時，錢三貴見客或作客時，身邊最常帶著的是錢大貴和他的父親，三兄弟親密無間。那時村人對大房、二房無比客氣，可現在……

都是這兩房鬧的，尤其以他老娘為最。真的離開錢三貴，這兩房啥都不是，還去惦記不該惦記的，真是白日作夢。

一群人來到洪橋時，竟然碰到從十里鎮趕回來的人，錢二貴也在裡面，揹著已經嚇傻的李阿草。

錢滿河走過去，把李阿草抱進懷裡，小姑娘才哭出聲來。

錢滿朵伸手想抱女兒，李阿草卻只攬著錢滿河的脖子，誰都不要。

另一個更小的男孩，是汪里正的兒子揹回來的。

兩邊人說了幾句，見彼此都沒事，便各自帶人回去。

第二天早上，錢亦繡兄妹和程月來正房吃早飯，只有吳氏在廳裡，錢三貴去村頭祭祀天神了。

屋裡還站著一個小男孩，大約兩、三歲的樣子，長得眉清目秀，但瘦得要命。

這個小男孩正是昨天半夜領回來的。因為不敢打擾錢三貴歇息，早上才把孩子帶來，給錢三貴和吳氏磕頭。

吳氏嘆道：「造孽喲，這娃子的親娘死了，爹娶了後娘，去年生了個弟弟，就嫌他礙眼，經常不給飯吃，一聽地主要買童男祭河神，便忙不迭把他賣掉。真是有了後娘就有後爹，太狠心了。」

程月一看，又同情心氾濫，拿著帕子擦起眼淚。「好可憐的孩子，他爹怎麼能那麼狠心呢？」

吳氏又道：「老蔡已經求了恩典，說他沒有孫子，想讓蔡和認他做兒子，妳公爹同意了。這娃子已經給老蔡磕頭，等蔡和從縣裡回來，再辦兩桌席，正式認子。妳公爹還給他取名，叫蔡小紀。」

白珠也在場，聽說這個男孩會成為她的弟弟，高興得抿著嘴直笑。她娘一直沒生兒子，全家人都為這事難過，這回可好了。

錢亦繡見狀，拿兩個肉包子給蔡小紀，讓白珠領他去外面玩，姊弟倆好好培養感情。

下午，錢滿河領著錢滿朵一家三口，來給錢三貴和吳氏磕頭，感謝他們的救命之恩。錢三貴說了幾句要自強自立的話，吳氏又送五兩銀子給錢滿朵，要她帶著孩子好好過。

錢滿朵紅著眼圈謝過，覺得自己很沒用，來之前想了很多感激的話，可一到這裡，就說不出來了。

錢滿河說，已經給他們母子三人在村裡租了小院住，是謝虎子原來的家。去年謝虎子在旁邊修了敞亮的四合院，這個小院子就空下來；還說以後每天會帶著他們母子一起去縣城，錢滿朵在作坊裡做點心，李阿財跟著他，在鋪子裡當夥計。

錢亦繡第一次看見李阿草。小姑娘長得的確不太好看，目光有些呆滯，又黑又瘦，衣裳又小又破，緊緊捆在身上。六歲了，瞧著卻只有三、四歲大。

錢亦繡心裡一痛，想到了幾年前的小亦繡。

吳氏或許也想到多年前小孫女的模樣，眼圈有些紅了。「我這裡還有幾套繡兒小時候穿的衣裳，讓人找出來給阿草送去。」

這時，呆呆的李阿草說話了。「三外婆，我能賣掉一套衣裳嗎？」雖然說得慢，但口齒還算清晰。

她的話讓所有人一愣，錢滿朵羞紅臉，斥責她。「阿草，妳胡說什麼？」

李阿草囁嚅道：「阿草會餵豬、會養雞。阿草賣了衣裳，想買幾隻小雞崽，等牠們下蛋了，就攢起來賣錢，孝敬舅舅。」

錢滿河聽見，感動得紅了眼圈，直說：「舅舅領情了，不用阿草那麼辛苦。」

沒想到這麼小的孩子還知道感恩，錢三貴笑道：「不用阿草賣衣裳。三外公給妳二十隻小雞崽，多下些蛋，讓妳孝敬舅舅。」

這下，因試驗火炮而引起的無妄之災，終於圓滿解決。

第一百零四章

五月初，幾個匠人和萬大中父子終於研究完加農炮，正抓緊畫圖紙，準備送去邊關。

錢三貴和錢亦錦、錢亦繡也開始商量，到底讓誰去送最適合？送圖人的責任重大，既要絕對信得過，又要有功夫，會騎馬。

三人幾乎沒考慮太久，同時決定了人選，就是黃鐵，只有他符合所有要求。為此，又讓黃鐵去看加農炮，讓他弄懂基本結構，必要時可以講解給錢滿江聽。

這天晚上，三房一家正吃晚飯，錢老頭、錢老太、萬大中一家四口也在這裡。昨天夜裡，動物之家獵回一頭獐子，錢三貴請他們來喝酒。

此時，蔡老頭急急帶了一身戎裝的花強進來。如今花強已當了錢滿江的親兵，是錢滿江派他回來的。

著戎裝的花強更加健壯英武，他的到來，讓一家人興奮不已。

花強一到邊關，就尋機會去中軍營找錢滿江，把錢三貴的信交給他。

錢滿江看完信，觀察一陣子，便讓花強當了他的親兵。他之所以肯這麼做，是因花強膽大心細，健碩勇猛，又得他信任，的確適合。

還有一個更重要的原因，是有空便讓花強給他講家裡的事。他在家裡那三天，知道的實在有限，無事聽花強念叨念叨，就像在家裡一樣，時時聽到鄉音，也是一大樂事。

花強先給錢家三房送柴，後來當了長工，曉得許多不為人知的事情。從花強嘴裡，錢滿江知道了更多家裡的事情。但是，花強對程月的事情，了解有限，錢滿江也不願從別的男人嘴裡聽到程月的事，他最願意聽的，還是閨女的點點滴滴。原來，他的閨女那麼能幹，比想像中還強得多！

當然，還有閨女闖的禍。聽說她帶著猴子和狼誤進深山，害得幾個村的人找了大半夜，被吳氏狠揍一頓，吳氏不知情之前，還和錢滿霞去暴打萬大中，結果最後竟成就一對鴛鴦。

聽到這裡，錢滿江笑得快喘不上氣來。

後來，錢滿江透過寧王得知，程月順利給他生下一對龍鳳胎，更是高興得不行。

寧王知道錢滿江心繫家人，正好他給寧王妃新找了幾味藥材，便讓花強送去京城，再讓他南下冀安，去錢家看看那對孩子。

寧王妃聽說花強要去看望錢家的龍鳳胎，又送一包禮物。

說著，花強拿出兩個包袱、幾封書信交給錢三貴。錢老頭兩口子、錢三貴兩口子各一封信，程月、錢亦繡、錢亦錦各一封。

錢老頭兩口子不識字，就讓萬大中幫著唸。

程月看信的反應最大，旁若無人地拿著帕子，邊看信邊擦眼淚還邊笑，後來竟輕輕啜泣起來。她的信是最厚的，至少十頁。

錢亦繡搖搖頭，小爹爹的偏心可見一斑。給錢老頭的信只有一頁，錢三貴和小正太的信是兩頁，她的則有三頁。

不過，小爹爹肯定想不到，全家人都在這裡，誰厚誰薄，一下子就看光光了。

等萬大中唸完信，錢老頭還不相信只有一張紙，把信搶過來，吐了口唾沫，用手指使勁搓信紙，還是只有一張。

他看看孫媳婦手上的一疊紙，氣得扯開嗓門罵。「小兔崽子，給老子多寫兩句會累死啊！」

錢三貴哈哈笑了，把寧王妃送的人參分一半給老倆口，錢老頭才高興起來。

錢老太笑道：「哎喲喲，我們如今享孫子的福，還吃上王妃送的補品了。」

萬大中笑笑沒言語，心道，他們這是享「重孫子」的福啊。

不過，錢滿霞的眼睛卻氣紅了，委屈道：「再怎麼樣，哥哥還是給爺爺寫了信呀，但連半個字都沒寫給我。哼，太過分了，當初去當兵時，還說北邊的花頭巾好看要買給我呢，現在什麼都沒有我的。他媳婦兒，我照顧得最多；他兒子跟閨女的尿片，全是我洗的，他怎能這樣對我？」說到後面，居然抹起眼淚。

吳氏趕緊道：「那花頭巾是幾百年前的事，偏妳還記著。妳哥哥在我們的信裡說了，包袱裡的狐狸皮子有妳的分兒，不比花頭巾值錢得多？」

錢滿霞還是氣。「我男人是獵人，我家不缺狐狸皮子。」

萬大中呵呵笑道：「看妳，這麼大的人還吃醋，也不怕人笑話。大舅兄定是覺得妳嫁出去了，才沒寫信。放心，以後我去外地，定給妳寫十幾張信紙，再幫妳買兩條花頭巾。」

他的話，總算把錢滿霞逗笑了。

眾人又問起錢滿江的近況。

花強有問必答，說除了想家之外，錢滿江都好，到目前為止，沒上過戰場；又說范二黑子在兩軍第一次交戰時，便被敵人射死了，現在沒聽到其他人的消息，也就等於好消息。

錢三貴點點頭，讓花強回家歇息，明天一早來歸園，有重要事情讓他辦。

這下黃鐵不用去送信了，等圖紙畫完後，直接讓花強帶去邊關。為防萬一，也得讓花強看看大炮，搞清楚怎麼用才好。

幾天後，經過幾個匠人和萬大中父子反覆拆裝和推敲，大炮的圖紙終於在五月十四日完成。

這圖是萬二牛親手畫的，畫得非常精細，每個地方都標上尺寸，也注明材質。

連讀了十六年書的錢亦繡都自認畫不出這種水準，誇讚萬二牛。「萬二爺爺，您真行！」

萬二牛謙虛道：「我當護院時，跟著主人學過一些。」他跟寧王出征時，曾經學過繪製地圖。

錢亦繡給了幾個工匠各五十兩銀子的工錢，讓他們回家，以後若有需要，再請他們。

五月十五日晚上，錢三貴等人把圖紙用油紙包好，又把懷錶及望遠鏡，還有一些肉乾、幾套褻衣褻褲、幾雙鞋子、幾封信裝進包袱，讓花強帶去給錢滿江。

錢滿朵得到消息，也託花強給李栓子帶幾件衣裳和兩斤點心，另外，還有幾家村民給家人的信。不是他們不想捎東西，實在是花強拿不下。

隔天一早，花強帶著圖紙、書信和包裹，趕回邊關。

送走花強，歸園又恢復了往日的平靜。

一晃進入七月，金蓮抓住不多的日子，綻放著它的美麗。

錢亦明和錢亦靜已經六個月大，完全長開了，漂亮得不得了。尤其是錢亦靜，幾乎完全繼承程月的氣質與相貌，精緻的眉眼、脫俗的氣質，還有那股天生的傲氣。

七月五日，錢亦繡下課，先繞去臨風苑看跳跳母子。

上個月中，跳跳生了隻小公狗，長得跟牠爹娘一樣俊，錢亦錦取名為閃電。

臨風苑裡，白狼也來了，和大山蹲在樹下，悠閒地納涼。奔奔和跳跳窩在房簷下，閃電趴在跳跳的肚皮上吃奶。自從跳跳生了閃電，動物之家還沒進過山。

錢亦繡過去，把閃電抱起來逗弄，還不時親親牠。小傢伙沒睜眼，嘴裡哼哼，時不時伸出小粉舌頭舔舔主人的小手，癢得錢亦繡咯咯直笑。

她逗了閃電一會兒，便走出臨風苑。沒有直接回望江樓，而是去蓮香水榭取東西。

白珠已經等在這裡了，錢亦繡接過草帽戴上，領著拎了籃子的白珠往外院走去。

原來，最近錢亦明有些上火，大便乾燥，眼屎多。錢亦繡記得，前世小時候，若弟弟上火，媽媽就讓她去田邊挖點燈芯草煮水，餵他喝了就好。她在荒原上看過這種草，便想去扯些，不只給錢亦明喝，也讓家人喝一點，清火明目。

她們還沒走到月亮門，猴哥就領著猴妹，從望江樓二樓的窗戶躍到樹上，再從樹上跳下來，想跟主人一起去。

錢亦繡無法，只得帶上這兩個跟屁蟲。

今天的太陽不算很大，又有風，錢亦繡帶著白珠專到樹蔭下扯草，倒也不覺得熱。這可便宜了猴哥跟猴妹，主僕倆摘燈芯草，牠們爬樹玩。

找著拔著，他們到了村口最靠西邊的小院子，正是錢滿朵的家。

籬笆牆外，十幾隻雞悠閒地覓食，小雞崽已經長成半大母雞。應該下蛋了吧？

越過籬笆牆，錢亦繡看到李阿草正在院子裡踩著凳子曬衣裳。她跟錢滿霞一樣勤快，只是沒有錢滿霞清脆的笑聲和人見人愛的機靈勁。

衣裳不知洗乾淨沒有，且皺巴巴的就晾上了，也沒拉平；院子裡的地上有掃帚印，應該掃過，可是沒掃乾淨。院裡的東西也放得零亂，東一個、西一個。

錢滿朵本就不精於家務，現在早出晚歸，更沒工夫教阿草怎麼做。

錢亦繡想了想，笑著揚聲招呼道：「阿草。」

李阿草回頭看見錢亦繡，高興地喊：「繡姊姊。」下了凳子去開門。

錢亦繡進院子瞧瞧，教她晾衣裳要拉平，曬乾之後才平整；看到有件衣服襟上的污漬沒洗乾淨，又告訴她，要在污漬上多放些皂角使勁搓，才能洗乾淨。然後又說，掃地不能只掃中間，東西要怎樣歸位，看著才整齊。

李阿草學得很認真，但是很慢，一件簡單事情要說好幾遍才能記住。見錢亦繡教完，進廚房端碗水出來，笑道：「繡姊姊請喝水，我放了糖，甜得緊。」

錢亦繡見碗也是髒的，但為不打擊小姑娘，還是閉著眼睛喝了兩口，才把碗還給她。「嗯，是挺甜。」

李阿草笑起來，眉眼彎彎，讓呆滯的小臉生動幾分。她把剩下的糖水幾口喝完，甜得瞇眼。她放了不少砂糖哩。

兩人走到門外，錢亦繡笑道：「阿草回去吧，把院門關好。」又從荷包裡掏出幾塊糖塞進她手裡。「這是我姑姑鋪子裡的蓮花糖。」

李阿草道了謝，剛把一塊糖塞進嘴裡，便聽見唐氏的罵聲。

「饞嘴的死丫頭，就知道吃！」

李阿草看見外婆一瘸一拐地走過來，打了個哆嗦。

唐氏靠近，揪起她的耳朵。「妳娘跟妳哥哥天天早出晚歸忙著掙錢，妳卻在家裡躲懶。繡兒家裡下人一大群，不幹活就有人伺候，妳不幹活，還等著妳娘回來伺候妳？」

說到後面，她的手勁更大，揪得李阿草落淚，又不敢哭出聲。

錢亦繡氣道：「二奶奶怎麼知道阿草沒幹活呢？她餵了雞、打掃院子，還洗衣裳，幹得可比您多了，幹麼打她呀？」

見唐氏還不放手，錢亦繡就對白珠說：「去把我二爺爺和太奶奶叫來，咱們評評理。」

唐氏聽了，這才罵罵咧咧放手。本來還想進院子，但猴哥機靈，堵住院門，衝她齜牙咧嘴怪叫，唐氏不敢進去，只得一瘸一拐走了。

見她走了，錢亦繡幫李阿草揉耳朵，哄道：「阿草莫哭。以後二奶奶再無故打妳，就告訴滿河叔和太爺爺、太奶奶，讓他們收拾她。」

直到李阿草收住淚，點頭應了，錢亦繡才帶著白珠，與猴哥、猴妹一起離去。

主僕倆才走幾步，便聽見一陣馬蹄聲和馬車的轆轆聲，抬頭望去，十幾個人騎著馬從東往西而來，中間還有幾輛馬車。

再仔細一看，騎在最前頭的人是梁拾。

這是要去歸園？

錢亦繡笑著喊道：「梁拾叔叔。」

梁拾聽見，也笑著對她招手。

由於天熱，前面兩輛馬車四周沒有擋板，只有遮陽華蓋。再看馬車上的人，她也認識，第一輛車裡坐著梁則重，第二輛則是潘駙馬。

錢亦繡大樂，快步迎上去。「梁爺爺、潘先生。」

她來到馬車邊，給兩人曲膝行禮，又感謝潘駙馬對錢滿江的救命之恩。

潘駙馬把手中的大扇子一收，笑道：「這就是緣分。妳是我的小友，妳父親拿著我給妳的扇子來求，我只得多事救救他嘍。」

梁則重哈哈笑道：「也只有潘先生會這樣，明明做了件好事，說出來的話卻不中聽。」

又對錢亦繡笑道：「我和潘先生無事，就相約著來妳家玩玩。本來早就要來，因為幫著昭兒弄火炮，耽誤些時日。」

錢亦繡馬上表示歡迎。

說著，兩人下了車，跟著錢亦繡一起步行，往歸園走去。

梁則重穿著透氣的棉麻灰白直裰，頭髮用玉簪束在頭頂，不停搧著扇子。

感覺自己已經穿得非常簡單的潘駙馬，看在錢亦繡眼裡，還是那樣考究和精緻。頭戴八寶珍珠藍色簪纓素冠，身著月白軟緞闊袖滾雲紋蘭花長衣，束藍色腰帶，還掛了幾塊玉珮。大熱天讓他的俊臉有些泛紅，但仍優雅地搧著扇子，只要前額滲出細細的汗珠，馬上就用綾帕擦去。

錢亦繡多瞧了這位中年美男子幾眼。又過去一年，她都長高十公分，也沒見潘駙馬變老，虧梁錦昭還叫他爺爺。

潘駙馬走走停停，置身於繁花似錦的荒原，欣賞這片旖旎風光，的確如繡屏中一樣美麗。又聽錢亦繡比手畫腳地向他介紹四周景象。

這裡的蓮花果真是金色的，極目遠眺，荷風塘裡的蓮葉如碧波翻滾，點綴得其中蓮花婀娜婷婷，在陽光照耀下，更加燦爛。

聳立在荷風塘旁的小香山，小巧又綠蔭濃密，桃樹已經碩果累累，可惜離得太遠，看不到果實。

還有鮮花滿坡的溪景山、巨石林立的溪石山，掩映在綠樹竹林中的歸園……這裡真是神仙住的地方！

梁則重不耐煩頂著大日頭欣賞風景，但見潘駙馬極喜歡，只得耐著性子陪他看。

另一邊，白珠早跑回歸園稟報錢三貴，說有客人到了。

歸園裡來了貴客，一位是老國公，一位是伯爺，伯爺還是錢滿江的救命恩人。

錢三貴和吳氏又害怕、又激動，吩咐歸園裡的所有奴僕與長工，定要把兩人招待好。

余修聽到消息，放了錢亦錦的假，趕緊跑去萬家商量，該怎麼面對這兩個不速之客？他早年即與梁則重相識，又跟潘子安極熟，想裝不認識都不行。

萬二牛早得到寧王的示下，道：「先生無須再躲著潘駙馬和梁大人，只說你覺得錢家孩子聰慧過人，又無意間救過你，便甘願留下教他。他們是聰明人，即使覺得有疑，也不會多問；至於珍月郡主，她怕見外人，不會出來，潘駙馬很難看到她，若父女不相認，就罷了。

「若不巧，潘駙馬認出郡主，咱們只得跟他們把小主子的事和盤托出，請潘駙馬等到王爺凱旋回朝後，再把事情說出來，否則，太后與皇上一知道珍月郡主在這裡，小主子的身世就不好隱瞞了。梁大人和潘駙馬雖然表面上沒站隊，但私下跟咱們王爺的交情不錯，不會為難我們。」

余先生點點頭，也只得如此。

現在，朝裡倒了一個三皇子，乾文帝又扶起五皇子，小主子的確還不能現身啊！

第一百零五章

中午，錢三貴帶著孫子跟孫女陪客人吃了飯，安排他們住和熙園旁的臨香苑。除了兩個護衛和貼身小廝及丫鬟也跟著住過去，其他人都住在外院。

飯後，錢亦錦陪著兩位貴客去臨香苑，錢亦繡同錢三貴及吳氏整理他們帶來的禮物。兩大車禮物琳琅滿目，至少值千兩銀子。看來，他們不會只住幾天，八成得住月餘。

錢亦繡收拾好東西就回了望江樓，看見程月坐在床邊，眼睛紅紅的，正在抹眼淚。她嚇了一跳，趕緊問道：「娘，您怎麼了？誰惹您了？」

程月抬頭。「娘不知道，就是覺得胸口堵得慌，難受。」

錢亦繡便靠過去，幫她抹著胸口。

程月又問：「娘看見有個戴著八寶珍珠冠的男人來咱們家，他是誰？」

錢亦繡隨口道：「他是潘駙馬。怎麼樣，長得特別俊吧？」

程月呆呆地看錢亦繡，覺得混沌的思緒中有那麼一絲清明要噴薄而出，卻怎麼都衝不出來，越想越頭疼，實在忍不住，扶著腦袋說：「哎喲，頭痛，頭好痛！」

錢亦繡嚇得趕緊扶她躺在床上，見她慢慢睡著才放下心。

小娘親好久沒犯病，這是怎麼了？

錢亦繡看著程月蒼白的臉，似乎連睡著了都有煩心事，眉頭輕輕皺著。

她看著看著，突然靈光一閃，心底深處的疑惑慢慢浮現。

怪不得，當初她總覺得潘駙馬的眉眼有熟悉感，原來是跟程月和她極像。

還有錢亦明帶勾的小方下巴。潘駙馬的鬍子不長，卻修得很有型，上唇兩撇短鬍子比較濃密，嘴兩旁和下巴的鬍子剃得非常短，看得出方而微翹的下巴上，有一條小溝。

錢亦繡起身，來到兩張小床邊，用手微微遮住錢亦靜的小嘴，看看眉眼跟鼻子，再遮錢亦明的鼻子，看看嘴和下巴。兩人都有像極潘駙馬之處。

還有，程月深厚的畫工、冷清脫俗的氣質……

錢亦繡在京城時，便聽梁錦昭說過潘駙馬的事，他尚的是太后親女、乾文帝的胞妹——紫陽長公主。長公主早逝，潘駙馬的脾氣不好，又倔又擰，與乾文帝、太后的關係並不佳，一直鬱鬱不得志。

但她知道的也就這麼多，至於珍月郡主出意外的事卻一無所知。

再想想，程月沒提過她的爹，只提過娘，雖然只有幾次，也能感覺得到她娘的身分極高貴。因為沒把她養精緻，程月還大哭過，說了對不起她娘之類的話。

這麼看來，程月或許是紫陽長公主的親生女啊！大乾朝最尊貴的長公主之女，竟然沒把女兒養精緻，可不是難過嗎？

錢亦繡轉身來到大床邊，從程月的領口把那條項鍊掏出來，一隻手遮擋照入房中的日光，另一隻手轉動月牙墜子，墜子上又隱隱出現一隻振翅欲飛的金鳳凰。

錢亦繡見狀，有九成把握，程月正是潘駙馬和紫陽長公主的女兒。

有了這個猜測，錢亦繡的心狂跳不止。她竟是太后的重外孫女、潘駙馬的外孫女！再想想，潘駙馬還是她爹的救命恩人。

天下的際遇總是那麼神奇，簡直說不清、道不明了。

錢亦繡坐在程月身邊，想了一個下午。

雙胞胎醒了，哭鬧起來，她也沒多管，只讓乳娘把他們抱去樓外的樹蔭下走走。她一直坐到夕陽西下，才把所有事情想通，打算好如何應對。

潘駙馬和梁則重頂多在歸園待一個月，這個月裡，定不能讓小娘親和潘駙馬見到面。在沒弄清楚小娘親為什麼淪落到這種地步之前，絕不能讓他們相認。

她對皇親國戚的身分不感興趣。天家無情，是自古不變的真理。只要小爹爹平安歸來，又緊緊抱住寧王的大腿，自家的小日子好過得很，不需要再錦上添花，去攀高枝兒。

錢亦繡想通了，正想起身去看看樓下的雙胞胎，程月剛好睡醒了，問道：「明娃和靜兒呢？」

錢亦繡看她神色如常，沒有犯病，鬆了一大口氣。「在樓下玩呢。」又說：「娘，現在咱們家裡有兩個客人，您若要散步，只在後院走走，不要再去和熙園。」

程月點點頭，好像想起什麼，又道：「繡兒，妳是大姑娘了，以後不要和太俊俏的男人多接觸，太俊的男人都是小白臉，不好。」

錢亦繡見程月一本正經的樣子，忍不住笑起來。「娘，爹爹也長得很俊俏啊。」

程月搖頭。「江哥哥只有一點點俊俏，不是非常俊的。娘說的是那種非常非常俊俏的男人，這種男人不好，冷心冷情。」

錢亦繡聞言，有些了然。潘駙馬不知怎樣傷害了程月和她的娘親，即使糊塗了，程月心裡仍有這種認知。

錢亦繡笑著點點頭。「好，繡兒知道了。」

這時，黃嫂子和晨雨端著盆子進來，服侍程月母女洗完臉，幾人才下樓吃晚飯。

而錢亦錦身為三房長孫，理應招呼客人，派錢曉雷來說一聲後，便陪兩位貴客在臨香苑裡吃，沒去望江樓。

飯後，霞光滿天，微風輕拂，又是龍鳳胎去湖邊散步的好時光。

可他們等了半天，卻沒見娘親和姊姊帶他們出去，錢亦靜便癟著嘴哭起來，錢亦明也吭吭地不自在。

錢亦繡無奈地起身。「好，姊姊帶你們出去走走。」

於是，她帶著紫珠、猴哥、猴妹，兩個乳娘各推一輛嬰兒車，向和熙園走去。

一過月亮門，就看見錢亦錦正領著梁則重、潘駙馬及白狼、大山在湖邊散步。

錢亦繡遠遠看著，潘駙馬衣袂飄飄，玉樹臨風，這樣的形象跟外公這個稱謂聯繫起來，總覺得有些喜感。

錢亦錦看見他們，笑著招手，猴哥猴妹撒著歡，朝他跑去。

等弟妹到湖邊，錢亦錦自豪而隆重地向梁則重和潘駙馬介紹。「這是我弟弟明娃，這是我妹妹靜兒。他們跟我和繡兒一樣，也是龍鳳胎。」

潘駙馬和梁則重已經聽說錢滿江的媳婦生了兩對龍鳳胎，驚詫得很，便俯身看著兩個小寶貝。

孰料，錢亦靜竟然咧開小嘴，衝潘駙馬咯咯笑起來，眼睛彎彎的像月亮，唇邊的小梨窩因為笑得燦爛，而顯得更深。小嘴彈出一顆小泡泡，在霞光的照射下閃著光暈，瞬間即逝。

潘駙馬詫異至極。這如花笑靨，他曾經見過的！

那是多少年前？哦，是在紫陽閣裡，已經很久很久了。那日也如今天一樣，霞光滿天，他正鬱悶時，突然看到那張極像他的小臉衝他嫣然而笑，咯咯咯的笑聲猶如天籟。瞬間，他的鬱悶隨風飄散，心底湧上股股暖意。

他俯身抱起錢亦靜，輕聲喊著：「月兒，小月兒，爹爹的小月兒……這麼多年，妳到底去了哪裡……」

「潘老弟，你怎麼了？醒醒……」梁則重見潘駙馬失態，一邊叫、一邊舉起大手，在他眼前晃了晃。

潘駙馬這才從遙遠的回憶中清醒過來，見自己手中正抱著對他嫣然而笑的小月兒，又有了一絲糊塗。再定定神，看看左右，小兄妹正目瞪口呆地盯著他，還有猴子、狼、狗，以及滿湖蓮葉和金蓮……

是了，這裡不是紫陽閣，是歸園的秀湖岸邊。手裡的小人兒也不是小月兒，是個叫錢亦靜的小女娃。只是，她們太像了……

潘駙馬發現自己失態，不好意思地把錢亦靜放回車裡，繼續俯身端詳她。

突然，一隻小雞雞悄然立了起來，噴出一道強而有力的水柱，從錢亦繡和錢亦錦中間穿過，直向潘駙馬的俊臉射去——

接著，錢亦明打了個哆嗦，舒服地吁口氣。尿完了，真舒服。還不知道自己惹了禍。

若是平時，潘駙馬早躲開了，可今天他的頭腦不清明，反應特別慢，俊臉竟然把一泡尿全接了下來，還順著他的臉頰與脖子往下流。

錢亦繡等人也沒反應過來，回過神，小傢伙都尿完了，還呼呼地吁著氣。

錢亦明尿潘駙馬一臉，驚住了眾人，他的乳娘已經跪在地上，嚇得渾身哆嗦。

錢亦繡忍著笑，同錢亦錦一起，不停向潘駙馬賠罪。

「潘先生，我弟弟不是有意的。對不起、對不起、對不起……」

梁則重指著潘駙馬，哈哈大笑。「潘老弟，你的臉實在太招人了，連……」不好說下去，越笑越厲害，背都笑彎了，差點閉過氣去。

錢亦靜的咯咯笑聲也大了些，四肢不停揮舞，似乎也在笑話潘駙馬。

潘駙馬氣得整張臉扭起來，先用綾帕抹臉，覺得沒用，就把綾帕丟在地上，再用袖子擦，但袖子是軟緞，更不吸水，臉上還是濕漉漉的。

錢亦繡見狀，順手把錢亦靜小車裡的一塊細棉布遞給他。

潘駙馬擦了幾把，總算把臉擦乾淨。低頭看看手裡的棉布，覺得應該是尿片，又氣哼哼地把棉布扔掉。

他有潔僻，這下渾身難受，狠狠瞪了車裡那個在打哈欠的熊孩子。

梁則重見潘駙馬真生氣，趕緊止住笑，卻停不下來，肩膀一聳一聳，難受極了。

潘駙馬哼一聲，轉身向臨香苑大步走去。

梁則重緊隨其後，邊走還邊勸他，只是這勸說，怎麼聽，怎麼讓人生氣。

「潘先生，莫嫌棄，都說童子尿去火治百病，有些人還特地要來喝呢……」

錢亦錦追上，不住地替弟弟賠禮。

等他們走遠了，錢亦繡才哈哈笑起來，笑得前仰後合。

錢亦明的乳娘快嚇哭了，道：「哎喲，繡姊兒還笑得出來。明哥兒可闖下大禍，那位大人一看就是大官，會不會把我們殺了呀？」

錢亦繡跟潘駙馬有過幾次接觸，覺得他雖然清高，脾氣又有些擰，但為人還不錯，不會為一泡尿報復人。不過來者是客，雖然阻止程月跟他見面，卻也不願意得罪他。

想到這裡，她止住笑，道：「無事，潘先生度量大，氣氣就過了。」看著不住揮動小拳頭、蹬著小腿的錢亦明，俯身抬起他的腿，輕輕在他小屁股上拍一下，嗔道：「你是不是故意的？又快又準。」

這下，錢亦繡也無心再散步，趕緊帶龍鳳胎回望江樓，心裡想著，看潘駙馬把錢亦靜當成程月的樣子，應該非常寵愛和在意她才對，怎麼會把人弄丟了呢？而且程月來到錢家時，還是那樣狼狽……實在想不通啊。

幾人走到半路，遇見錢三貴拄著枴杖，急急往臨香苑趕。他已經知道錢亦明得罪了貴客，嚇得趕緊去請罪，又吩咐他們快回望江樓待著，不要出來。

見錢三貴嚇成這樣，錢亦繡便想著，該怎樣把潘駙馬哄得消氣？畢竟這些人不知道潘駙馬和程月的關係，得罪這樣的貴人，會讓他們寢食難安。

她可以不在乎潘駙馬，但她不能不在意錢三貴的感受。

於是，到了望江樓，安頓好弟妹後，錢亦繡跑上二樓，找出一套程月親手設計並縫製的夏衫穿上。紅色交領上襦，袖邊只滾一圈雲紋，白色長裙的裙裾繡一道綠梅萼，雅致又飄逸。知道潘駙馬喜歡珍珠，又在包包頭上戴根珠釵。

穿戴好，錢亦繡讓白珠拎著裝四顆成熟金蜜桃的小籃子，一起出了門。

她走前，叮囑程月。「娘，今兒我和哥哥要陪先生月下賦詩，會晚些回來。您先歇息，不用等我。」

程月點點頭，看看女兒的穿著，覺得滿意，又交代她幾句，便放行了。

錢亦繡帶著白珠回到蓮香水榭，讓紫珠去拿出家裡唯一的二兩金蛾翼，及一套玉瓷茶具與小銅壺。小銅壺裡裝的，是她之前偷偷帶著猴哥去溪石山裝的泉水，那泉水正是松潭的上游。因為歸園後面的人多起來，松潭的水受了濁世薰染，已遠沒有原來的清冽甘甜。

來到臨香苑，錢三貴還哆哆嗦嗦地站在院子裡，錢亦錦正在勸他回去。

「爺爺，您放心，快回去歇息吧。梁爺爺和余先生都說無事，他們正在勸潘先生呢。」

錢三貴搖頭。「明娃衝撞貴客，爺爺怕他把氣發在明娃身上。」抬頭見到錢亦繡，又趕緊說：「繡兒怎麼也來？快、快，你們都回去。貴客要殺要打，讓爺爺來頂，別連累你們。」

錢亦繡笑道：「潘先生和我在京城有過來往，他雖然不苟言笑，但為人還不錯，不會殺，也不會打。爺爺快回去吧，我保證，讓他喝下我泡的這杯茶，所有怒氣都會消。」

錢三貴比較相信孫女，聽她這麼說，才一步三回頭地出了臨香苑。

錢亦錦見錢亦繡打扮得如此漂亮出挑，有些不高興，翹著嘴說：「妹妹，大晚上的，妳幹什麼穿得這樣好看呀？妳也回去吧，我去給他們泡茶。」說著就要拿她手中的茶具。

錢亦繡躲開他的手。「哥哥，泡茶也有講究的。」見錢亦錦瞪起眼睛，嘴翹得更高，遂無奈道：「哥哥跟著我來學吧。學會以後，就讓哥哥給他們泡。」

錢亦錦這才勉強答應。

錢亦繡喚來這裡服侍的人，先用炭火把銅壺的水燒開，再領著錢亦錦，往潘駙馬住的東廂房走去。

剛到門口，她就看見梁則重和余修坐在圈椅上，正講得興高采烈，一看就是他鄉遇故知。

錢亦錦趕緊在她耳邊低聲說：「剛才聽梁大人叫咱們先生為余大人，還說他原來是祭酒呢。」

錢亦繡聽了，一陣竊喜。原來余修大有來頭，她和小哥哥真是撿著寶了。

唯有領導國子監的人才叫祭酒，相當於前世清華大學的校長。校長親自教的學生，未來肯定大有前途。

這下，她更得好好表現了。

第一百零六章

小兄妹進了東廂，先給梁則重、余修和潘駙馬行禮，再把茶具放在羅漢床旁的小几上，便規規矩矩地站在一邊。

潘駙馬坐在羅漢床上，此時他已經洗完澡，披散著濕漉漉的頭髮，換上一件廣袖交領的純白綢衣。

他陰沈著臉，嘴抿成一條縫，也不搭理那兩個講得正熱鬧的人，看起來優雅冷清，更像不食人間煙火的謫仙。

他瞧見走進來的小兄妹，神色才稍稍好些。錢亦繡嫋嫋婷婷，五官精緻、氣質靈動，怎麼看，怎麼招人喜歡。

錢亦繡從梁則重和余修的對話中，聽出余修好像是因多年前反對乾文帝對寧王的處置，上書指責他「不慈不公」，希望他收回成命。

乾文帝不聽勸諫，反而斥責他。

余修一氣之下，學起某些御史，想血濺金殿，卻被人攔住，丟出金殿。又氣又羞，便辭了官。

錢亦繡倒覺得乾文帝還算不錯，只把余修丟出去，沒用「以下犯上」之罪殺了他。

不久，紫珠拎著小銅壺，領著兩個端盆子的下人走進來。

錢亦繡先在其中一個盆裡淨手，再坐在潘駙馬對面，把茶具放在裝開水的盆裡，燙過一遍。

這是套白色描梅的玉瓷茶具，薄如紙、透如鏡、聲如磬、光如玉，是她去年在京城買的。

接著，她用茶匙把茶葉撥入玉瓷茶壺，裝了約三分之一的量，又從紫珠手裡接過銅壺，向茶壺裡注水。

沖泡茶葉需提高水壺，自高點往下倒，使茶葉在壺內翻滾、散開，才能充分出味。

泡好茶，她把茶湯倒入稍大的茶盅。

此時，壺嘴與茶盅之間的距離，以低為佳，以免茶湯內的香氣過早散發，反而不美。即使這樣，香甜濃郁的茶味還是飄散開來。

幾個大人在錢亦繡開始泡茶後便沒有說話，而是眼睛一眨不眨地看著她行雲流水般的動作。

第一泡茶湯倒完，立即沖第二泡茶，再倒入茶盅與第一泡混合。茶盅上方氤氳著絲絲霧氣，可以隱約看見金黃澄澈的茶湯。

錢亦繡把茶盅內的茶湯分入玉瓷杯中，讓錢亦錦去給客人敬茶。

錢亦錦把第一杯敬給潘駙馬，並深深躹了一躬，再次為弟弟賠罪；接著，先後敬給梁則重和余修。

茶湯入口，甘醇鮮爽，回味綿長。

在他們細細品味之時，錢亦繡又開始泡茶。第三泡和第四泡在茶盅裡混合，再分到杯中，依然由錢亦錦敬上。

幾人品完茶都是一臉陶醉，過了好一會兒，才說好喝。金蛾翼已經上市，雖然極少，但像梁家和潘家這樣的勛貴世家，肯定會有。但他們有些納悶，為何自己在家喝，也極鮮美，卻及不上錢亦繡所泡的？

錢亦繡看出他們的疑惑，笑道：「這泡茶的水，是猴哥去深山裡裝來的山泉，味道當然不一樣。」

接下來，她又沖了第五泡、第六泡，接著是第七泡、第八泡，茶味已經轉淡，銅壺裡的水也沒了。

見他們意猶未盡，還想喝，錢亦繡笑著說：「深山裡的泉水沒有了，你們還想喝，只得用一般的泉水泡。」

幾人一聽，算了，先忍忍，等有了山泉再喝。

此時，小兄妹見潘駙馬的氣消得差不多，臉色稍霽，又看出他們似乎還要秉燭夜談，便告辭出來。

走之前，錢亦繡把金蜜桃奉上。潘駙馬和梁則重已經品嚐過這種珍品，自是高興笑納。

出了臨香苑，夜風微涼，星光滿天，隱隱還能聞到金蓮的芬芳。

錢亦錦拉著錢亦繡的手，慢慢往回走著。到了臨風苑，他沒進去，說把她送到望江樓再回去。

回了望江樓，錢亦繡在一樓淨房洗過澡才上二樓。

她走進臥房，看見程月還坐在床邊，嘴角噙著笑意。

錢亦繡驚道：「娘，這麼晚了，您怎麼還沒睡呢？」

程月把女兒拉到身邊，問道：「娘聽乳娘說，明娃尿了客人一臉？」見她點頭，又笑著說：「對有些人就是該這樣。明娃真能幹，娘親也能幹。」

她的言外之意是，她生了帶把的，帶把的又這麼能幹，就是她能幹了。

錢亦繡也笑。「是，弟弟和娘親都能幹。睡吧。」

梁則重和潘駙馬在歸園住下後，便樂不思蜀了。

上午，他們領著動物之家去荷風塘、小香山轉轉，歇過午覺，在院子裡的柳樹下飲茶下棋。

晚飯後，兩人便忙不迭地到秀湖邊，等著錢亦繡推弟弟妹妹過來散步。主要是因潘駙馬想看錢亦靜，特別迫切，若錢亦繡他們來晚了，還會嗔怪兩句。

潘駙馬不愛搭理錢亦明，連看都不看他一眼，但極喜歡錢亦靜。他們一來，他就抱起錢亦靜逗弄，也喜歡跟錢亦繡說話。

這讓梁則重很納悶。潘駙馬的冷性子怎麼變熱了？時日一久，他看出端倪。原來是錢亦繡和錢亦靜都長得有些像潘駙馬，他見過珍月郡主，潘駙馬是拿人家的寶貝女兒緬懷他的閨女呢。

不過，他還是有些好奇。他見過錢滿江，長得跟潘駙馬完全不像，那麼定是她們的母親像潘駙馬嘍？

轉眼到了八月初，也沒見這兩人有要走的樣子，錢亦繡心裡便有些不高興。這兩位還真把歸園當成他們的度假莊子了。

此時，秀湖又開始出藕。

出藕的第一天，弘濟就來了。這次不是騎馬，而是坐馬車。

他來得早，錢亦繡和錢亦錦正在上課。

他過了月亮門，便碰上梁則重和潘駙馬，他們帶著動物之家正準備去荷風塘玩。

弘濟認識他們，雙手合十道：「梁施主好、潘施主好。我師父說，若你們無事，也去大慈寺下下棋。」

梁則重和潘駙馬笑著應下。「我們定會再去叨擾悲空大師。」

弘濟跟他們客套完，便朝望江樓喊：「嬸子，貧僧來了，貧僧好想您，也想哥哥姊姊和弟弟妹妹。」

程月正在二樓，手裡抱著錢亦靜，聽見弘濟喊她，笑著提高聲音道：「弘濟來了？快進來，嬸子也想你。」

說著，她來到窗前，發現不只弘濟在下面，還有兩個男人，身子一閃，趕緊躲回去。

潘駙馬覺得樓裡的女聲有些熟悉，好像聽過，便抬起頭看，只見一個美人在窗前晃了下，還沒看清楚，又進去了。

潘駙馬雖然沒看清楚那位麗人，但覺那清脆的嗓音極熟悉，像極已經遠去卻又時時縈繞在夢裡的那道聲音。雖然語氣不一樣，剛才的聲音裡溢滿喜悅，而原來那聲音似冬夜裡清冷的冰，但就是像極了。

「爹爹，月兒想娘親，好想好想……」

「爹爹，月兒想做您手裡的那顆珠子……」

「爹爹，月兒好寂寞，哥哥要上學，您又時時不在家……」

「爹爹，月兒也要跟您去大慈寺，給娘燒香茹素……」

那道聲音的稚氣漸漸消散，語調卻越來越清冷。

潘駙馬長長嘆了口氣，頓時沒了去外面散步的興致，對梁則重道：「梁大人請便，今天我有些不自在，想回屋歇著。」

梁則重聽了，便帶著白狼和大山，同在外院等著的梁拾出去。猴哥和猴妹沒跟去，早隨在弘濟身後去了望江樓。

潘駙馬抬頭望望那扇雕花窗櫺，小窗被繁茂的樹枝遮去一小半。

突然，小窗裡又傳來弘濟和那個年輕婦人的說笑聲。

沒錯，就是那道聲音，清脆、輕柔……

潘駙馬又仔細想想，把這些天來許多的疑問串成一串，答案似乎呼之欲出。

他在這裡住了一個月，總覺得有些疑惑和不解。前幾天梁則重就說該回京城了，他不願意，就是想把心裡的疑惑解開。

這幾個孩子，除了長子錢亦錦，其他三個長得都像他的女兒，也就是像他，尤其是兩個女娃。他見過錢滿江，孩子像他的地方並不多。

這個年輕婦人的閨名也叫月兒，這是他之前聽錢滿江說的。

還有那幅「盼」，不提絕妙的繡技，那灑脫清麗的畫工和精妙布局，跟女兒在家時的繡品如出一轍。

再來，他一見到錢亦繡和錢亦靜，就有種莫名的親切感和熟悉感。

現在，又聽見這道極像女兒的聲音。

怎麼會有這麼多的巧合？

他的月兒，他的月兒……

想到這裡，潘駙馬的心狂跳不已，疾步回了臨香苑。

剛進院子，他就高聲叫起來。「蕭止！」

蕭止趕緊從後院跑出來，跟著潘駙馬進了東廂。他有些納悶，除了珍月郡主出事那段時日，先生從沒有這樣失態過。

進屋後，潘駙馬低聲在他耳邊交代幾句。

蕭止一愣，隨即點點頭，拿了幾錠銀子，從和熙園的後門出去……

蕭止出了門，往花溪村裡走。

他來到村口，正好看見一個瘸腿的老婦人在打罵一個小女娃，旁邊散落著小木桶和幾件衣裳。小女娃連哭都不敢，只是小聲求饒。

一個更老些的婦人在自家門口大聲數落著。「妳積點德吧！阿草都那麼可憐了，小小年紀就幹那麼多活計，還打她做什麼？」

蕭止走過去，拿出一錠銀子，對動手的老婦人道：「大嬸，我想跟妳打聽一點事情。」

打人的正是唐氏。

如今的她過得很鬱悶，沒了管家權，兒子又不聽話，連男人都有些嫌棄她。她沒地方出氣，兩個小孫子捨不得打也不敢打，沒事就來村口的閨女家瞧瞧。

但是，一看見李阿草，她就氣不順。她的朵兒多水靈，怎麼會生個這樣的醜丫頭，嘴還不甜，見著人也不知招呼一聲？

她正在掐李阿草的屁股，見一錠白花花的銀子在眼前閃了下，又聽蕭止這麼說，便鬆開李阿草，直起身笑道：「只要是我們花溪村的事，就沒有我不知道的。」

蕭止點頭。「那最好。走，咱們去那棵樹下慢慢說。」

兩人到了樹下，聽唐氏說完，蕭止也心情澎湃，激動萬分。天哪，難道真是老天有眼，或長公主在天上護佑著郡主？

但他不敢大意，又繼續往村裡走，另找其他婦人打聽。

歸園裡，錢亦錦和錢亦繡又高高興興地回了望江樓。弘濟一來，余先生都會破例放他們的假，然後自己去萬家找萬二牛喝酒。

錢亦繡和錢亦錦剛上二樓，就聽見程月正在唸小爹爹的情書。那封情書是程月的寶貝，無事就拿出來唸，還要與人分享。她常常讀給錢亦錦和錢亦繡聽，也會給黃嫂子和晨雨唸，還會和偶爾回娘家的錢滿霞分享。

最後，往往是這些人還沒怎樣，她自己先感動得眼淚花花，尤其是讀到小爹爹引經據典的那首〈揚之水〉，每次都會邊唸邊哭。

對未成年的兒女讀情書也罷了，如今還對弘濟唸上，小兄妹的臉都羞紅了。

程月充滿感情地唸完那首詩，道：「弘濟，江哥哥就是這樣想我的。」

弘濟有些糊塗了，摸著光禿禿的腦袋。「嬸子莫傷心……」

程月忙道：「嬸子不是傷心，嬸子是高興。」

弘濟雖然還是搞不懂，但想著詩裡的內容，仍笑道：「嘿嘿，嬸子是該高興。江叔叔真好，他看到河溝、看到柴火，就能如此想嬸子。那看到大河、看到高山，豈不是更想？」

錢亦繡聞言，覺得弘濟比她還像小棉襖。每次程月邊哭邊充滿感情地唸這段，錢亦繡都起雞皮疙瘩，不會這樣順著她的話說。

瞧程月感動的，至於嗎？大乾朝和前世一樣，也有《詩經》，裡面那麼多描寫愛情的好作品，美得不得了，錢滿江什麼不用，竟挑了這首一點都不美的。

錢亦錦聽程月唸這段，也有些發懵，完全不懂她為什麼會哭得這麼厲害？倒是覺得爹爹應該寫些「關關雎鳩，在河之洲」，或「執子之手，與子偕老」這樣的句子。

弘濟見他們回來，笑著迎上去，說了一句極有喜感的話。「貧僧只有一個師父，你們卻有這麼多親人，現在又添弟弟和妹妹，太讓貧僧眼饞了。不行，你們得補償貧僧。」

他也是沒辦法了，悲空大師讓他這次定要弄滿滿一車一號金蓮藕回去，他老人家不僅要自己吃，還要送人。

弘濟知道，連錢家都沒有多少一號金蓮藕。金蓮藕一出水，就被拉去京城、省城、江南等富庶地方賣了。

悲空大師要一車，八成得把錢家的金蓮藕全討過來才行。

他實在不好意思，摳破腦袋，才想到這個藉口。

果真，小兄妹還沒吱聲，程月先說話了。「怎麼補償？嬸子讓他們做。」

弘濟笑得眉眼彎彎。「貧僧師……不對，貧僧想要一車一號金蓮藕。」

錢亦繡一聽便知道是悲空大師的主意，搶白道：「悲空大師的嘴還真饞，我家出的金蜜桃他就先要走一半，這回更好，今天第一天出金蓮藕，他又要一車。他都拿走了，我們吃什麼呀？」

弘濟聞言，立刻紅了臉。

程月見弘濟如此，有些心疼了，嗔怪女兒道：「繡兒，弘濟也是妳弟弟，怎麼能這樣跟弟弟說話呢？娘好傷心的。」又安慰弘濟。「莫難過，你姊姊跟你說笑話呢。」

錢亦繡也就說說而已，只要是悲空大師的話，錢三貴定會句句照辦。

下午，弘濟如願以償地拉走滿滿一車的一號金蓮藕。

因為錢滿江是寧王的心腹，更因潘駙馬和梁則重住在這裡，宋治先不敢太霸道，高管事也不敢太黑心，現在家裡倒沒有因為弘濟要多了金蓮藕，而影響他們自吃的數量。

這天的晚飯是藕宴。不知為何，喜歡清靜又少言寡語的潘駙馬竟主動邀請錢三貴來臨香苑吃飯，還主動敬了幾杯酒，又說錢三貴把孩子們教得好。

他的反常不只這些，還一直用溫柔的目光看著錢亦錦，不時給他挾菜。

錢亦錦被看得如坐針氈。這位潘駙馬可不是個熱心人，之前不多的和氣，全給了兩個妹妹，完全沒分點給他。

梁則重也有些糊塗。今天潘駙馬沒出來吃午飯，跟蕭止關著門密談，再後來，他獨自在屋裡關了一下午，出來時，眼圈還有些紅。

梁則重看氣氛實在尷尬，乾脆一語雙關地說：「你們這些文人的心思，我們武夫看不明白。今兒你是怎麼了？別嚇著小娃，看人家連飯都吃不下了。」

潘駙馬冷哼。「若論巧言令色，我拍馬也及不上你。我沒有你那麼多心思，就是覺得我們叨擾錢員外這麼久，要感謝他們一番。」

得，這話一出，場面更尷尬了。

錢三貴跟錢亦錦極為無奈，只得打起哈哈，勉強謙讓著，才把這頓飯吃完。

第一百零七章

飯後，潘駙馬沒留錢三貴喝茶，說要去散步。

錢三貴拄著枴杖，走得慢，還沒出院子，潘駙馬已急急拉著錢亦錦向秀湖邊趕去。

梁則重一邊走，一邊跟錢三貴笑道：「這位潘先生自從少年時受了打擊，就開始率性而為，替自己想得多些，為別人想得少些。錢兄弟莫見怪。」

錢三貴忙搖頭。「不見怪，不見怪。」

他已經知道潘先生是駙馬，還是榮恩伯，哪敢見怪，只想快些回自己的屋裡休息。再走幾步，便向梁則重告辭而去。

可是，今天錢亦繡沒帶龍鳳胎去秀湖邊。因為出藕，那裡有些污泥還沒清理乾淨，只陪著他們在蓮香水榭旁的廊橋上玩。

她抬起頭，遠遠看見站在秀湖邊的錢亦錦朝他們招手，旁邊還站著梁則重和潘駙馬。

錢亦繡擺擺手，意思是不去。

不一會兒，那三人便走過來。更確切地說，是潘駙馬拉著錢亦錦上前，梁則重跟在他們後面。

錢亦繡曲膝，向潘駙馬和梁則重行禮。「潘先生好、梁爺爺好。」

潘駙馬熱切地看著錢亦繡。「繡兒，好孩子，以後就叫潘爺爺，不要叫先生，太客氣、太見外。」一聲音中完全沒了之前的清冷。

他說完，俯身抱起錢亦靜，溫柔地說：「靜兒，來，爺爺抱。」又低頭看錢亦明，眼神毫無之前的嫌棄，還帶著熾熱。「爺爺只有一雙手，只能抱一個。明娃是男孩，大器些。」

潘駙馬這是轉性了？

錢亦繡和錢亦錦對看一眼，錢亦錦聳聳肩，攤開手，他也不曉得怎麼回事？梁則重也像看怪物一樣看著潘駙馬，不知這唱的是哪一齣？

幾人正納悶時，突然聽見錢亦靜大叫一聲，小手抓住潘駙馬的左臉使勁扭著，由於用力過猛，小臉脹得通紅。

乳娘不敢上前，錢亦繡和錢亦錦的個子矮，無法將錢亦靜的手拉開，只得不住地喊：「靜兒，快鬆手……」

潘駙馬好脾氣地讓她掐，還說：「無妨，我甚是喜愛靜兒，等她……」話沒說完，臉上的神色立時變得尷尬起來。

錢亦靜終於放手，眾人鬆了口氣，又頓覺不對。

一股味道飄散開來。

乳娘慌忙上前。「哎喲，是不是靜姊兒拉臭臭了？」顧不得冒犯貴人，趕緊伸手把錢亦靜接過去。可是來不及了，潘駙馬雪白的袖子上，已經糊了一團黃澄澄的東西。

雖然錢亦靜包著小尿片，但尿片歪了，又有點拉肚子，裡面的東西便滲出來。「臭臭」是錢亦繡發明的詞，眾人覺得極是形象，便在歸園叫開來。

錢亦錦、錢亦繡看傻了，趕緊賠禮道歉。「潘先生，我妹妹不是有意的。對不起、對不起……」

梁則重又哈哈大笑起來。「你們不用道歉，這怪不得別人，怪他自己，小娃怎麼都拉在他上，不拉別人……」話還沒說完，一抬頭卻愣住了。

眾人看去，只見程月正滿眼含淚，悲憤地站在那裡。她穿著一件半舊的月白雲緞繡飄花褙子，單螺髻上只插了根梅花玉簪。雖然打扮極隨意，但仍無法掩蓋她清麗絕美的容顏。

剛才，他們的聲音傳到望江樓，程月從小窗伸出腦袋瞧，見他們在廊橋說笑。

她看到人群裡有個非常非常俊俏的男人，大女兒還跟他有說有笑，且他竟然抱著小女兒，一看就是沒安好心的壞人，便顧不得害怕，急匆匆地衝出來。

潘駙馬看見程月，眼圈立刻紅了，喃喃叫道：「月兒，月兒……真的是月兒……」

程月沒看潘駙馬，而是哭著喝斥錢亦繡。

「繡兒，娘是怎麼教妳的？娘告誡過，不要跟非常非常俊俏的男人在一起，妳竟然不聽娘的話，不僅跟這種人在一起，還讓他抱妳的妹妹。妳知不知道，這樣的男人不好，冷心冷情，遲早害死妳！妳太讓娘失望，娘太傷心了！」

接著，她衝上前，從乳娘手裡搶過錢亦靜，冷冷對潘駙馬說了句：「月兒不認識你，請你以後離我的孩子遠些。」說完，她哭著轉身，向望江樓走去。

錢亦繡和錢亦錦趕緊追上。「娘別生氣……」

潘駙馬也追上去，嘴裡喊道：「月兒、月兒！」

原來，中午蕭止回來，稟報他打聽到的錢家三房兒媳的事。

聽說，這家的兒媳婦貌若天仙，說一口官話，腦袋不太清楚，也不記得以前的事，名字還是錢家人取的。十二年前，她被吳氏買來給錢滿江做媳婦，來時的年紀，大概在十二到十五歲之間。

這些描述，再加上潘駙馬之前的觀察，認為這家的兒媳婦程月，那四個孩子的娘，有九成可能是他的女兒潘月。

剩下的那一成不確定是因為他還沒有見到她，覺得太不可思議。

當初，他親眼看見女兒那輛馬車被山洪和泥土沖下懸崖，護衛又在深山裡找到車夫和嬤嬤殘缺的遺骸，以及女兒的首飾……

他知道自己的女兒有可能還活著，激動得難以自持，恨不能馬上見到她。都走到了望江樓門口，卻又停下來。

他不能太冒昧，再等等，至少得想辦法跟她見上一面。

他知道，這家的兒媳婦不見外人，便折回臨香苑，把自己關在東廂裡想辦法。

只是，還沒來得及去做，傍晚就見面了，而且程月真是他的女兒——潘月！

潘駙馬跟著程月跑到望江樓，還想進去，被錢亦繡攔住了。

錢亦繡道：「潘先生，您也看到了，我娘不想見您，不能再去刺激她。」

梁則重也震驚不已。雖然他只見過珍月郡主兩次，但潘月跟潘駙馬一樣太過出挑，想認錯都不可能。

他也追上來，上前拉住潘駙馬，勸道：「潘先生，好事不在忙，先等等。或許，先去跟錢員外談談比較好。」

這邊的動靜鬧得太大，錢三貴拄著枴杖，被吳氏扶來，去萬家喝酒的余修也趕回來了。

余修伸手去拉潘駙馬。「潘先生，稍安勿躁。錢家兒媳是令千金的事，我早已知曉，但這件事，現在還不宜聲張……」

潘駙馬氣道：「我見我的女兒，關你什麼事？用不著外人瞎摻和！」說著，就去拉錢三貴，想跟他講清楚。

余修大急，道：「這不光涉及珍月郡主，還有其他人。潘先生先聽我把原委說清楚，再來相認，如何？」

潘駙馬聞言，瞬間冷靜了下。這余修可不是簡單人，能掩藏身分給鄉下小娃當先生，實在奇怪，先聽聽他怎麼說。

余修見潘駙馬不鬧了，又對錢三貴說：「錢兄弟，我和潘先生先談談，稍後再去找你把事情說清楚。」然後，帶著潘駙馬、梁則重回臨荷苑，又讓小廝去把萬家父子請來。

他對潘駙馬道：「關於珍月郡主的事，萬家父子比我有說話的分量，你聽聽他們怎麼說吧。」

於是，錢亦繡、錢三貴和吳氏愣愣看著余修拉著潘駙馬，和梁則重去了和熙園。

這什麼意思？錢亦繡心裡有些了然。看來潘駙馬知道小娘親是他的親閨女了。

只是，小娘親怎麼會是郡主呢？不是只有王爺或皇子的女兒才能叫郡主嗎？還有，余修說，這事不光涉及珍月郡主，還有其他人！

這個家裡，只有錢亦錦不是真正的錢家人，難道他的身世也驚人，大有來頭？佘修是有意來教導他的？真是天雷滾滾啊……

錢亦繡看到還在發愣的錢三貴和吳氏，上前道：「爺爺、奶奶，您們先回去歇歇。說不定他們知道娘的身世，到時候再聽他們怎麼說。」

錢三貴和吳氏雖然急著想知道兒媳到底有怎樣的身世，跟潘駙馬有什麼關係，但又不敢主動去問，只得強壓下不安的心思，相攜著回正院。

錢亦繡送走錢三貴與吳氏後，轉身上了二樓。

錢亦錦正勸著痛哭流涕的程月，錢亦繡也趕緊認錯。但程月不理女兒，只捣著臉哭。

錢亦錦本對潘駙馬沒有多少好感，見他把程月氣成這樣，更是惱怒。

「妹妹，那個潘先生不好，專喜歡漂亮女孩子，以後妳別再搭理他，也不許讓他抱靜兒妹妹。」

程月聽了，方抬起頭，眼淚汪汪地看著錢亦繡。這樣的眼神，任誰都抵擋不了。

錢亦繡只得道：「娘放心，以後我不再理潘先生了。」

程月癟嘴。「妳可要記住，不要再理他，也不能跟他說話。」見女兒點頭，方才放心，不再生氣。

另一邊，萬二牛和萬大中見這麼晚余修還叫他們去歸園，猜測定是潘駙馬有所察覺，便急急跟小廝趕到臨荷苑。

萬大中走之前，對抱著萬芳的錢滿霞說：「妳先歇著，不用等我。」

父子倆來到臨荷苑，潘子安和梁則重都認識萬二牛，詫異道：「萬護衛長，不是聽說你已經死了嗎？怎麼會在這裡？」

萬二牛笑笑，向他們抱拳坐下，先讓萬大中講珍月郡主的事。

潘駙馬是哭著聽完的，梁則重也流淚。不過，潘駙馬是慚愧，梁則重則是因為感動。

余修說得對，萬家父子是看著潘月怎麼跟著錢家熬過來的。錢滿霞嫁去萬家後，又講了些萬家父子不知道的艱辛遭遇。他們是除了錢家人之外，對潘月了解最多的人。

他們沒想到，潘月的遭遇是那樣可憐又可怕，不只傻了，還瘦得脫形，髒得面目全非，被騙去牙行……要不是被善良的吳氏買下，要不是被這個良善之家收養，這美好得如仙女的姑娘，將面臨怎樣的淒慘人生？他們不忍心再往下想。

還有錢家，之前是那樣艱辛，老弱病殘，僅守著二畝薄地度日，唯一的壯丁還去當兵，但對待外來的癡女，卻當親女一樣疼愛，盡可能讓潘月快樂地生活，更是舉全家之力，保全她的性命和清白。

所幸上蒼有眼，錢家從吃不飽、穿不暖的赤貧，一點一點好起來，過上好日子。除了思念丈夫外，潘月在這裡平安無憂地生活了十幾年，怪不得她的聲音裡透著快樂。

梁則重拍著潘駙馬的肩。「我自認，在那樣辛苦的條件下，不會比錢家人做得更好，這樣善良的人家，全大乾也找不出幾家來。郡主雖然落難，但落在錢家，反而是她的福氣。我覺得，郡主待在錢家，似乎比在京城過得快樂，或許在她心底，她寧可過這樣的日子。」

潘駙馬聞言，慚愧不已，知道梁則重的話是對的，女兒在這裡，的確比待在府裡快樂得多。她雖然傻了，但心底深處還是不願原諒他，不許她的女兒跟他太過親近。可見她對他、對那個家有多怨懟。

萬二牛又道：「除了郡主先來的一年我們不在，無法保全錢家，之後，我們雖然有能力，但為掩人耳目，不敢輕易出手，只在最關鍵時暗中幫忙。

「不過，幾乎十有八九，還沒等到我們出手，他們便絕處逢生，又熬過來。除了錢三貴夫婦的謀劃和堅持，主要還是靠孫女錢亦繡。這女娃太聰慧，許多成年男人遠不及她……」

之後，他的話鋒一轉，講起寧王妃當初早產的孩子並沒有死，也在鄉下快快樂樂地生活，就是這家的長孫錢亦錦。

寧王的意思，在他班師回朝前，最好不要把小主子的事情張揚出來。畢竟王爺已經三十六歲卻只有一個兒子，這也是許多人詬病他的理由。現在他正在邊關打仗，雖是主帥，但刀槍無眼，如今朝中的局勢又複雜……

寧王一赴邊關，乾文帝就讓五皇子朱祥安進內閣學習。五皇子有不錯的外家，其母是何淑妃，現在是幾個皇子中身分最高的。本人謙遜仁德，又勤勉好學，為人處事比狼戾霸道的三皇子強得太多。雖然文比不上先太子，武比不上寧王，但還是極優秀，得到乾文帝喜愛，也得到許多朝臣推崇。

許多人都認為，五皇子繼承大統的機會極大，不只因他仁愛、勤勉，得乾文帝歡心，還因他剛滿二十七歲就已經有三個兒子，而寧王已到中年，卻連一個兒子都沒有。

還有在吏部學習的六皇子，雖沒三個哥哥有才華，但溫和知禮，知人善用，也得乾文帝喜愛，膝下有兩個兒子。

所以，最好先不要把珍月郡主還活著並住在錢家的事掀開，否則錢家會被推到眾目睽睽之下。不說別的，太后和乾文帝都極疼愛珍月郡主，到時定會大賞錢家，小主子身為郡主的兒子，也會受到關注，再加上他長得非常像寧王……

萬二牛的話沒講完，但潘駙馬和梁則重心裡都清楚。寧王年紀那麼大，只有一根獨苗，若有個萬一，還會不會有後，可不一定。之前他們就佩服寧王，現在更不會在這要緊時候，扯寧王的後腿。

再說，潘駙馬已經看出潘月不認他，傻是一個原因，還有心底深處的抗拒。若這樣帶她回去，太后和乾文帝再插一腳，這個女兒又要得而復失。必須先緩和父女關係，再說回京城的話。

於是，潘駙馬和梁則重皆點頭答應，寧王回朝前，暫時不會把珍月郡主還活著的事宣揚出去。

接著，萬大中把錢三貴扶到臨荷苑，幾人把程月是紫陽長公主和潘駙馬之女珍月郡主，及錦娃是寧王兒子的事，全盤托出。並告訴他，現在這兩件事都不能說出來，尤其是錢亦錦的身世，一定要保密。

錢三貴愣了半天還反應不過來，呼吸不暢、腳底發軟，處於靈魂歸不了位的狀態。

天哪，他這個農家小院竟然同時藏了兩條皇家血脈！不，繡兒、明娃、靜兒，全都是皇家血脈！皇帝、太后、長公主、王爺、皇孫、郡主……這些高高在上、遙望不可及的傳說人物，竟然跟他家有關係。

萬大中知道錢三貴身子不好，怕把他嚇出個好歹，一直幫他抹著背。

等錢三貴終於喘上一口氣，潘駙馬才起身，向他深深鞠了一躬。

「親家公，小女得你們關照，方能在此平安無憂度過這些年，謝謝你。我是月兒的父親，未曾給過她快樂，你和你的家人卻做到了，我實在汗顏。這份情，我會一直記著的。」

相對於激動又慚愧的潘駙馬，梁則重心裡樂開了花。怪不得悲空大師說那丫頭有大福，原來她不只跟靈物有緣，還是皇家血脈。聽萬家父子的描述，錢家能這麼快地富起來，多得益於她。

嘿嘿，他的眼光還是滿準的嘛。憑著收養皇孫和郡主的大功，錢三貴定會受封，錢滿江的前程也不會差。

按孫子的說法，有火炮和三眼火銃等兵器，三年內或許就能打敗大元。這次孫子十有八九能立大功，等他回來，即使不能封侯，官升兩級是肯定能的。

二十歲的三品將軍，滿朝上下，只此一個，況且他已是衛國公世子，配得上錢家丫頭。

梁則重決定，得快些把他們的親事定下，省得夜長夢多，讓小丫頭被人惦記去。

第一百零八章

幾人談到後半夜，萬大中才揹著錢三貴回正院。

錢三貴又驚又嚇又累，根本走不動，趴在萬大中身上，還覺得身子骨不是自己的，像飄在半空中的魂魄一樣。進了月亮門，他想起女兒，立刻緊張起來。女婿是不是因為方便保護小殿下，才娶錢滿霞的？

有了這個想法，錢三貴心裡極不舒服，虛弱地說：「女婿，你是為了錦娃才娶我閨女的吧？霞兒雖然長在鄉下，卻是個好姑娘。你以後回京當官，不會瞧不起她吧？」

萬大中笑道：「爹，我哪裡是那種人。霞兒是難得的好女人，我是真心心悅她，這輩子都會對她好。」又安慰錢三貴。「您放心，我敢對不起霞兒，小主子第一個不會放過我。」

錢三貴聽了，咧嘴笑起來。

也對，他不僅有當皇孫的錦娃，還有貴為郡主的兒媳婦，以及身為太后重外孫女的繡兒……這麼多倚仗，女婿的確不敢欺負自家閨女。

錢三貴回了上房，廳屋裡不只吳氏在，連錢亦錦和錢亦繡都在。

祖孫三個坐在羅漢床上，沒有一點睡意。錢三貴被叫去說話，他們就一直等在這裡，想知道程月的身世到底是怎樣的？

錢三貴已累得幾乎說不出話來，萬大中就簡單地講兩句。

他當然不會說錢亦錦的事，只說程月的真名叫潘月，是紫陽長公主和潘駙馬的女兒，被封為珍月郡主。十幾年前，她在去大慈寺的途中遇上山洪，被沖下懸崖，家人便以為她已經遇難。現在為某些原因，還不能讓潘月認祖歸宗，讓他們不要說出去。

吳氏聞言，眼睛瞪得老大，嚇得直叫。「哦，天哪，天哪，天哪……」

直到萬大中走了，吳氏的靈魂才歸位，問道：「月兒是郡主，我們要不要給她磕頭？」

錢亦繡搖頭。「這倒不用。我娘雖是郡主，但奶奶還是她的婆婆、是長輩，以後該怎樣還怎樣，不要讓外人看出端倪。」

等錢三貴和吳氏上床歇息後，錢亦錦和錢亦繡才出正院。

他們手牽手走著，沒有說話，心裡皆澎湃不已。錢亦錦更是震驚，他竟然是長公主的外孫，那就是皇親啊！天哪，太不可思議了！

錢亦繡雖然早已猜到這個結果，但真正確定，還是有些震驚。還有，潘駙馬到底做了什麼天怒人怨的事，讓已經傻得不記事的小娘親如此討厭他？

她又看看身邊的錢亦錦。為了他，竟然能把這麼重要的事壓下來，他的身分應該更不一般，肯定也是皇族。若是皇族，跟她還是親戚，只不知道他是乾文帝的孫子還是外孫。

等他的身世揭開，就該認祖歸宗、回他的家了吧？想想還真捨不得。

錢亦繡突然生出離別的傷感。小屁孩雖然有時挺討嫌，但大多數時候，是不錯的好哥哥。

一陣風吹來，錢亦繡哆嗦一下。現在已是初秋，夜風有了些許涼意。

「妹妹冷了吧？咱們快些回去。」錢亦錦把她的小手抓得更緊些，步子也加大。

到望江樓，錢亦錦把錢亦繡送進門，站在門外輕聲囑咐。「妹妹別多想了，好好睡覺。」

星光下的他，站姿如松，眉目俊朗，已經有了小少年的英姿和沈穩。

錢亦繡點點頭。「哥哥也好生歇息。有些事，不是咱們該操心的。」

第二天，錢亦繡沒想到，程月竟然讓晨雨跟著她去上學，還威脅道：「若繡兒敢跟那個男人說話，晨雨回來會告訴娘，娘就哭給妳看！」

為母則強，小娘親不僅變聰明，還打響了保衛兒女的第一槍。

錢亦繡忙點點頭，帶著晨雨去上學。

路過臨香苑時，遠遠便看見潘駙馬在門邊翹首以望，披下的長髮和白色衣襬在晨風中飛舞，見錢亦繡來了，笑著走上前。

「繡兒，上學啊？」他的笑容如朝霞中的旭日，暖洋洋的。

喜歡看美男的錢亦繡真想停下來跟潘駙馬話話家常，但斜眼瞧瞧晨雨，想想會哭給她看的程月，還是沒理潘駙馬，目不斜視地往前走了。

錢亦繡能想像潘駙馬會有怎樣的表情，心裡也十分不忍，但想到小娘親都失憶還如此不喜歡他，他當初肯定讓她傷透了心。既然這樣，幫小娘親虐虐外公，也是應該。

這麼一想，剛才的一絲不忍便隨風飄散。路過一棵大樹時，錢亦繡躲在樹後，看見潘駙馬還呆呆站在那裡，神情甚是落寞。

放學路上，又遇到潘駙馬，他站在一棵樹下，手裡還拿著用柳樹枝編的插花草帽。

錢亦繡暗道，潘駙馬真是黔驢技窮，用這種東西來哄女孩子，可惜她不是真正的小丫頭。再說，鄉下最不缺的就是這個，好些村婦還編了拿去大慈寺附近賣錢。

待她走近，潘駙馬又上前道：「繡兒，這是潘爺爺自己編的，好看嗎？當初，潘爺爺的女兒最喜歡潘爺爺給她編的花帽子……」

結果，錢亦繡還是目不斜視地走了，剩下一臉落寞的潘駙馬。

回了望江樓，錢亦繡便跟程月說，她沒理那個「非常非常俊俏的男人」，又誇張地描述那男人是如何失望難過。

程月聽了，眼圈紅起來，愣愣地坐了一會兒，就開始哭，哭得非常傷心。

這是矛盾了？既不想女兒理潘駙馬，但聽說他難過，她也難過。

唉，善良的小娘親。當初潘駙馬怎麼能忍心傷害這樣乖巧的女兒！

中午，錢亦錦放學後來到望江樓，程月還在哭，任錢亦繡如何勸解都不行。

錢亦錦見了，不留下吃午飯，悄聲對錢亦繡說：「妹妹再勸勸娘親，哥哥去找外公談談，問問他們之前有怎樣的誤會？如今爹爹不在家，爺爺和奶奶歲數又大了，哥哥身為長子，應該解決這些問題。」然後挺著小胸脯走了。

錢亦繡也想跟潘駙馬談談，但要過些日子，先幫小娘親討點利息再說。

晚飯後，紅腫著眼睛的程月與錢亦繡一起，帶著錢亦明和錢亦靜在望江樓前玩。

錢亦錦來了，見過程月後，把妹妹拉到一邊，低聲道：「我跟外公談了。過去外公為某些原因，對妻子兒女漠不關心，讓他們傷心，但他已經後悔了，這麼多年來，一直活在自責和對娘親的思念中。他能理解娘親對他的怨，會盡全力解開她的心結，讓她的病好起來。

「外公聽說今天娘哭得非常傷心，立刻流淚，我覺得外公是真的知道錯，很想原諒他，可想到他做出讓娘傷心的事，又不想了。我實在想不通，娘親是那麼好的女兒，他怎麼忍心傷害她？哎，哥哥心裡很矛盾哪。」

兄妹倆商量半天，覺得先對潘駙馬敬而遠之，更不能帶著弟弟妹妹跟他接觸，以免再刺激小娘親。同時多寬慰她，等她的心情慢慢平復，再想想如何讓他們父女和好？

光陰在潘駙馬的熱臉和程月母子三人的冷對中流過。

不過，錢亦繡上下學總會在路上碰到潘駙馬，風雨無阻。慢慢地，她的心也有些軟了，會跟他點點頭，或是笑笑，讓潘駙馬極其滿足，笑容燦爛得如同秋陽一樣明媚。

還有，只要程月娘兒幾個出了望江樓，潘駙馬總會出現在他們的眼前。

剛開始，程月看見他，就馬上帶著孩子們走。

但時日久了，只要潘駙馬不往前湊，又有錢亦繡和錢亦錦的勸說，程月便不會再躲閃。女兒和兒子說得對，這是她家哪，幹什麼躲？

但程月不知道的是，潘駙馬其實是漸漸往前湊的。從一百尺以外開始，慢慢一、兩步或兩、三步地縮短距離。

當潘駙馬和他們的距離縮短到百尺之內時，已到了九月中旬。梁則重想回京城，但潘駙馬天天想著怎麼跟女兒與外孫和好，根本不想回京。梁則重不想等他了，打算自己回去，走之前，想跟錢三貴把梁錦昭與錢亦繡的親事訂下來。

這天，梁則重請錢三貴來臨香苑喝酒。

酒過三巡，見錢三貴微醉，梁則重便把想要錢亦繡做孫媳婦的打算說了。

錢三貴聞言一喜。梁家家世好，衛國公的爵位世襲罔替，梁則重父子又是一、二品大員，在京城算得上頂級豪門。梁錦昭是世子，年紀輕輕就是游擊將軍，比兒子的官還大，長得一表人才，氣宇軒昂，最重要的是他人好、脾氣好，跟孫女說得來，這親事著實不錯。

錢三貴剛想答應，但隨即又想，刀槍無眼，梁錦昭還在戰場上，萬一有個閃失怎麼辦？便猶豫起來。

梁則重看他眼睛一亮，後又猶豫起來，便猜出他的心思，笑道：「放心，不是給他們正式訂親，而是咱們口頭上先約好，等我孫兒平安歸家，再來下聘。」

潘駙馬跟梁錦昭極熟，也喜歡他，遂問：「我也覺得昭兒不錯。他小時一直跟著悲空大師學藝，因此心性良善，脾氣溫和，沒有那些世家公子的惡習。只是，年紀是不是大了些？繡兒還小，昭兒等得？」

梁則重笑著說：「怎麼等不得？他還在邊關，就算現在想成親也不行。再者，悲空大師給他算了卦，說他不宜早婚。」
錢三貴聽潘駙馬這麼說，更歡喜了，忙不迭地點頭同意。
梁則重見狀，便從腰間摘下紅翡虎符佩件作信物。
如今錢三貴身上的好掛件也不少，便取了一只羊脂玉扣。
兩人剛想交換，卻被潘駙馬攔住了。
潘駙馬道：「我喜歡昭兒，但昭兒的娘是崔家女，滿京城都曉得，崔家重門第、重規矩，繡兒再好，再得我們喜歡，也是在鄉下長大的，昭兒的娘能接受嗎？兒媳不得婆婆喜歡，嫁進門的日子可不好過。」
他的話，讓錢三貴又猶豫了。錢三貴最喜歡、最親近的孫輩就是這個大孫女，寧可讓她低嫁，也不願讓她高嫁去受氣。
梁則重聞言，狠狠瞪了潘駙馬一眼。「衛國公府現在是我當家，我死了換我兒子當，豈能讓一個婦人改了家風？」又對錢三貴說：「錢兄弟別聽他的，我兒媳雖然比較重規矩，但人不錯，又知書達禮。其實，京城絕大多數的婦人都重規矩，又不只我家兒媳婦一個……」
潘駙馬擺手打斷他。「梁老哥先別說得那麼好聽。自從來歸園我才知道，公婆好，對兒媳婦有多重要。繡兒不僅是錢親家的孫女，也是我潘子安的外孫女，我們都希望她將來有好的生活。」
見梁則重氣得滿臉通紅，他又道：「我不是壞你們的好事，我也喜歡昭兒。我的意思是，咱們先口頭把親事定下，我當證人，但就不要交換信物了。若你兒媳實在不願意，或有其他變故，也有轉圜的餘地。」

錢三貴聽了，覺得這樣更好，點頭同意，梁則重也只得答應。

三人舉杯，算是說定了。

錢三貴回去正院，跟吳氏說了幫錢亦繡跟梁家訂親的事。

吳氏極高興，興奮地說：「梁公子來過家裡幾次，是那些孩子中最沒有架子的，也是最俊俏的，是個好孩子。」

錢三貴笑道：「這事先不要跟繡兒說，不然見著梁大人，她會不好意思。」

吳氏搖頭。「繡兒才不會不好意思。那丫頭，我就沒看過她有害羞的時候。」

錢三貴說：「那是她小還不懂事，現在長大就曉得害羞了。以後我再跟她說。」

吳氏笑著答應了。

第二天早飯後，梁則重便帶著自己的下人回京。潘駙馬請他帶封信給潘次輔，說他到了一處神仙住的地方，水秀山青，捨不得離開，要再住些日子，或許年後才能回京城。

梁則重走後，潘駙馬繼續待在歸園，上午帶大山和蕭止去欣賞荷風塘秋日殘荷的美，下午作作畫，或找錢三貴談幾句，其他工夫就是想辦法跟女兒縮短距離，或跟外孫女來個偶遇。

現在，他最希望的，就是盡快跟女兒一家團圓。

第一百零九章

這天晚飯前，錢三貴讓人把錢亦繡叫去正院，他笑著讓孫女坐在身邊，伸手摸摸她的小包包頭。「繡兒長大了，爺爺真捨不得讓妳嫁出去啊。」

錢亦繡順勢倚在錢三貴懷裡，撒嬌道：「那繡兒就不嫁出去，一直陪著爺爺。」

錢三貴哈哈大笑。「孩子話。為了繡兒的將來，爺爺不捨，也得讓妳出嫁。」又說：「爺爺已經給繡兒訂下一門好親事……」

錢亦繡嚇得一下子直起腰，大聲打斷他。「爺爺，沒經過我的同意，您怎麼能給我訂親呢？不行，趕緊退了。」

「繡兒聽爺爺說，那是個好後生……」

錢亦繡沒等錢三貴說完，便拉著他的袖子撒嬌。「再好我也不要。爺爺趕緊退了，退了，退了。」

錢三貴被她扯得頭昏。「哎喲，繡兒聽爺爺把話說完。爺爺給妳訂的是梁公子，梁大人都回京了，怎麼退？再說，梁公子真是不錯的後生，繡兒過去不是一直說他好嗎？」

錢亦繡作夢都沒想到是梁錦昭，口氣便沒有那麼堅決。「爺爺，梁公子那麼老了，我們兩個差著輩分呢，不好。」

錢三貴見孫女不反對得那麼厲害了，笑道：「胡說，人家梁公子只比妳大六歲多，哪裡差著輩分？他的家世好，人也好……」

他誇了梁錦昭一通，又道：「爺爺之所以先給妳訂下這門親事，還有一個原因。大家都說皇上跟太后喜歡賜婚，萬一給妳賜婚怎麼辦？妳娘雖是皇上的外甥女，但妳在鄉下長大，那些高門不見得會真心喜歡妳，爺爺怕妳嫁入這樣的人家受氣，與其嫁給不喜歡妳的陌生人，還不如嫁給梁公子。妳和梁公子相熟，他的人品又好，梁大人也是光明磊落的當家人……」

他的話還沒說完，卻聽錢亦錦大喝一聲。「我不答應！」隨著話音，噔噔噔地走進來。

錢亦錦的臉氣得通紅，眼淚也流出來了，哽咽道：「爺爺，您怎能不先問問我，就給妹妹訂親呢？長兄如父，爹爹不在家，妹妹的親事，應該由我作主，爺爺怎麼不跟孫兒商量一下？梁公子家裡再好，我們也只是聽說，遠隔千里之外，誰知道是不是真的？還有，我是哥哥，哪有哥哥還沒訂親，卻先幫妹妹定下來的道理？」

錢亦繡吃驚地看著錢亦錦。熊孩子比她的反應還大。

錢三貴也驚訝不已，沒想到錢亦錦會有這麼大的反應。他這是把皇孫激怒了？

這時，萬大中和錢滿霞抱著萬芳來了。

萬大中聽完來龍去脈後，看看悲憤交加的錢亦錦，對錢三貴笑道：「爹，我也覺得給繡兒訂早了。您別看梁大人是個武將，卻最是精明會算計。聽我爹說，滿朝上下，只有一個人能在文臣武將中八面玲瓏，就是他。他這麼急著把親事訂下來，肯定是看出繡兒有過人之處。其實，京城還有比梁家家世還好，人也好的人家。」

錢三貴嘆道：「家世再好，人再好，人家能真心喜歡繡兒嗎？繡兒是鄉下長大的女娃，從小野慣了。」

萬大中又笑。「我倒覺得繡兒非常好，比那些所謂的貴女、閨秀好得多。」又問錢三貴訂親走到哪一步？

錢三貴搖頭。「我們只是口頭上訂下來，連信物都沒換，潘先生是證人。」

萬大中點頭，對錢亦錦道：「這就好辦。反正只是口頭約定，若以後真有變故或發現不妥，也有餘地。」

錢亦錦聽了，才放下心來，擦乾眼淚。「以後找機會打聽打聽，如果梁公子有什麼隱疾或是家裡不妥，就把親事退了，不能害我妹妹去婆家受苦。」

錢亦繡看看這老中小三代，她自己的事，她還沒有開口，話都被他們說完了。

這時，程月帶著龍鳳胎來吃飯，眾人便沒有再說這件事。

晚飯後，錢亦繡跟程月帶著錢亦明和錢亦靜去秀湖邊散步。他們在湖的北面，潘駙馬在湖的南邊，遙遙相望。不過，現在的距離又近些，前幾天潘駙馬還站在橋下，今天已經立在木橋邊了。

錢亦錦還沒消氣，背著程月，不時用眼睛瞪錢亦繡，表達他的不高興。

錢亦繡好氣又好笑，這熊孩子簡直霸道又討嫌。轉過身不理他，坐在木椅上，望天沈思。

她到現在還有些懵。這算是有主了？她知道古人對訂親是很重承諾的，雖然只是口頭定下，若沒有特殊原因，也不能輕意反悔。

梁錦昭算是她穿越到這裡最好的朋友之一，但從沒往相公這方面想過。

之前，她對未來相公也有過幻想。前世不切實際又執著，才傻傻守了尚青雲二十年，今生她要的相公，定要真心喜歡她，心裡、眼裡有她，要有責任感，還要有一定的才華，懂得變通；最好再有和睦的家庭，少幾個惹是生非的親戚。她生活在一家和樂的環境，喜歡這種溫馨的氛圍。

另外，夫家不需要太有錢，反正她會掙錢；相公要英俊，但也不能太漂亮，太漂亮的男人沒有安全感，就像她的外公一樣。

她覺得自己的要求不是太高，這樣的男人雖然不好找，但也不是沒有。可還沒等她長大去尋找理想中的丈夫，錢三貴就先幫她訂下了。

平心而論，梁錦昭的確不錯，雖然比她這具身子大得有些多，但尚可接受，等她十五、六歲時，梁錦昭已經二十二、三歲，這才能算是男人。讓她跟一個十五、六歲的男孩成親，她真的吃不下去。

而且，梁錦昭長得俊、家世好，還是有進取心的官二代，對她也好。

除了跟他爹娘接觸少，不太了解之外，嗯——他娘看樣子有些不好相處，他爺爺、奶奶、還有梁老太君，對她都不錯。

而且，她跟梁錦昭自幼便熟識，總比盲婚啞嫁好得多。

這麼一分析，覺得梁錦昭雖不是特別理想的對象，但她也能接受。

錢亦繡正想著，眼前突然出現一張大臉，還有一雙圓眼。

錢亦錦怒道：「妹妹，妳在想梁公子嗎？他有什麼好的，讓妳一直使勁地想。」

錢亦繡翻翻白眼。「誰想他了？人家在看晚霞。」

「沒想他就好。」錢亦錦鬆了口氣，坐到她旁邊，苦口婆心地說：「妹妹要小心，外面口是心非的人太多，哥哥是怕妹妹將來吃苦頭。話先說在前頭，妹妹的夫婿必須要過哥哥這一關……」囑咐了一大串。

錢亦繡打斷他。「好，我知道哥哥是為我好，咱們不說這事了吧。又沒有正式訂下來，再說下去，我就當真了。」

錢亦錦聽了，趕緊道：「好，不說。」然後拉著錢亦繡去逗龍鳳胎了。

歸園的日子寧靜而美好，當潘駙馬龜步挪到木橋中間時，已經到了冬月。

天氣冷了，眾人都穿上棉衣，外面還套上薄薄的小棉坎肩。錢三貴早已穿上厚厚的大棉袍，錢亦靜和錢亦明也穿上棉襖跟棉褲。

幾個月大的閃電跟龍鳳胎一樣，是最惹人喜愛的時候，圓滾滾的身材、白白的毛、琉璃一樣的眼珠，讓人愛不夠。閃電是龍鳳胎最好的玩伴，上個月就住進望江樓，龍鳳胎走到哪兒，牠就跟到哪兒。

如今，動物之家的領袖成了猴哥，由牠領著奔奔、跳跳和猴妹進山，每次回家，還會帶兩樣獵物，一樣孝敬歸園的主人，一樣孝敬白狼和大山。猴哥懂得討人歡心，知道禮輕情意重，哪怕只是小小的野兔或山雞，眾人都領了牠們的情。

白狼和大山似乎已經進入中老年，喜歡寧靜安逸，不願再進山受累，白狼也長住歸園，陪著大山。牠們上午跟潘駙馬出去遛遛，其他時候就在和熙園裡散步，無論是陰雨綿綿還是霞光滿天，牠們都是出雙入對，是令人羨慕的老夫妻。

還有兩個不管天氣怎樣變化，都要去秀湖散步的人，就是錢亦明和錢亦靜。只要不是下大雨，就得去，而且他們還習慣那裡必須有個衣袂飄飄的「美人」。

這天，天空飄起小雨，接著飄起小雪。在南方，雨加雪的天氣是最陰冷不過，午後便沒有抱龍鳳胎去秀湖邊散步。自從白天漸漸變短，晚飯後去秀湖的散步，便改成午後去。

結果，龍鳳胎哭著不依，只得給他們穿得厚厚的，再帶去秀湖。兩個乳娘抱著圓鼓鼓的孩子，黃嫂子和晨雨幫他們打傘，程月和錢亦繡則自己撐傘，紫珠和白珠拿著小兄妹的東西，閃電跟上，一群人來到秀湖邊。

錢亦靜看看前方，指著湖面，哇地哭了，錢亦明見狀，也指著同一個方向大哭起來。兩人哭得莫名其妙，眾人怎麼哄都哄不好。

錢亦繡仔細看看他們指的方向，是湖中的木橋。橋上光光的，的確少了樣東西，就是潘駙馬，便讓紫珠去臨香苑請人。

潘駙馬正在屋裡看書，以為這種天氣，龍鳳胎不會出去，聽紫珠這麼一說，簡直樂開了懷。真是皇天不負有心人哪。

沒多久，橋對面出現了一位穿著廣袖長袍、披白底藍花披風的男子。雪花紛飛中，他撐著一把油紙傘，緩緩走來，到了橋中央便駐足不前，向程月等人深情凝望。他的披風和長髮在風中飛舞，更顯得他挺拔飄逸，氣韻不俗。斯人斯景，真是一幅美妙絕倫的水墨畫。

龍鳳胎見橋上有人才止了哭，一個指著那裡啊啊地叫，一個使勁拍巴掌。

受孩子們影響，程月對橋上的潘駙馬也不再像原來那麼反感。

龍鳳胎看夠、玩夠了，打起哈欠，眾人才回了望江樓。

錢亦繡剛進門，新買給吳氏的丫鬟便急急走來，找她去正院，說二房出事了。

錢亦繡一驚，趕緊跟著過去。

吳氏已經走出正院，看見錢亦繡，伸手牽著她，一起向院外走去，嘴裡說著：「那個唐氏，老天怎麼不劈死她？喪良心啊，之前她想把妳娘賣了，還想謀咱們家的家產，現在更好，連自己的親外孫女都能下死手……」

說著，吳氏又吩咐丫鬟去拿一百顆雞蛋、一隻母雞、兩斤紅棗、兩斤紅糖，帶錢亦繡趕去錢滿朵的家。

今天中午，花溪村裡發生了一件大事。

唐氏又來尋李阿草的不是，打人時一失手，把李阿草推倒在地，腦袋磕在一塊石頭上，立刻昏過去了，還血流不止。

唐氏嚇著了，想逃跑，正好被住隔壁的謝虎子的娘和媳婦看見，喊來了人，把李阿草抱去床上，又趕緊把林大夫請來，才發現李阿草身上青青紫紫，滿是傷痕。

鄉下有虐待女兒或孫女的人，但絕大多數人家是關著門打，沒人知道，現在這事被人傳揚開來，村民議論紛紛，大罵唐氏壞良心。

吳氏一路罵著，和錢亦繡來到錢滿朵家的小院。

錢老頭、錢老太、錢二貴都在，小楊氏正紅著眼睛，給李阿草餵湯藥。

李阿草小臉蒼白，頭上纏了一圈白布。

錢滿朵也回來了，正向錢老頭和錢老太哭著，替唐氏求情。

錢亦繡暗罵錢滿朵，這種時候不曉得心疼女兒、為女兒討公道，還幫著凶手求情。即便是親娘，也不能讓她害親生女兒呀，真是糊塗。

吳氏來到床邊，拉著李阿草的小手，抹起眼淚。「多好的孩子，懂事、乖巧又勤快。唐氏那個壞婆娘，怎麼下得了手。」

錢亦繡也紅了眼圈。「阿草，我之前不是跟妳說過，唐氏再打妳，就去告訴太爺爺和太奶奶，讓他們給妳作主嗎？」

李阿草還有些失神，囁嚅地說：「我不敢。」

錢老頭聽了更氣，指著錢滿朵罵。「也只有妳這個當娘的如此狠心，連親閨女都不知道護。」

接著，他又用煙桿使勁敲打錢二貴，斥道：「沒用的東西，連個婆娘都管不了。你但凡能硬氣些，那個惡婆娘也不會做出這麼多傷天害理的事……」

錢二貴滿臉通紅，直說：「爹莫氣，兒子回去就收拾那婆娘。」

錢滿朵趕緊說：「也不能全怪我娘。我娘也是好心，想教阿草做事，都怪阿草反應慢，我娘一著急就……」

錢老太聞言，氣得跟著罵。「糊塗東西，錢家怎麼會有妳這樣的傻閨女？這麼好的娃子不知道疼惜，由著人虐待，現在還赤口白牙說渾話。」

不一會兒，小楊氏端來剛煮好的雞湯餵李阿草。

李阿草看見雞湯，心疼得眼圈都紅了。

小楊氏笑著安慰她。「這是舅母捉來的雞，不是阿草家的，放心喝。」

吳氏見狀，也道：「我帶了些吃的，都是給阿草補身子的。」言外之意是，可別進了別人的嘴。現在錢滿朵雖然勤快些，但嘴饞的毛病還沒改。

錢亦繡曉得吳氏的意思，遂道：「朵姑姑忙著掙錢呢，以後咱們家每天派人來一次，給阿草妹妹弄吃的。」

囑咐完，又安慰李阿草幾句，祖孫倆待到天色快全暗才起身回家。

第一百一十章

第二天下午，一件更大的事情傳來了歸園。

好面子的汪氏去二房跟唐氏大打出手，接著回家大鬧，然後又拿了繩子上吊，好在被人救下來。

原來多多的一門好親事因為唐氏被攪黃了。

那後生今年十三歲，家住十里鎮，有幾百畝良田，據說還有個在省城當大官的舅舅。後生的學問十分好，今年春天已經中童生，明年要下場考秀才。

這門親事是男方主動找上來的，說白了，還是看上錢家三房的勢，知道錢滿江當了大官，還是寧王的心腹。他們透過汪里正，先跟錢大貴夫婦見面。錢大貴和汪氏歡喜得不得了，這比錢滿蝶的親事還好得多。

原本這樁親事已經說得差不多，那家卻在正式訂親前派人暗中來花溪村打聽，剛好是昨天來的，村裡正在議論唐氏的惡行。聽說錢家婦不賢，不僅虐待外孫女，還差點把人打死，那家就不願意結親了。都說女肖母，若把這樣不賢的女子娶回去，真是家門不幸。

之前汪氏卯足了勁要把這樁親事說成，以後孫女不僅是少奶奶，還有可能是舉人娘子或官家夫人，也會是錢亦善的助力。

誰知，到嘴的鴨子飛了。

昨天錢老頭讓錢二貴回去收拾唐氏，只是揍她一頓，給她一個教訓，現在聽說唐氏影響整個錢家的名聲，壞了門風，就不能善了了。

這次是壞了孫女的親事，以後壞了孫子的前程怎麼辦？

錢老頭越想，後果越嚴重，便領著錢老太、錢大貴夫婦去二房，又讓人請錢三貴夫婦過來。他要出婦！

唐氏昨晚就嚇壞了，被錢二貴打一頓，又被錢滿河吼，一直沒敢出門。中午時，汪氏又來打她。她自知理虧，沒敢還手，臉被抓破，鼻子也流出血來。現在聽說要休她，唐氏更害怕了，跪在地上邊哭邊磕頭，不停說她給錢家生了一兒一女，沒有功勞，也有苦勞……

因為李阿草，今天錢滿河沒去鋪子，見錢老頭要休他娘，趕緊磕頭求他。他雖然氣自己的娘，但還是不忍讓她被休。

錢滿朵聽說，也牽著李阿財來求情。

二房在鬧騰時，錢亦繡去大房看錢亦多。

錢亦多還躺在床上，哭得眼睛紅腫，從上午到晚上，水米未沾。

古代的孩子真早熟，這是失戀了？

錢亦多看見錢亦繡，癟嘴喊了句：「繡姊姊……」眼淚又不由自主地流出來。

錢亦繡見狀，只得用帕子幫她擦眼淚。「多多，快別難過了。有時候失去，並不是妳的損失，而是他們的損失。」

「我奶奶說，那個後生多才又俊俏，家世也好，錯過了以後再難碰上了。」

錢亦多說完，又痛哭失聲。一旁的許氏也跟著哭，比女兒還難過。

錢亦繡勸解道：「那可不一定。妳還這麼小，再等等，或許會碰到更好的人。妳看亭姑，家世那麼好的人家上門提親她都不願意，想著再等等，或許有更好的。」

錢滿亭是個有理想的小姑娘，聽說有省城四品官的族親去提親，還不願意，覺得堂兄錢滿江會高升，她完全有嫁進官宦之家的本錢。錢四貴和楊氏氣得不行，卻拿她沒辦法。

許氏留錢亦繡在家吃晚飯。錢亦繡一直得錢亦多信任，說的話，錢亦多還聽得進。錢亦繡一番開解後，錢亦多終於沒那麼傷心和絕望，起來吃飯。

冬日的晚上十分寒冷，天空沒有月亮，只有幾顆寂寥的星星閃著光，更覺得寒氣逼人。

錢亦繡和紫珠回家路過二房時，看見二房燈火通明，隱隱從裡面傳出錢老頭的大嗓門和唐氏的哭聲，看來他們還沒處理完唐氏的事。

錢亦繡覺得，最好趁這時把唐氏打發了。這個人又壞又蠢，極愛鬧事，不知什麼時候又要闖禍？

主僕倆來到村口，瞧見錢滿朵家只有一扇小窗透著微弱燈光，院門也沒關，被寒風吹得啪啪響。錢亦繡搖搖頭，領著紫珠進院子，沒想到連房門都是大開的，李阿草咳嗽的聲音不時傳出來。

兩人進屋，屋裡跟外面一樣冷。李阿草縮在被子裡，錢滿朵和李阿財都不在家。

錢亦繡把門關上，走上前問道：「阿草，妳娘和哥哥呢？」

李阿草聽見聲音，從被子裡伸出頭。「他們去外公家了。」頭上仍纏著白布，頭髮亂蓬蓬的，眼睛上還黏著眼屎。

錢亦繡又問：「吃飯了嗎？」

李阿草說：「中午時，歸園有人來，給我煮了雞肉麵。」

那就是還沒吃晚飯了。有錢滿朵這樣不上心又糊塗的娘，也真是悲哀。

錢亦繡嘆著氣，和紫珠一起去廚房，看見還剩碗雞湯和幾坨雞肉、一些麵粉，便做了碗疙瘩湯。

做好後，錢亦繡看著李阿草吃完飯，又給她洗臉，輕輕梳了頭髮；走時，又讓她起來把門閂插好，這樣屋裡暖和又不怕出事。

出了院子，錢亦繡反身關上院門，又在地上撿根小木棍插上，權當幫忙鎖門了。

第二天，程月母子幾人去正院吃飯。錢三貴沒起來，吳氏說他昨天累著了。

唐氏到底被休了。這次錢老頭沒理錢滿河、錢滿朵等人的哭求，堅持讓錢二貴休妻。

大房和三房功不可沒。吳氏早恨毒唐氏，汪氏更恨不得吃了她，兩人歷數唐氏多年來犯下的惡行，不僅錢老頭越聽越心驚，連錢二貴都覺得這個狠毒婦人不能留，否則總有一天要害了全家。為了兒子和孫子，只得把她休了。

但唐氏為錢二貴生兒育女，尤其是錢滿河及他的兒子，討眾人喜歡，大家商量著，也該給唐氏一條活路。

不過，唐氏又老又瘸又懶，嘴又臭，回娘家肯定活不了，就由二房出錢，在大榕村挨著她娘家的地方修座小院子，再請人每天幫她煮飯、做家務，用度讓錢滿河負擔。但是，不許她來花溪村，只要敢來，就取消一切待遇。

錢老頭知道之前錢滿河幫了錢滿朵家不少，手頭有些緊，便使眼色暗示錢三貴拿銀子出來幫襯。錢三貴和吳氏都裝沒看懂，錢老頭只得讓錢老太去取二十兩給錢滿河。

說到這裡，吳氏冷哼。「若換個人，出點銀子就是了，妳爺爺和我都不是冷心小器的人。但唐氏那個惡婆娘，我們是一文錢也不想花在她身上。」

錢亦繡笑起來。「奶奶，您信不信，今天爺爺就會讓您拿二十兩銀子給太奶奶。」

吳氏點頭。「奶奶不傻，知道這銀子最終還是要咱們家出。但是，拿給妳太奶奶，我樂意；直接拿給唐氏，我不樂意。」又笑道：「你們昨天沒看到唐氏那慫樣，起先還大哭大鬧，後來她兄嫂跟姪兒來，整個人都癱了，連哭都哭不出來。

「她兄嫂不願把人帶走，但聽說她以後的生活依舊由滿河負擔，還會給她修個小院子，才答應的。」

至此，錢家總算解決了這個討嫌的大麻煩。

當潘駙馬挪到離小兄妹不到二十尺距離時，日子滑進了臘月。

現在錢三貴身體好多了，即便寒冬也能起床，只是不出門，穿得厚厚的，坐在廳屋的羅漢床上烤火。

這時，該送的年禮都送了，該收的也收了，但一家人盼著的錢華卻遲遲未歸。

臘月二十六，錢華父子才風塵僕僕地從京城趕回，為家裡帶來兩個大消息及幾車年禮。

寧王手下回京給寧王妃送信時，錢滿江也託那人給錦繡行送信和禮物，讓錢華帶回家。夾在幾封家書中的，竟然還有一封是梁錦昭寫給錢亦繡的信。

錢滿江的信已經不像上次那樣厚此薄彼，還特地給錢滿霞寫了一封，帶的東西都是北方特產，還有幾條花頭巾，凡是家裡的女眷，人人有份，又給錢老太和錢滿霞各送一條。

信中說，他好得很，然後大書特書大乾的勝利。現在大乾軍隊完全扭轉頹勢，已經奪回幾個被大元占去的城池。雖然大元正調集軍隊準備反撲，但大乾勝算顯然大得多。

之所以能這麼快扭轉局面，一方面是寧王用兵如神，領導有方，全軍英勇無畏，還有霹靂營的火器和陣法，打得大元軍隊措手不及。尤其是火炮，宜攻宜守，威力又強，更讓敵軍聞風喪膽，感謝家裡出鉅資為朝廷分憂解難。寧王說，這個功勞記在錢滿江身上，會替他向皇帝請功。

另外還捎帶一輛寧王府送的年禮，吃的和用的都有，照例給錢亦錦帶的最多。寧王妃特別感謝之前錢家託梁則重給她帶的雙頭金烏龍泡酒，喝了兩個月，感覺比以往有力氣。

看完信，錢三貴道：「明年讓錢華把連著蛇骨和鹿茸的整罈泡酒給王妃送去吧。爺爺也覺得喝那種泡酒，讓身子骨好多了。只不知那幾節蛇骨的藥效還有多久？早知道就不賣那條雙頭金烏龍。」

梁府也給錢家送年禮。原來都是年前錢家請崔掌櫃給梁府送年禮，年後崔掌櫃回來再帶回禮，像這樣在年前特地送禮來，還是第一次。而且，這次的禮送得十分豐富和精緻，滿滿兩大車，吃穿用都囊括了。

至於梁錦昭的信，就有些意思了。之前他給錢亦繡寫過幾次信，都叫她小丫頭，而這次的稱呼卻變成繡兒，不知梁則重是否跟他說了口頭訂親的事？

信上先問候錢家人一遍，然後說錢滿江獻給寧王的圖紙已經成功製造出來，效果比之前的火炮還好，不僅打得更遠更準，威力更大，用起來也更靈活。有了這種加農炮，勝利之日定會提前。還寫了他在邊關的生活，以及打敗敵軍的欣喜若狂。

梁錦昭給錢亦繡做了樣禮物，是他親手刻的梳子。梳子是棗木的，有錢亦繡的巴掌大，上面還雕花紋、上了漆。

錢亦錦瞧梳子一眼，撇嘴道：「這麼醜的東西，也好意思送人？梁公子真是的，都是拿軍餉的人了，還這麼小器。」

臘月二十八，潘駙馬從荷風塘回來，去正院找錢三貴，提議道：「如今家裡沒有外人，月兒也不像原來那麼排斥我，我能不能跟你們一起吃飯？我聽說，鄉下人家都在一張桌上吃的，這樣熱鬧，也親近。」

錢三貴聽了，抬頭看看潘駙馬。他姓潘不姓錢，什麼叫沒有外人了？從沒聽說哪個父親跟著女兒住在婆家不走，一住大半年，還不知要住到什麼時候的？雖知潘駙馬是為了跟閨女和好才如此，但這尊大神一直住在家裡，總是不太方便哪。

潘駙馬見錢三貴猶豫，也覺得這個提議荒唐，有些臉紅。「等錦娃歸宗，余修就會跟著他走，以後他們三人的學問就由我教吧。當年我是狀元，余修只是二甲傳臚（注）。」

錢三貴聽了這話，又高興起來。錢亦繡和錢亦靜是女娃無所謂，錢亦明倒是應該好好讀書，由狀元教出來的學生，學問肯定差不了，遂笑道：「那行。不過，我們鄉下人家吃飯沒那麼多講究，先生莫怪。」

潘駙馬聞言，高興得不得了，連聲向錢三貴道謝，便回屋準備了。

中午，程月領著四個兒女來正院吃飯，掀開大厚門簾，一股熱氣迎面撲來。錢三貴的身體不好，屋裡燃了兩盆炭，十分暖和。

幾人一進屋，就把披風取下來，又將錢亦明和錢亦靜放進四周有圍欄的小床上。小傢伙在裡面玩，總比讓人抱著強。

自從小傢伙能爬會站後，就做了兩張這樣的小床，一張放在望江樓，一張放在這裡。大人有事時不能抱孩子時，就讓他們待在裡面玩。

雖然他們還在喝奶，但已開始吃些軟嫩食物，在望江樓就先餵過他們雞蛋羹與菜粥了。

錢亦錦看見屋裡的布置，驚詫道：「奶奶，怎麼擺了兩桌呢？還把青花細瓷碗也拿出來了，是萬二爺爺要來喝酒嗎？」

平時若錢老頭兩口子來，或錢滿霞一家回娘家，都在一張桌上吃飯，只有萬二牛或其他親戚來了，才會擺兩張桌子。不過現在馬上要過年，一般人不會隨意上門作客。

錢三貴笑道：「是潘先生。以後他就跟我們一起吃飯。」

潘駙馬要跟他們一起吃飯？這又是他的進攻策略吧。

錢亦繡看看程月，見她沒有太大反應，便放了心。

潘駙馬還真是狡猾，大半年來，一點一點地靠近小娘親，讓她先習慣他的存在，再想辦法打破父女之間的僵局，然後再上演相認大戲。

吳氏的丫鬟到現在還處於震驚裡，聽了錢三貴的話，激動地說：「天哪，潘先生是神仙一樣的人物，他在這裡吃飯，主子們豈不是連嘴都不能咂？」

錢亦繡嗔道：「我們幾時吃飯咂嘴了？」看看錢三貴和吳氏，又道：「我娘也是神仙一樣的人物，爺爺和奶奶還不是照樣咂嘴？」

錢家幾個人，只有錢三貴和吳氏吃飯有些咂嘴。

至於錢老頭和錢老太，他們咂嘴的聲音更大，幸虧現在快過年，最近不常來這裡吃飯。

錢三貴笑道：「之前我跟潘先生吃過幾次飯，都注意儘量不咂嘴。但咱們鄉下人，不咂嘴，感覺嘴巴張不開，吃飯不香。」

吳氏一聽，這才恍然大悟。「怪不得那幾次你一回來，就讓人下麵條，說是沒吃飽。」

注：傳臚，此指科舉會試中，二甲第一名的進士。

錢三貴點點頭，又對吳氏說：「咱們還是儘量小聲點吧，別讓人家笑話。吃飯時少說話，那些家長裡短，人家也不愛聽。聽女婿說，潘先生在城裡可是大受追捧的，那些學子、婦人，都以能見潘先生一面為榮。」

錢亦繡暗道，因為家裡先有了程月這樣的仙女，所以潘駙馬來了，才沒引起太大轟動，遠不像李鬧出的動靜大。再說，鄉下人只覺潘駙馬長得俊，根本不知他還有名士、畫家、狀元、駙馬這些光環。

只有一次，黃嫂子說了個笑話。幾個長工媳婦悄悄議論，曾遠遠看到潘駙馬在荷風塘散步時去恭房，覺得非常不可思議。這神仙一樣的人物，也要出恭？

末了，黃嫂子還笑道：「那些婦人，平時粗鄙得緊，什麼話都說得出來，唯獨提到潘先生時，文雅了不少，連茅房都不好意思說，改說恭房。」

錢亦繡當時笑壞了，道：「潘先生又不是貔貅，只吞不泄。別說是他，就算神仙，也不光是餐風飲露，自要吃蟠桃、喝美酒。只要吃了，肯定就會拉。」

錢亦錦聞言，紅了臉，嗔怪道：「妹妹，姑娘家說什麼拉不拉的，多難聽。記著，有些話不要亂說。哥哥不笑話妳，可別人不見得會不笑話。」

程月聽了，也直點頭。「繡兒要記住錦娃的話，不然可不好嫁出去。」

這時，院裡傳來錢老頭的大嗓門，打斷錢亦繡的沈思，原來是他和錢老太上門吃飯了。

第一百一十一章

老倆口一到屋裡坐下，錢老頭就開口抱怨。「為多多那樁親事，老大媳婦和滿川媳婦到現在還端著苦瓜臉。看她們這樣，我們連飯都吃不香，今天乾脆來這裡敞開肚皮吃一頓。」

錢三貴聽了，讓人去拿碗筷，留錢老頭在主桌吃，讓錢老太去另一桌，又道：「今天娘在另一桌吃吧，潘先生講究。」隱晦地提醒父母吃飯時注意些，潘駙馬是名士，講究儀態。

錢老頭聽見要跟貴人一桌吃飯，十分興奮。「爹知道，爹跟縣城裡的貴人一起吃過席，知道吃飯時不能亂翻菜、不能話多、不能咂嘴。」

午時正，潘駙馬準時來了。他穿著薑黃色提花錦緞長衫，外面罩鑲灰色狐狸毛的棉緞坎肩，戴八寶珍珠冠。

潘駙馬一來，就讓錢老頭、錢老太、吳氏及幾個服侍的下人緊張了。他們只遠遠看過潘駙馬，卻從沒有待在一起過。他不凡的風姿，像高高的月亮；高冷的氣度，像外面的冷風。哪怕臉上擠出幾絲笑意，眾人還是覺得他又遠又冷，只有程月母子幾個沒這種感覺。

錢三貴請潘駙馬上座，潘駙馬擺擺手，轉身請錢老頭。錢老頭嚇得動都不敢動，臉上的肉不停顫抖，還是錢亦錦過來扶他坐下，又幫他捶背，放鬆筋骨。

下人開始上菜時，錢亦錦又來給錢老太捏肩膀，還在她耳邊輕聲道：「太奶奶莫怕，潘先生人很好的。」

自從知道潘駙馬是他的外公，又見他對娘親和弟妹極好、極有耐心，錢亦錦已經在心裡原諒這個曾經惹娘親傷心的長輩了。

這時，程月難得地開口了。「月兒喜歡繡兒、錦娃、明娃、靜兒、遠方的江哥哥，還喜歡公爹、婆婆、小姑。有些人，月兒一點都不喜歡。」

她強烈地表達出對潘駙馬的討厭，但話說得不圓，把錢老頭和錢老太也算進去了。

潘駙馬的座位正對著程月，此時已離她不到五步，雖然面上端著，其實心裡早激動難耐。從遠遠的、看不清眉眼的小影子，到慢慢縮短距離，一點一點地靠近她，直到看清她現在的模樣，這麼長的時日，天曉得他的心裡有多急。

如今，他終於能清清楚楚地看著女兒了，似乎抬手就能觸及，而且還能聽清她的聲音。雖然這個聲音是在表達對他的不喜，但潘駙馬還是非常非常高興。

但錢老太可不高興了，得罪她和錢老頭就算了，可得罪這位貴人，三兒一家豈不是要倒大楣？氣得歪嘴罵道：「妳這傻子，不會說話就別說！」還多個心眼，覺得把程月說成傻子，這位貴人才不會怪罪。

錢老頭見狀，也趕緊替程月解釋。「潘先生莫怪。老夫這個孫媳婦腦子有些不清楚，說話得罪人，您千萬莫往心裡去。」

潘駙馬的拳頭握緊又鬆開，鬆開又握緊，看了錢三貴一眼，冷聲道：「我倒覺得她好。喜歡自己的丈夫兒女，喜歡自己的家人，是她至誠至善。」

錢老頭語塞，嘿嘿訕笑起來。「是、是。」

這頓飯開場不利，眾人沒了閒話的興致，只低頭吃飯，唯有待在圍欄小床上的龍鳳胎，不住地啊啊說著大家聽不懂的話。

還有一道突兀的聲音，就是錢老頭和錢老太的咂嘴聲。

吧嗒、吧嗒、吧嗒……

這下，潘駙馬連吃飯的興致都沒有了，只吃幾口菜便放下筷子，讓錢三貴等人慢用，就起身去小床前逗弄錢亦靜和錢亦明。

程月見狀，也不吃飯了，冷冷地看著潘駙馬。

潘駙馬忙道：「放心，我只逗逗他們，不會抱走。」

程月聽了，才低頭優雅地吃起飯來，只是心情壞，吃得不多。

潘駙馬看女兒在這種聲音中也能悠閒而自在地吃飯，似乎被錢老太罵也是常事，心中又是酸楚、又是氣憤。

他的女兒，像月亮一樣美好的女兒，當初她有多嬌、多高貴啊！太后封她為珍月郡主，正是珍貴月亮的意思。她用的是最好的，住的也是最好的，服侍她的下人多達上百個，就是宮裡的金枝玉葉，也不過如此。

可是，今天他卻眼睜睜地看她被兩個粗鄙又無知的人欺侮至此！

「啊，啊……」錢亦靜的喊聲把潘駙馬從憤恨中喚醒，趕緊把目光放柔，又帶著笑意逗起兩個孩子。

而錢老頭和錢老太更沒吃飽。他們看出潘駙馬生氣了，還以為潘駙馬是生程月的氣，不由瞪了程月好幾眼。見潘駙馬放下碗筷，也不敢吃得太久，跟著放下筷子。

錢亦繡雖說不上多喜歡錢老頭和錢老太，但看到錢三貴難受的樣子，心裡也不高興。

錢亦錦更是不喜，不停用目光安慰著錢老太。

結果，這頓飯沒人吃飽，便匆匆結束。

飯後，程月領著孩子們回望江樓，潘駙馬走在他們後面。

錢亦繡落後幾步，等潘駙馬走上來了，才低聲道：「聽奶奶說，娘懷我和哥哥時，家裡窮得連雞蛋都吃不起，娘瘦得像皮包骨，太奶奶就把自己的雞蛋省下來，偷偷帶來給娘吃。好不容易盼到其他兒女給她一點錢，又趕緊去鄰居家買雞蛋送上門。

「娘生下我和哥哥後，太爺爺和太奶奶把他們攢下的養老錢，全拿來給娘補身子。雖然他們粗鄙、口不擇言，又沒有學問，但他們一直在盡最大能力幫助兒孫。」

潘駙馬聽了，深深地嘆口氣。

「繡兒，我知道妳是個聰明孩子，妳的話，我聽懂了。放心，我不是不記情的人，妳爺爺和奶奶對妳娘的恩情，我終生難忘。但妳太爺爺和太奶奶，只因他們給了月兒一點吃食，就能讓他們倚老賣老，如此欺侮她？」

錢亦繡道：「他們這樣是不好，之前我也沒少為這事生氣。可他們是我爺爺的爹娘，你讓他們難堪，我爺爺心裡就會難過，你不為他們著想，總要想想我爺爺的感受。這樣吧，你實在看不慣，以後他們來家裡吃飯，不過來就是了。其實，他們也不是經常對我娘這樣。」

「我看不到，就能當作沒發生這些事嗎？」潘駙馬反問。

錢亦繡道：「農家小院裡，有爭吵很平常，但總比那些世家大族裡，表面和睦親密，卻暗中捅刀子的好；或是冷淡、輕視、放任、疏遠、漠不關心和不理不睬，一點一點蠶食對生活的熱情和對親人的孺慕，甚至讓人失去活下去的目的，受到的傷害更大、更難受，甚至比打罵還可怕。聽說，許多大家族裡都是這樣的。」

潘駙馬聞言止步，呆呆地看著程月的背影。

「爹爹，月兒想當您手裡的珠子。」那個充滿稚氣的聲音又在耳邊響起。

「相公，你能跟我說幾句話嗎？哪怕罵我，也比這樣不言不語的好……」這個聲音更遙遠，溫柔、謙卑，還透著哀求。

錢亦繡看看愣在原地的潘駙馬。她的話應該觸及他的心裡深處，遂沒有等他，加緊步伐去追程月了。

晚上，潘駙馬沒來吃飯，一家人都鬆了口氣。

錢亦錦還一本正經地說：「子曰：『道不同，不相為謀』，誠真理也。」

正月十九傍晚，潘駙馬重新出現在錢家三房的飯桌上。

這些天來，他憔悴不少，除了給龍鳳胎當風景瞧，就是埋頭作畫。錢三貴請他去正房一起吃年夜飯，他沒去；余修邀他喝酒，他也拒絕。

只有在大年初一早飯後，潘駙馬來了正院，各給四個孫子一個大紅包。錢亦繡和錢亦錦看他一臉落寞，抱著龍鳳胎給他磕頭，他竟高興得眼圈都泛紅。

等潘駙馬走後，錢亦繡把薄薄的紅包打開，裡面竟是二千兩的銀票，四個紅包都一樣。如此大手筆，把錢三貴兩口子嚇了一大跳，直說太多了不好意思啊。

錢亦繡低聲笑道：「爺爺別擔心，外公的錢多的是。一幅畫就值幾千兩，別人求還求不來呢。」

隔天是正月二十，是錢亦明和錢亦靜滿週歲的生辰。這回，錢家想不大辦都不行，聽說有些交好的省城人家已經提早住進溪山縣城，其中就有宋治先及黃萬春，好像還有幾戶官家，都是要來道賀的。

錢滿江的面子沒有這麼大，這些人看的是寧王的面子。寧王帶領大軍，打得大元軍隊毫無招架之力，乾文帝龍心大悅，等他凱旋歸來，肯定大權在握，極可能封為太子。身為寧王的心腹，錢滿江定被重用。拉上這條線，以後說不定就是寧王的人了。

錢亦繡暗樂。在冀安省，錢滿江好像成了寧王的代言人，想跟寧王攀關係，都要通過他。不過，她還是暗暗對這些人家豎起大拇指。眼光不錯，站隊站對了！

但潘駙馬十分不喜歡這種熱鬧的場合，要提前來賀。

下午，錢三貴聽小廝來說，潘駙馬晚上會來給小兄妹慶生，趕緊讓人去錢家大院告訴錢老頭兩口子，讓他們別來吃晚飯，又送去他們愛吃的醬肘子和一隻燒雞當作補償。

飯前，潘駙馬領著抱了兩只錦盒跟畫卷的小廝來正院，三房一家已經等在這裡了。

潘駙馬來到龍鳳胎的小床邊，看著兩個小外孫扶著圍欄直跳，還衝他不停笑著。兩個小傢伙漂亮極了，都穿著大紅提金錦緞小襖。錢亦靜長得跟女兒小時候一模一樣，錢亦明雖然像女婿多些，但小下巴卻跟他極為相似。

潘駙馬的心異常柔軟，壓抑的心情開懷起來，眼底終於有了笑意。伸手摸摸龍鳳胎的小臉，從小廝手裡接過錦盒打開，先給錢亦靜戴上七寶瓔珞圈，再幫錢亦明戴上赤金盤螭項圈。

「這是潘爺爺給你們的週歲禮物，祝你們一生順足，事事如意。不要像爺爺……」最後的幾個字，聲音小得只有他自己聽得清。

這幾天，兩個孩子收紅包收得手軟，學會了一收東西就作揖。所以，得了好東西的他們，趕緊雙手抱拳，向潘駙馬不停作揖。

早說話的錢亦靜，除了會講「娘，姊，爺」，這幾天又學會「謝」，不僅作揖，還說：「爺，爺，謝，謝，謝……」管歲數大的男人都叫「爺」。

但潘駙馬不知道，以為她叫他爺爺，高興得鼻子都酸了，真想把孩子抱起來親，但看到程月充滿戒備地盯著他，沒敢抱，只摸著她的小臉，不停地說：「好孩子，好孩子……」

錢亦繡走過去，幫他們摘下，笑道：「姊姊先替你們收起來，大些再戴。」

瓔珞太重，又有些大，兩個孩子的新鮮勁過了，覺得不自在，不停地扯著。

接著，潘駙馬又從小廝手裡接過畫卷，放在几上打開。

這是一幅六尺雙開的工筆風景畫，題為「金塘月色」，畫的是月下開滿金蓮花的荷塘。畫風細膩唯美，格調清幽淡雅，線條精緻輕細。

連不懂畫的錢亦繡都驚嘆不已。美男外公果然名不虛傳，這幅畫跟程月的繡品「盼」絕對不相上下，若論收藏價值，這幅圖還為上。也就是說，若要收藏，首選「金塘月色」；若要馬上用，首選「盼」，畢竟繡品沒有畫好保存。

潘駙馬對錢三貴道：「這圖是我這些時日畫出來的，應該是我到目前為止最滿意的畫作之一，還望錢員外莫嫌棄。」

錢三貴也覺得這幅圖太美了，高興道：「潘先生客氣了。都說先生的大作千金難得，錢某竟能擁有一幅，真是榮幸之至。」

雖然錢三貴知道潘駙馬的畫值錢，但覺得幾千兩銀子就不得了了，沒想到，第二天黃萬春看到這幅畫，想用二萬兩白銀買下，驚了他一大跳。

原來這麼值錢啊！

他當然不會賣，要留給錢亦明當傳家寶。

等客人一走，錢三貴趕緊讓人把畫取下收藏。開玩笑，怎麼可以把二萬兩銀子隨便掛在牆上？

這天，錢家又收了許多禮，都登記造冊收入庫房，將來要還禮，還要給錢滿江看，畢竟許多官家都是為他而送的。

大慈寺的和尚也送禮物來，是弘濟走之前準備好的，曉得正月回不來，便讓人代送。

第一百一十二章

正月底，潘駙馬的兒子潘陽遣人送信來，說潘駙馬的母親身體欠安，想兒子了，讓他趕緊回家。

潘駙馬要走的前一天，來了望江樓。

那時是下午，陽光燦爛，微風和煦，初春的天氣已經暖和不少。他穿過花徑，在幾株開得正豔的梅樹前站定。

龍鳳胎正在望江樓的門前玩，閃電和猴妹追著他們鬧。錢亦繡和猴哥站在那裡咯咯笑，程月坐在門邊，沈靜地看著孩子們。

忽然，程月一抬頭，看見那個非常非常俊俏又有些熟悉的男人站在不遠的地方，鮮豔的紅梅把他的白衣襯得更如雪般潔白。這是那個讓她一看就莫名傷心的男人嗎？

像，又不像。

因為，他只用一根青玉簪把頭髮束在頭頂，沒戴八寶紫金冠，看不見冠上那顆碩大圓潤的珠子，好似他的人也遠不如原來討厭。

潘駙馬見女兒愣愣地看著他，沒有馬上離開，又往前走，離程月還有三、四步遠便停住了，因為程月已經起身。

程月癟嘴道：「你不要靠過來。雖然沒戴那顆大珠子，但月兒還是不喜歡你。」

黃嫂子見狀，馬上領著下人和兩個乳娘，抱著孩子走了。她是個人精，雖沒問過一句，但從潘駙馬和程月的長相，以及主子一家的舉動看出來，這兩人八成是父女。

錢亦繡沒走，她得留下來看著腦子不太清楚的程月。不過，她很識趣地不出聲，退到窗下的芭蕉樹底。

潘駙馬不錯眼地看著女兒。雖然女兒還不認得他，雖然女兒還對他這麼反感，但他已經非常滿足了。畢竟，女兒還好好地活著，嫁了一個不錯的後生，生下三個可愛的兒女，而後面的日子還長……

潘駙馬開口道：「月兒，妳仔細想想，我是妳爹爹。」

程月呆呆看他兩眼，固執地說：「你不是月兒的爹爹。月兒的爹爹住在正院，他雖然腿斷了，長得也沒有你俊俏，但他看著月兒的眼睛是笑著的。他對月兒好、對婆婆好，對孩子們都好，月兒喜歡他。」

她說得不快，聲音也不高，但表達的意思卻非常清楚，異常堅定。

潘駙馬苦笑兩下。「是，是爹爹不好，之前做錯了許多事。這些年來，爹爹痛苦難過，也後悔……尤其是在這裡的大半年，看了許多，想了許多，已經看開了。之前是爹爹一葉障目，錯過最好的風景、最好的時光，還有最好的人，以致有兒有女有孫子，卻沒有一個貼心的親人。爹爹不再年輕，有了白鬍子，不會再去想那些功名利祿和政治抱負。

「月兒，妳好好待在這裡，爹爹先回京城一段時日，等妳祖母的身子好了，再來陪妳和外孫。現在爹爹才明白，含飴弄孫，無事看看風景、畫幾幅畫，才是人生最大樂事。」

潘駙馬說得有點多，一大半程月沒聽懂，但她就是覺得心裡難過酸澀，眼前總會跳出與這男人極為相似的青年男子。那男子的眼神遠沒有他溫暖，冷冷的讓她難過，忍不住流出眼淚。

她用帕子擦去淚水，哭道：「你不是月兒的爹爹，你跟那個戴著大珠子的男人長得太像了，月兒不喜歡他……」

潘駙馬看女兒哭得傷心，也流出淚來。「月兒不認爹爹，爹爹不怪妳，畢竟是爹爹做錯事，把月兒弄丟了。妳還記得嗎？妳有一個哥哥，叫潘陽。陽兒因為爹爹把妳弄丟了，到現在都不原諒我。」

「潘陽？哥哥？他是誰……哎喲，月兒頭痛。」程月伸手，痛苦地扶住額頭。

潘駙馬還想上前，卻被錢亦繡攔住。「您不能再刺激我娘了，有些事要慢慢來。」然後趕緊把程月扶回屋裡躺著。

當晚，程月又有些糊塗了。

第二天，錢家派人把張央接來，給她施針開藥，幾天後才慢慢好起來。

潘駙馬走後，錢亦繡讓黃鐵暫時不要管荷風塘，召集人手，開始修建花溪碼頭。

花溪碼頭選在荷風塘往西兩里處，得先修座石橋。因為洪河對岸的人更多，碼頭以後會是主要客源和貨源的所在地。

這碼頭不算大，讓自家便利之餘，也造福附近的百姓，順便賺些錢。造好了，自家或許也能當個船王什麼的。

趕修花溪碼頭時，進入四月，正是鳥語花香、草長鶯飛的好時節。

錢亦明已經能滿地跑，雖然重心不穩，看得人提心弔膽，卻總是能在要摔倒的驚險時刻，自己把小身子平衡過來。萬大中說他是練武的好苗子。但他還不會說話，一個字都不會。

而錢亦靜已經能說很多話了，比如娘親、姊姊、哥哥、爺爺、奶奶、吃飯、覺覺、臭臭等等，僅限於兩個字。只有一個詞能說出三個字，就是「江哥哥」。

小妮子狡猾得緊，只要程月一生氣，就高喊「江哥哥、江哥哥」，程月一聽就不生氣了。後來發展成，不管誰發火，她都衝著人喊「江哥哥」。別人看她這樣，實在有喜感，也就笑起來。於是，她便聰明地認為，「江哥哥」是劑萬能藥，包治百病。

這對兄妹跟當初錢亦錦和小亦繡完全不同，錢亦靜明顯占上風，錢亦明處於弱勢。錢亦明是憨憨的哥哥，錢亦靜是嬌嬌的妹妹，錢亦明的一切行動，都聽妹妹指揮，若是不聽，錢亦靜就哭給他看。因為衝他喊「江哥哥」沒用，哭才管用。

錢亦繡前世已經活到當媽媽的年紀，母愛從前世氾濫到今生，對這對龍鳳胎簡直愛不夠，每天花最多的工夫就是帶他們。

龍鳳胎跟姊姊的感情也非常好，甚至超過了程月。

四月一日午時，張老太太帶著張央、黃氏及孫子鈺哥兒、孫女芷姊兒來錢家。芷姊兒只比靜兒小些，繼承了黃氏的美貌，嬌俏可愛。張家幾代單傳，現在終於有個女娃，簡直歡喜瘋了。

張家人是來參加錢亦錦兄妹的生辰宴，早些來，多玩幾日；還有一個原因是，年後，錢老太的身體就不太好，張央來給她施針，再推拿幾天。

雖然現在錢家是官身，比杏林之家的張家身分高些，但錢家對張家依舊非常尊重。張老太太身上穿的鶴紋衣衫是黃嫂子做的，鶴紋是程月繡的。

現在，能穿程月親手繡花的衣裳的，除了她的兒女、錢三貴和吳氏外，只有兩個人，一個是弘濟，另一個就是張老太太。每年張老太太過生辰，錢家都會送她一件程月繡的衣裳。

張家是錢家所有人都喜歡的客人，兩天前就打理好客房。

中午，錢三貴和萬大中請張央、余修來正院喝酒，錢亦錦也在這裡。他已經快滿十二歲，算是小大人，以後有這種類似的聚會，都得出席作陪，這是余修對他的要求。

余修認為，想當個好「官」，不僅學問要好，通古博今，還得體察民情，想民所想，更要能識人、馭人，識時務、懂變通。像先太子和潘駙馬那樣的「神仙」，只研究學問最好。

這些是余修幾年總結出來的經驗與教訓，甚至覺得自己也孬，當初丟了那麼大的臉，卻沒起到任何作用，還被迫辭官。若是換別種方法，或許能幫寧王更多。

至於女眷跟孩子，蓮香水榭旁的廊橋那裡擺了兩桌，讓他們過去吃。

大桌上坐了張老太太、黃氏、程月、錢滿霞，旁邊是由兩張小几拼成的桌子，錢亦繡領著幾個小屁孩坐。因為桌子矮些，孩子們便坐小凳子，還在一旁放了小盆，讓閃電在這裡吃。

桌上多為精緻點心，能讓孩子們自己抓著吃。喝粥或湯時，服侍的乳娘跟丫鬟再上前，只有芷姊兒太小，乳娘抱著餵。

黃氏有些不放心鈺哥兒，錢滿霞笑道：「無妨，有繡兒在，他們聽話得很。」

黃氏一看，果真！

在錢亦繡的帶領下，那一桌熱鬧又有序，鈺哥兒和芷姊兒之前從沒這麼開心過，吃得樂極了。

下午，眾人午歇之際，歸園又來了幾輛馬車，是寧王府、衛國公府、榮恩伯府送生辰禮物來了。衛國公府派梁拾過來，榮恩伯府的人是之前來過歸園的長隨，而寧王府的，是太監郭公公。

郭公公四十多歲，是寧王妃身邊的老人，特地來看望錢亦錦和錢亦繡，說王妃祝他們生辰快樂，事事如意；哥兒的學業越來越進益，姊兒越長越好看。

郭公公十分激動，說話的聲音尖細又有些顫抖，看錢亦錦的眼神十分熱切，哪怕是對錢亦繡說祝福話，目光也是瞟著錢亦錦。

錢亦繡畢竟不是真正的小丫頭，又知道錢亦錦不是錢家的孩子，見到郭公公的舉動，再想想寧王妃對自家的關心，哪怕錢滿江是寧王心腹，也不至於如此掛念他的孩子吧？

她忽然心一驚，再看看錢亦錦。天哪，小哥哥不會是寧王的兒子吧？若是那樣，他就是皇子，以後至少會是個親王，自家真是攀上了一棵參天大樹。

再往深想，如果錢亦錦是寧王的兒子，那就是她的表哥了？雖然隔得遠些，但總沾個表字。

錢家對這些人非常熱情，由錢三貴和萬大中作陪，請他們喝酒，並在前院住下。

四月二日，萬家請錢家和張家人，以及余修吃飯，連三府送生辰禮的人一起請了。吃飯前，余修先讓錢亦錦寫一篇大字。錢亦錦的字得了他的真傳，飄逸俊雋，自是讓眾人大大讚賞一番。

之後，萬大中考錢亦錦的武藝。錢亦錦自小就在錢三貴的教導下練拳腳功夫，後得萬大中指點，武藝不錯，又得到眾人的喝采。

練完後，錢亦錦累出一身汗，重新換過衣裳。

第二天一早，郭公公便拿著他寫的大字和浸滿汗漬的衣裳，回了京城。

四月五日晚飯前，猴哥帶著動物之家回來了。

猴哥先把錢亦繡拉到一棵樹下，從腰包裡拿出五顆果子，然後得意地看著錢亦繡，一副求表揚的樣子。

這幾顆果子有核桃大小，殼也極硬，按不碎；外觀是紅色的橢圓形，帶有紫色水滴形斑點。錢亦繡曾經見過這種果，當時她還是阿飄，看到赤烈猴有，但都是猴王保管的。

錢亦繡看猴哥的得意樣子，再想想赤烈猴有多寶貝它，直覺這果子肯定是好東西。但到底怎樣好，她也不知道，且先留著，以後想辦法找答案。

她伸手揉揉猴哥的後脖子，笑道：「謝謝猴哥，這麼好的東西，你竟然送給了我。我要三顆就好，兩顆給你。」

猴哥搖搖頭，比劃幾下。

錢亦繡看懂了，牠說，以後自己再想辦法找，讓她收下。

第二天，是錢亦錦和錢亦繡的生日，雖然不是整壽，但還是來了好些人家，送禮加吃酒，足足熱鬧了一日。

郭公公回到京城時，已經四月底。

他拿著包袱，直接進了寧王妃的正院。

寧王妃正在數日子盼著他，見他終於回來，喜得憔悴的臉上煥發出幾分光彩。又揮揮手，把孫嬤嬤以外的下人都攆出去。

郭公公先跪下，向她磕了個頭。「奴才參見王妃。」

寧王妃急道：「快起來。快說說我的錦兒如何？」

郭公公爬起身，笑著說：「稟王妃，奴才這次不辱使命，不僅看見小主子，還跟他說了話。小主子已經有這麼高了。」

說著，他用手比劃一下。「小主子的眉眼像極王爺，膚色像王妃，連走路的姿勢都跟王爺一模一樣，虎虎生風。那天他穿著銀白色小長衫，梳總角，繫藍色綢帶，看著真是又神氣、又漂亮的小哥兒。奴才覺得，小主子長得比那些龍子龍孫都好看，怪不得萬護衛長不敢讓他來京城，他一來，別人準能認出他是王爺和王妃的孩子。」

寧王妃最想聽的就是這些話。萬家父子來信，一形容兒子就是濃眉鳳目，或又長高兩寸，長重兩斤，根本沒有郭公公說得這麼傳神。經過郭公公一番描述，一個漂亮的小少年便躍入王妃眼簾，彷彿就在前面衝她微笑。

郭公公又把包袱打開，先拿出大字呈給寧王妃看。「小主子不僅長得好，還有本事，這大字是奴才親眼看著小主子寫的。王妃瞧瞧，寫得多好。」

他用袖子擦擦眼淚，把衣裳拿出來，又道：「小主子的武藝也好，跟萬護衛對打時，飛來飛去，奴才都看不清人影……這衣裳是小主子比試完換下來的，還有汗漬，奴才沒讓人洗，直接帶回來。」

寧王妃一直含著淚，強撐著沒掉下來，但一拿到兒子的衣裳，聞著上面的汗味，再也忍不住，把臉埋在衣裳裡嗚嗚哭起來，傷心欲絕，邊哭邊喊著：「錦兒，錦兒……」

郭公公和孫嬤嬤跟著她一起哭，哭了一陣，還是孫嬤嬤先收住淚，勸道：「王妃莫傷心了，小主子長得這樣好，又有出息，是好事啊。聽說王爺他們已經把元狗打出中原，就快班師回朝，等王爺一回京，小主子就回來了，那時你們母子天天都能在一起。」

寧王妃哭道：「王爺說，這次要乘勝追擊，一舉擊潰大元，最快要明年才能回來。我這破敗的身子，不知能不能等到那一日？」

孫嬤嬤聞言，又哭了。「現在御醫天天都來給您施針把脈，皇帝和太后像流水一樣給您賜好藥跟補藥，只要王妃再想開些、高興些，定能長命百歲。」

郭公公也道：「這次錢家把整罈雙頭金烏龍酒讓奴才拿來。王妃不是說喝了那酒，感覺身子骨好些了嗎？您就天天喝，把身子養好，等小主子回來。」

寧王妃聽了兩人的話，這才勉強止住眼淚，點頭應了。

第一百一十三章

當山花爛漫、金蓮飄香時，花溪碼頭正式啟用。

沒想到還挺熱鬧，雖然需要收錢，但每天進出的船隻不少，附近幾個鎮的人都會來這裡坐船或運貨，甚至連鄰縣的人都會來。鄰鎮正好有座燒窯場，有了這個碼頭，便解決他們運貨的大問題。

洪河只是綠春江的支流，只能承載中型船或小船。錢家三房買了兩條中型船，送自家貨物時，再兼著幫幫別家運貨或載人。這種船可以直接去京城，或是下江南；至於小型船隻，則能把人或貨物送到溫縣碼頭，再轉大船進綠春江。

碼頭旁修了座石橋，更方便百姓去鎮裡，大家就把這座橋叫做前石橋，諧音錢氏橋。

花溪碼頭建好後，讓附近鎮上一下子熱鬧起來，那裡的生意也好做許多。

錢滿河先看到這個商機，在剛開始修碼頭時，就找錢三貴借二百兩銀子，在鎮上買下兩間兩層樓的鋪面，等碼頭一修好，鎮上熱鬧起來，他再轉手，賣了三百六十兩。除去還錢三貴的二百兩，還花十兩買謝禮，自己淨賺一百五十兩。

接著，他又用這些錢在溪山縣城另買院子，比錢滿川的還大，但沒有住，而是租出去。

去年底，錢滿川就在溪山縣城買了院子，領著媳婦兒女搬過去。

與此同時，錢家的小香山又大量結出新品種桃子——金蜜桃。當桃子底部果皮開始泛起一圈金色時，便被摘下，直接裝船運走。因為數量有限，只運去京城的錦繡行。到了京城，已經是二十天後，正好放熟。

金蜜桃一上市，就成了搶手貨，賣到四十五文一斤。這種桃子，百姓人家吃不起，也買不到，絕大多數是被有權有勢的貴人買去。有錢的商家想買，還得託熟識的高門幫忙。

這筆生意，宋治先再眼紅也不敢搶，只能走後門，多買些給自家人吃。

等到秋風送爽，丹桂飄香時，金蓮藕出水了，錢家幾房連著萬家的蓮藕，都是一出就運去碼頭；還有三號金蓮子，也賣去全國各地。再加上平時賣的魚，錢家三房帶著另外幾房，簡直賺歡了。

這日，潘駙馬又來了，竟然還帶來孫子劼哥兒。他們在京城雇了漂亮的畫舫，載著他們一行二十幾人，直接從京郊南縣碼頭來到花溪碼頭。下船後，雇馬車直奔歸園。

年初，潘駙馬一回府，就急急去鶴年堂見潘老夫人。結果，潘老夫人坐在羅漢床上，摟著剛放學的大重孫子劼哥兒，正跟一家子女眷說笑呢，興致好得不得了。

潘老太太今年六十二歲，身子骨還算硬朗。她沒什麼大毛病，就是想大半年不見的大兒子了，趁著那天偶感風寒，哭著讓孫子潘陽寫信，催他快些回家。

潘駙馬一回來，潘老太太就拉著他哭了一回。

六歲的劼哥兒牽著兩歲的弟弟弈哥兒給潘駙馬磕頭，弈哥兒還不願意，嘟嘴道：「哥哥笨，那不是爺爺。爺爺頭上有大珠子，他沒有。」

潘駙馬摸摸頭上的碧玉簪，笑道：「爺爺老了，以後不戴大珠子。」

潘駙馬沒戴紫金冠，已讓家裡的女眷驚詫不已，再聽他說自己老了更嚇一跳，這不是他的性格呀。連潘老太太都納悶地看著自小就講究的大兒，覺得他是不是受到什麼刺激？潘駙馬看看眾人的表情，有些不好意思。「人上了年紀，想法總會有所改變，沒什麼可奇怪的。」

等到潘次輔和潘陽下朝，潘駙馬就急急把他們請去隔壁的榮恩伯府，說有事商議。

潘次輔祖孫都覺得不太對勁，但看潘駙馬急切認真的神情，只好跟他去了。

三人進了潘駙馬的書房。

潘駙馬關起門，把潘月還活著的事告訴他們，並囑咐，這事絕對不能外傳。

潘次輔和潘陽聽了，喜極而泣。潘陽哭的是苦命的妹妹還好好活著，潘次輔慶幸孫女活著的同時，更是鬆了口氣，他潘臨複終於不用活得那麼戰戰兢兢了。

如今五大世家裡，除了他坐在從一品次輔的位置上，還有一人是從三品的官，其他人都位居四品以下。幾十年間，乾文帝已經將世家打壓得差不多了。

他這個次輔，做得一點都不輕鬆，別人看著風光，酸甜只有他清楚。乾文帝幾乎不聽他的諫言，一生氣，還要拿潘駙馬擠對他。其實，幾年前他就想辭官頤養天年，但另幾大世家不肯，乾文帝也需要留著他做樣子。

若是孫女還活著，太后跟乾文帝高興了，就不會太給他臉色瞧，總算能喘口氣。

當他們聽說寧王的兒子竟然是潘月在錢家養的兒子，母子感情又極好，更是吃驚。這樣，潘家等於站在寧王的隊上，跑都跑不掉。

潘次輔老奸巨猾，面上堅決不站隊，心裡卻一直在想該怎樣跟看好的皇子暗通聲氣。從私心講，他更希望五皇子登大位，不僅因為五皇子謙和，更因他的岳家就是五大世家之一的王家，承諾過不會打壓他們。若他能上位，五大世家的日子將好過許多。

寧王睿智果敢，在軍中有一定勢力，但他的手段比乾文帝還要強硬。他的出身不好，更不喜歡拿身分說話。五大世家在他手下討生活，會更加不易。

可依潘月同寧王獨子的關係，潘家定會被烙上寧王一黨的印記，豈不是跟以王家為首的另四大世家對立嗎？他想了想，說出自己的疑慮。

潘駙馬沒有接潘次輔的話，而是若有所思地說：「月兒……我的月兒，在家裡是如何金尊玉貴，你們根本想像不出她之前過的是怎樣的日子？吃的是糙米、玉米，還有了上頓沒下頓；穿粗布衣裳，上面還疊滿補靪；住在茅草屋，冬不遮風，夏不避雨，竟然還要被些粗鄙的人呼來喝去。

「但在這樣惡劣的環境中，月兒竟然活下來了，還非常開心。不僅因錢家人慈善，把她當成親人一樣呵護心疼，更因為她失憶，心態發生了變化。如果月兒沒失憶，還是那個金尊玉貴的珍月郡主，面對那樣巨大的落差跟困境，不可能好好活下去……」

潘駙馬看看抹著眼淚的兒子，再看看眼圈發紅的老父，又說：「我在歸園，跟梁大人、余祭酒談了許多，也想了許多。不端著世家的架子，多跟那些根基不深的人談談，認真傾聽他們的心聲，學學他們的豁達和為人處事，真是受益匪淺。

「那大半年，我只作了十幾天的畫，其餘日子，連筆都沒摸過。除了想法子跟月兒和外孫親近，便一直思索，我樣樣不差，可這一生為何過得不盡人意？遠不像梁老狐狸練達，幾乎事事順暢，也比不上余祭酒拿得起、放得下，幾乎什麼都沒了，還如此樂觀，過得有滋有味。更比不了月兒的公爹，他原是走南闖北的鏢師，卻被打殘，身子極弱，多次命懸一線，可他沒有任何抱怨，咬牙活下來，謀劃著把日子過好，依然愛護家人，待月兒如親女……

「我想通了，是我沒有足夠開闊的心胸，雖懷有大志，卻不能包容；我也少了樂觀向上的心，一遇逆境，便怨天尤人，而不是想辦法克服，或順勢而為。這些決定了我的命運。我錯了，幾十年來，錯得徹底……」潘駙馬絮絮叨叨說了好久，拿著羅帕掩面而泣。他的話讓潘次輔和潘陽動容，也認真地思考起來。

潘駙馬哭了一陣，把眼淚擦乾，才抬起頭道：「所謂合久必分，五大世家決裂的時候到了。若非五家擰成一股繩，上百年來，左右前朝興衰，也左右過先帝時期的政事，當今皇上也不會把咱們看成眼中釘，恨不得除之而後快。與其一起被徹底打垮，還不如分開求生。

「過些日子，爹和陽兒就把官辭了，等劼哥兒這輩長大後，再讓他們出仕。」

潘次輔當然知道這個道理，但五大世家經過上百年聯姻，關係錯綜複雜，他的老伴就是王家閨女，如何能全身而退？

潘陽聽了，第一次跟父親站在同一邊。

「祖父，我覺得爹說得對，與其一起被打垮，還不如分開，對大家都有好處。那四家不能忘懷當初五大世家聯合起來的輝煌，還想著扶持下一任君主支持他們，殊不知，這已經討了皇上的嫌；況且，妹妹的養子是寧王獨子，母子感情又如此深厚，而皇外祖母極喜歡妹妹，知道真相後，或許會有所偏頗。我覺得，寧王上位的可能要大得多。」

就著此事，祖孫三人商量一夜，終於作出了決定。

第二天，深情的潘駙馬穿上白麻衣，戴著木簪，在離紫陽長公主墳地不遠的村落租了個小院子，白天去上香緬懷，天黑後才回院子歇息。這一住就是三個月，還寫下懷念亡妻的詩，詩歌情意纏綿，淒美哀婉，很快便流傳為膾炙人口的名作，在這個時空流傳下去。

而這三個月裡，潘臨複不聽另四家的勸阻，力辭次輔之職。乾文帝起先還不同意，潘臨複把頭都磕破了，他才含淚點頭。

接著，潘家男子凡是身上有官職的都辭掉了。但潘駙馬的榮恩伯和潘陽的鎮國將軍不能辭，因為這是爵位，除非犯了罪遭乾文帝撤爵或降爵，不然就是本人死了，爵位被收回。

那些辭官的子弟，潘臨複和潘駙馬給了相應的補償銀子。

潘臨複無事，便率領兒孫籌備著開間書院，命名為松攀。

八月初，寄情山水的潘駙馬再度離京。如今潘駙馬不僅是著名的大畫家，還是位大詩人，受學子追捧同時，也收獲無數女子芳心。因為他太癡情，那首悼亡詩寫得太感人了！

潘駙馬走之前，小女兒潘元鳳來找他哭訴，因為潘家男人辭官，她在夫家過得更為不易。之前，她使了些小手段嫁入崔家，不得公婆歡心，受到妯娌排擠，婆婆無事就給相公塞女人，現在已經有三個小妾、兩個通房了。

如今，潘臨複一意孤行，辭去次輔之位，還與另四家疏遠，讓另四家十分不悅，其中包括了崔家。

潘駙馬看看眼前哭得梨花帶雨的小女兒。她雖然沒有月兒長得好，但也是眉目精緻，氣質不俗。潘家的女兒都有才，潘元鳳也是琴棋書畫樣樣通，當初若不走那步臭棋，找個與她身分相符的好後生，現在應該過得很好。

潘駙馬勸慰她一番，讓她想開些，帶著孩子好好過，把丈夫的心抓牢，以後分家就好了。最後，又拿幾千兩銀票給她。

潘元鳳有些吃驚。以前她找潘駙馬訴苦時，他只是罵崔家幾句，再給她一些銀子，從沒有像現在這樣，跟她說這麼多居家過日子的話。

當潘駙馬帶著劼哥兒出現在歸園時，已經八月底，秋風涼。

那時正值午後，秋陽明媚，天高雲淡。程月正領著幾個孩子在望江樓前玩耍，錢亦靜坐在樹下的鞦韆上，錢亦繡輕輕幫她推著，錢亦明和閃電圍著她們兩個轉圈。孩子咯咯的笑聲和閃電汪汪的叫聲連成一片，老遠就能聽到。

潘駙馬望著這悠然寧靜的一幕，心情極其平和柔軟。活了大半輩子，他總算知道自己該要什麼了。

他對程月道：「月兒，我又來了，還帶著劼哥兒。他是我的大孫子，已經六歲了。」

程月見他又來，不高興地沈下臉。「你這個人好討嫌，又來我家做什麼？不要以為沒戴大珠子，月兒就不討厭你。」

劼哥兒來之前，潘陽就千叮嚀、萬囑咐，讓他好好親近程姑姑；在船上時，潘駙馬也吩咐過，讓他跟「程姑姑」和她的孩子多玩玩。

本來，劼哥兒想去跟程姑姑見禮的，但見爺爺如此被嫌棄，他肯定也不會受歡迎，便不好意思上前說話，臉都羞紅了，扭著手指，不知道該怎麼辦？連看見以前請他吃點心的錢亦繡，都不好意思上前打招呼。

錢亦繡忙把錢亦靜從鞦韆上抱下來，笑著走過去，先給潘駙馬曲膝見禮，就拉著劼哥兒的手笑道：「劼哥兒來了，歡迎你。」

她的話音剛落，錢亦明和錢亦靜就跌跌撞撞跑過來，使勁拍著巴掌，嘴裡還念叨著：「番迎，番迎……」

他們口齒不清，再加上有點鄉音，「歡迎」說成了「番迎」。

閃電也不甘落後，跟著他們跑上去，趴在地上拍拍前腳，還叫兩聲，表示歡迎。

原來他受歡迎啊！劼哥兒咧著嘴大樂，剛才的難堪一下跑得無影無蹤，覺得胖胖的兩個小娃真討喜，奔奔不知為何越長越小，不過也可愛，遂挨個兒招呼道：「繡姊姊、明弟弟、靜妹妹、奔奔，嘿嘿……」

錢亦靜聽了，咯咯咯笑起來，指著閃電說：「是電電，不是奔奔。奔叔叔寶寶。」

錢亦繡笑著解釋。「靜兒的意思是，牠是閃電，是奔奔的寶貝兒子。」

劼哥兒呵呵道：「哦，是哥哥搞錯了。牠是閃電啊？名字真威風。」

錢亦繡猜到劼哥兒是來當和平使者的，也知道他的父親、自己的舅舅潘陽過去跟程月的感情極好，便把劼哥兒牽到小娘親面前，介紹道：「娘，這個弟弟是劼哥兒，您看他多可愛，多懂禮貌。」怕程月不給劼哥兒面子。

劼哥兒是個鬼精靈，見程月看他的眼神柔和，似乎沒有嫌棄的意思，也極喜歡這個好看的程姑姑。而且，不知為什麼，他就覺得這位程姑姑面熟，好像以前見過。

他忙給程月作個揖。「程姑姑，我好喜歡您，好喜歡錦哥哥、繡姊姊，也好喜歡明弟弟和靜妹妹。」

程月本就喜歡孩子，看見這孩子，更是有種莫名的心痛，現在聽他這麼說，更歡喜了，點頭道：「嗯，月兒也喜歡你，錦娃、繡兒、明娃、靜兒都喜歡你。還有江哥哥、弘濟、公爹、婆婆，他們都喜歡你。」瞪潘駙馬一眼。「可是，我不喜歡他，我們都不喜歡。」

劼哥兒聽了，笑起來，走過去拉著她的衣袖，悄聲說：「告訴程姑姑一個秘密，我爹爹也不喜歡我爺爺，真的。」

錢亦繡噗哧笑出聲。潘駙馬的人緣真是糟透了，孫子一來，就把他賣了。

潘駙馬聽了他們的對話，也不生氣，而是走到離程月大概五步遠的地方，那裡有張小凳子，便坐下來，向還愣愣看著他的龍鳳胎招招手，討好地說：「靜兒、明娃，來潘爺爺這裡，爺爺給你們帶了好東西。」

此時，錢亦明和錢亦靜已經長高許多，雖然走和跑仍有些跌跌撞撞，但在同齡的孩子中，還算走得穩的。

錢亦明穿著一套石青色繡團花軟緞衣衫和開襠褲子，頭頂梳短短的小沖天炮，跟錢亦錦當初一樣，直衝雲霄。

錢亦靜穿櫻草色繡梅花軟緞短衣和小裙子，頭頂兩側紮起小髮束。小妮子的頭髮有些微鬈，但跟當初小亦繡的鬈髮不一樣。小亦繡的頭髮鬈是因為營養不良、髮絲太軟，直不起來。而錢亦靜的頭髮是自然鬈，髮束彎彎地垂在兩側，錢亦繡戲稱為「羊耳朵」。

兩個小娃漂亮極了，男娃俊俏中透著幾分虎頭虎腦，女娃更是眉目如畫，玉雪可愛。他們睜著烏黑滾圓的眼睛，好奇地看著潘駙馬。

錢亦明聽潘駙馬喊他，憨憨地就要過去，被錢亦靜拉住了。

錢亦靜嘟嘴道：「娘親不喜歡。」然後，回頭跑到程月面前，抱住她的一條腿，抬頭望她一眼，邀功地說：「靜兒也不喜歡。」

錢亦明見狀，也衝潘駙馬大聲道：「不、喜、歡！」也跑去抱住程月的另一條腿。

程月看兒女跟她站在同一邊，十分得意。「嗯，不喜歡。」

潘駙馬已經從丫鬟手裡接過包袱，正想給外孫們分禮物，怎麼人都跑了？再看看六隻眼睛都睜圓了瞪著他，三張小嘴翹得老高，便搖搖頭，自嘲笑道：「潘爺爺討嫌，上桿子送禮，人家都不要。」

潘駙馬坐著歇一會兒，便起身去客房，把帶來的禮物分配一番。

第一百一十四章

因為事先有準備，又是自家雇的船，潘駙馬帶了滿滿五車東西，吃穿用俱全。

他給錢家跟萬家每人各送一份厚禮，也要送救過程月的張家，讓錢三貴以錢家的名義交給他們。

這些東西加起來，不下萬兩銀子。

潘駙馬帶給程月的禮物，更耐人尋味。是一只雕鳳描金的紫檀木首飾盒，盒裡裝著一支雙鳳銜珠金翅步搖；還有一件金絲鸞鳥朝鳳繡紋的錦緞褙子，褙子已經半舊。這些都讓錢亦繡轉交。

本來錢亦繡想拒絕，讓潘駙馬有本事自己送。但見這幾樣東西似乎不是一般禮物，應該有紀念意義，便接下來，想著等晚上無人時再交給程月，若是她難受，她也好勸解。

晚上，潘駙馬和余修都被請來正院吃飯，把萬家也請來了。他們倆加上錢三貴、萬二牛父子、錢亦錦坐一桌，其他女眷坐一桌。

錢亦繡贊成余修對錢亦錦的教法，不是一味讀死書，而是待人接物都會指點，無事還帶著錢亦錦去田邊地頭跟種地的老農聊天，了解他們的心聲。偶爾也去縣城的鋪子，或酒樓茶肆，聽聽生意人的想法。如今，錢家有些人際往來，也會讓錢亦錦代錢三貴出面。

從這點看，余修比潘駙馬更適合當先生。

眾人從潘駙馬的嘴裡得知，他來之前，接替潘次輔的人選已經定下，竟然是錢亦錦從小的偶像翟樹。

萬二牛一驚，問道：「翟閣老去年才入閣的，而且是以侍郎身分，應該是內閣裡最年輕的人，今年才四十出頭吧？怎麼會讓他接替潘閣老的位置？」

余修笑道：「首輔已經六十一歲了，皇上說不定是把翟閣老當下任首輔培養呢。」

幾大世家一直瞧不起農家出身的翟樹，潘駙馬也在其中，尤其聽了翟家內宅的傳聞後，更是不理解，為何乾文帝會欣賞這樣的人？

如今，潘駙馬的觀念已經改變，覺得翟樹能從農家子弟一步一步做到這個位置，或許真有他的過人之處。

錢亦錦聽說偶像當上閣老，還是閣老的頭頭，激動得臉都紅了，又默默下定決心，要向偶像學習，要向偶像靠攏。

這段時日，他心裡一直有些鬱悶。明年春，錢亦善就會下場，他自認學問比錢亦善強許多，也想去試試，但余修竟然不同意，說他還欠火候。可他覺得自己不差啊，字寫得比今春考上秀才的表叔李占冬好得多，學問也比他強，他實在想不透，前兩天，把這個困惑跟錢亦繡說了。

余修不讓錢亦錦下場，錢亦繡因此更加確定錢亦錦是寧王的兒子。王爺之子，當然無須科考。

於是，她便勸道：「或許余先生是想讓你準備充分了，到時一鳴驚人。先考個案首，後考上狀元，像咱們外公一樣。」

這解釋得通。錢亦錦點點頭。「我不想當狀元，我想當探花，像翟大人一樣。」

拉回思緒，錢亦繡聽著他們的談話，又開始思索起來。

看看翟樹，有個那樣的家庭，老娘、媳婦簡直是京城的笑柄，但他卻能把自己的事業經營得如此好，竟然做到次輔，那位置可是兩人之下，萬人之上啊。

而潘駙馬呢，他再生不逢時，手中的牌再爛，也不會爛過翟樹吧？但他卻把日子過成這樣，老婆早早死了，女兒也被弄丟；皇家恨他，兒孫沒一個跟他親近，大半生過得鬱悶不如意。雖然錢亦繡不清楚實際情況，但從潘駙馬的話中和程月偶爾的吐露，也能猜到一些。

相較之下，錢亦錦以翟大人為偶像還是比較好。

晚上，回望江樓後，錢亦繡拿出潘駙馬送程月的禮物。「娘，這是潘先生送您的。」

程月聽是那個男人送的，本能就想拒絕，但看到女兒手裡捧著一件疊著的褙子，褙子上面放著一只首飾盒，感覺似曾相識，便接過來。

她先摸摸首飾盒上的鳳紋，再打開首飾盒，拿起那支步搖，輕輕一晃，發出清脆聲響，上面的珠玉在燭光照射下，熠熠生輝。

她把步搖放下，又把褙子抖開，褙子雖然半舊，但上面繡的彩鳳卻亮晶晶的，閃著金光。

此時，程月的眼前出現了一位麗人，穿著這件褙子，戴著這支步搖。麗人對著她笑，笑容比春陽還溫暖。

麗人開口說話了，聲音溫柔輕緩。「月兒莫哭。爹爹剛剛沒看到月兒跟他笑，爹爹是喜歡月兒的……」

話沒說完，麗人便漸漸飄遠，聲音也越來越小，直到看不見、聽不見。

「娘，娘……」程月抱著衣裳，痛哭起來。

錢亦繡嚇得趕緊過去抱住她勸著，良久後，程月才抱著衣裳和首飾盒，在哭泣中睡著了。

錢亦繡見她睡沈，方爬起身，輕輕把褙子和首飾從她懷裡拿出來，鎖在自己的櫃子裡。這幾樣東西有紀念意義，但意義太重了，重得目前程月承受不起。她先幫她收好，以後她能承受了，再交給她。

第二天，程月發燒了，迷迷糊糊地說胡話。

錢亦繡趕緊讓人去縣城把張央請來，給她施針開藥，幾天後才好起來。

但是，程月似乎已經忘了那幾樣東西，又開心地帶著兒女玩，還有思念遠方的錢滿江。

潘駙馬和劼哥兒住在臨香苑。上午，劼哥兒會和錢亦錦、錢亦繡一起，跟余先生學一個時辰的書法，而潘駙馬乘機帶白狼和大山去荷風塘轉轉，回來後，又花半個時辰，指導劼哥兒的學業。下午，他再幫劼哥兒上一個時辰的課，然後就去秀湖邊或望江樓，遠遠看女兒帶著外孫嬉鬧。

半個月後，歸園的人逐漸適應了這兩個不請自到的客人，又恢復往日平靜安寧的生活。

這天是九九重陽節，潘駙馬帶著劼哥兒、錢亦錦、錢亦繡去溪頂山登高踏秋，再去大慈寺，給紫陽長公主上炷香。

錢亦繡還把猴哥捎回來的果子帶上，想問悲空大師認不認得？

不僅他們幾人去，萬大中、蕭止、黃鐵也跟著。

錢亦繡大概猜出錢亦錦的身分，連帶猜出萬大中父子的來頭。凡是錢亦錦出村，萬大中必會跟著，而且身手十分了得。怪不得她當鬼時，經常看到萬大中在自家附近轉悠，原來是在保護自家。

今天天氣十分好，高高的藍天上，只有幾抹淡淡白雲，紅彤彤的朝陽雖然燦爛，卻不炙人，秋風吹起絲絲涼意，正是登高踏秋的好天氣。

錢亦繡著白色中衣褲，外面罩松花色過膝比甲，這樣有利於爬山。潘駙馬也特意穿得樸素，別人雖覺這位大叔俊俏，不時多瞧幾眼，但絕不會想到他是名震大乾的潘大名士。否則，他們爬不成山，說不定還要因此堵了路。

他們從辰時整開始爬，時近正午，便爬上一處小山峰的頂端，雖然不是主峰山頂，但景致也極好。一大半的路，劼哥兒還是由蕭止揹著的，此時小人兒已經累得癱坐在大石上了。

呼吸著清爽的空氣，望著遠處起伏的山巒、各異的奇石，還有不遠處煙雨朦朧的大瀑布，潘駙馬詩興大發，作了首詩，又讓錢亦錦和劼哥兒各作一首。

一個多時辰後，錢亦繡也快累癱了，終於來到山腰的大慈寺。

大慈寺的住持弘圓大師已經在門外等著，潘駙馬同弘圓客氣幾句，便入了寺裡，幾人進大殿給長公主上香。

錢亦繡給外婆紫陽長公主上完香後，又代表程月給她點香，心裡默默唸著，她雖然不是原主，但會盡一切力量，讓程月更加幸福快樂地生活。

之後，潘駙馬給寺裡捐了一千兩香油錢，錢亦錦代表錢家，捐了五百兩。

弘圓大師親自陪著他們去了悲空大師的禪房。一行人走過小石橋，遠遠就看見弘濟等在院子的門口。

如今弘濟已經一點也不胖了，眉清目秀，溫文儒雅，若是不穿僧衣，再戴頂帽子，十足是個翩翩美少年。

錢亦繡想想幾年前坐在自家院後大石上裝高深的小胖和尚，突然有了種吾家有弟初長成的感慨。

錢亦繡一直覺得弘濟身上有種特別的氣質，是錢亦錦和梁錦昭這種霸氣外露的青年公子不具備的，哪怕是文雅的張央、宋懷瑾也沒有，那就是平和。或許是與生俱來，也可能是悲空大師給他培養的。

弘濟看見他們，招招手，咧嘴樂了起來，兩個酒窩越發明顯。

他先雙手合十，給潘駙馬作揖，笑道：「潘施主。」然後，又招呼錢亦錦和劼哥兒，最後笑得眉眼彎彎，對錢亦繡說：「姊姊，嬸子還好嗎？她給我帶東西沒有？」

潘駙馬笑笑，暗道，他叫外孫女兒為姊姊，沒叫錯，不過喊嬸子，卻是把他跟女兒的關係叫遠了。

弘圓住持見狀，笑罵道：「師弟，你這像什麼話，怎麼能跟小施主討要東西？」

錢亦錦開玩笑，道：「還好弘濟小師父是出家人，若是俗界中人，我可要小心了。他對我娘和我兩個妹妹，遠比對我和我弟弟親近。」

他的話把眾人逗笑了。弘濟紅著臉，摸摸光頭，說不出話來，他好像的確分了遠近。

錢亦繡笑笑，從身上取下包袱，裡面裝了一套程月替弘濟做的秋衣。

幾人進了禪院，院子裡擺了許多盆爭芳吐豔的菊花，悲空大師正低頭侍弄。見他們來了，起身拍拍手裡的泥，雙手合十。「阿彌陀佛，請眾位施主到屋裡歇息。」

眾人也給他作揖，弘圓住持便帶他們進了悲空大師的禪房。

錢亦繡沒進去，看到悲空大師去小溪邊洗手，也跟過去。

兩人前後到了小溪邊，錢亦繡背對著禪房，從懷裡取出一顆猴哥帶給她的果子，問道：「大師，您認得這種果子嗎？」

悲空大師看到果子一愣，忙接過來拿在手裡仔細看了看，又思索片刻，笑著說：「老衲猜，這果子肯定是那潑猴送妳的。」見錢亦繡默認，又道：「老衲倒是識得這果子，不過，小施主要用一顆果子與老衲交換。」

這悲空大師，從來沒有吃虧的時候。

錢亦繡想想，她共有五顆果子，給出一顆換答案，總比拿著五顆無價之寶，卻不知道用它幹什麼好。

「好，若大師說了，這顆就給您。」

悲空大師簡直笑開了懷，笑了好一陣才道：「這種果子叫紅妖果，老衲也是第一次看見。老衲聽師父講過，它長於深山中的密草之下，五十年才開一次花，結一次果，即使是神仙，要摘到它，也要有機緣。」

錢亦繡一聽這麼難得，肯定是好東西，急著想聽它的用處。可悲空大師住了嘴，又欣賞起小果子來。

悲空大師欣賞夠了，才道：「這紅妖果與人參有相通之處，卻又異於人參。人參能續命卻不能救命，而這紅妖果能救命，卻不能續命。」

錢亦繡說：「前一句話我懂。人參是補藥，久吃能延年益壽，增加體力，卻治不了病，可後面那句，我不太懂。」

悲空大師道：「意思是說，紅妖果能把將死之人救過來。將死之人，指的是五臟六腑或是筋脈壞死之人，而非老化衰竭之人。若五十歲以上的人吃了它，不僅不能救命，還會死得更快。」

錢亦繡有些明白了，紅妖果能救患病的人，而不能救老死的人。又問：「大師的意思是，不管什麼病，這紅妖果都能救？」

悲空大師笑著點點頭。「嗯，要不怎麼連神仙都想得到它呢？它還有個別名，叫神仙果。不管什麼病，只要吃上一顆，便能活下來。但是，一人一生只能吃一顆，再吃，便會死得更快。小施主記住，妳有這果子，定不能讓外人知道，否則，它不是救命，而是催命了。」

錢亦繡聽了，心中一陣狂喜。真是撿著寶，這比大珍珠有用多了，她真想抱著猴哥親兩口，回去就給牠們打金項圈，各做一件新衣裳。連忙點頭應下，跟悲空大師回了禪房。

眾人在禪房喝過茶，坐了片刻後，便告辭下山。

快累癱的錢亦繡頓時生龍活虎起來，潘駙馬說坐車繞遠路下山，她不要，想早些趕回家，把紅妖果藏到別人找不到的地方。

潘駙馬看到風風火火的錢亦繡，覺得這個外孫女什麼都好，就是太生龍活虎，又太有主見。他想管，她也不聽。

以後，他得想辦法把錢亦靜的教育大權抓過來，定要把她養成嬌滴滴的大家閨秀，不能讓她被姊姊帶歪。

第一百一十五章

一場秋雨一場寒，淅淅瀝瀝的雨下了半個月。

錢亦繡從一開始得到紅妖果的驚喜，到了這幾天，變得擔心不已。

因為，猴哥率領的動物之家，已經一個月沒回來，這是之前從沒有過的情況。猴哥不同於大山的穩重，大山不會帶牠們去深處，但藝高膽大的猴哥卻不同，否則也得不到神仙也難尋的紅妖果了。

這天，天終於放晴，許多天沒來的錢老頭兩口子來三房吃飯。

一入秋，錢三貴便不宜大動，所以沒有去村裡。見老父老母來了，極高興，趕緊讓人去告訴廚房，多加幾個菜，又派人去臨香苑，說錢老頭兩口子來了，請潘先生祖孫自己吃飯。

接著，萬大中、錢滿霞帶著萬芳來了。錢滿霞又懷了孕，已經五個月。

吳氏看著她的大肚子說：「但願霞兒這胎能一舉得男。」

錢三貴更是希望如此。他知道萬大中父子都是寧王的屬下，萬二牛的品級比錢滿江還高，而且，萬大中的親娘還沒死，只不過為了掩蓋身分，跟父子倆暫時分開。女兒若生了兒子，在婆婆面前才有底氣。

吃完飯，錢三貴跟錢老頭說：「如今，我們錢家是官身了，該修座祠堂，把家譜續上。」

花溪村的錢家是從錢老頭的爺爺那輩逃荒過來的，本家並不在這裡。由於家窮，子孫也不多，所以沒有建祠堂，只是供了牌位。

錢老頭一聽，高興得眼淚都流出來，連連點頭說好。建祠堂，就更對得起老祖宗了。

錢三貴又道：「建祠堂的錢，由三房出。以後，三房每年再拿出一百兩銀子，作為祭祀和扶持錢家貧困的子姪用。這些錢由大哥保管，二哥記帳。如果錢家子孫考上秀才，考舉人的費用也由我家出。但是，若錢家子孫敢仗著我家滿江的勢魚肉百姓，收受賄賂，幹不法之事，我就有權力讓他出族。」

錢老頭當然同意，連連道：「妥當，妥當。」

錢三貴見老父答應，便讓人去把大房、二房的人請來，共商建祠堂之事。

經過討論，錢家祠堂將蓋在花溪村和大榕村之間的荒地上，買了五畝地。錢三貴出五十兩銀子，具體事務由錢大貴和錢二貴負責。又計畫著，等祠堂修好，再派個人去錢家的老家湘西，把族譜續上。

十月，動物之家依然沒有回來，連白狼和大山都著急了。這天早上，牠們也進了山。錢亦繡知道，老夫妻定是找猴哥牠們去了。

現在，不僅錢亦繡著急，所有錢家人都急，天天盼著動物之家能平安歸來，連程月都時時念叨。「猴妹牠們怎麼還沒回來？好想牠們啊。」

加上陰雨連綿，更讓人心裡七上八下，擔憂得很。雖然知道動物之家有皮毛，不像人那樣怕風雨，但這樣的天氣，就是讓人懸著心。

這天晚上，錢家正在吃飯，蔡老頭帶了個大漢進來。這大漢又黑又壯，穿著戎裝，臉上還有一條長疤，看起來卻有些熟悉。

黑大漢咧嘴一笑，抱拳喊道：「錢爺爺、錢奶奶、嬸子、哥兒、姊兒。」

眾人這才看出來，這大漢竟是花強，變化真是太大了。

這趟差事又是寧王派的，讓花強給寧王妃送信，再去冀安省的錢家瞧瞧。

花強帶了一包袱禮物，還有十幾封信。其中，有幾封是錢滿江寫的，家裡每人一封，還有錢老頭兩口子及錢滿霞的。另四封是梁錦昭寫的，兩封給錢亦繡和錢亦錦，兩封請他們轉交給悲空大師和弘濟。還有一封，竟是李栓子給錢滿朵的。

花強說，如今李栓子在梁錦昭手下當了從八品的官——炮長。一架火炮有八個人負責，炮長就是這八個人的頭。李栓子也是附近幾個村去當兵的人中，唯一一個當官的。

據說，上次李栓子接到家書正是戰前，當他得知妻子兒女被自家母親跟哥哥欺辱，再想到岳家幫他的錢被哥哥合著外人騙了，滿腔憤怒無處發洩。正好，下一刻開戰，他就把胸中的恨全撒在敵人身上，像隻困獸，衝進敵人堆裡殺紅了眼，又救下一位長官。

因為這次戰役，李栓子當上了九品小官。

後來霹靂營來了，錢滿江就把李栓子介紹給梁錦昭。這也算公私兼顧，李栓子是他的親戚，打炮時可以不直接面對敵人。還有一個原因，李栓子有個本事，就是射物極準，使用火炮，要憑人眼辨別方向，正需要這樣的好手。李栓子因為又懶又窮，有時饞肉，就拿小石頭打鳥，或去溪裡摸魚，如此歪打正著，把準頭練出來了。

李栓子當官後，更是賣命，到了霹靂營表現也非常好，幾個月後，就被升為從八品炮長。

三房一家人都為李栓子和錢滿朵高興，又問花強的臉是怎麼回事？

花強說，有一回錢滿江陪著寧王去城池巡視，半路遇到敵人的死士截殺，寧王平安無事，他們卻受傷，錢滿江還替寧王擋一劍，傷了胳膊。

「你們不用擔心，錢將軍的傷勢已經全好了。」花強趕緊道。

眾人聽錢滿江無事，瞬間懸高的心才放下。

錢三貴讓蘇四武去送錢滿霞和錢滿朵的信，又讓花強回家，還給他一罈鐵鍋頭和一隻燒雞、一大碗紅燒肉。然後，幾人各自拿著信看起來。

幾乎所有的信都是先講軍隊打勝仗的情況，然後才說自己的事。

如今，寧王領著大乾軍隊把大元騎兵打得潰不成軍，大元已經投降講和，想割讓土地換取和平。但寧王八百里加急奏請乾文帝，想乘勝追擊，一舉擊潰大元，讓他們五十年內無法再進犯。

乾文帝大喜，准奏，並派欽差大臣去邊關慰問，帶去無數美酒、豬羊、美女，犒賞有功將士。不過，錢滿江跟梁錦昭自是沒收下不該收的獎賞。

錢滿江的信照樣是讓程月看得淚漣漣，一邊拿帕子擦眼淚，一邊看了又看，看到好的地方，還會小聲唸出來。

她這副樣子，讓潘駙馬酸得不行。心道那錢滿江只是很一般的小子嘛，沒氣質、沒學問，怎麼會把仙女般的女兒迷成這樣？真是過分！哼，回來再收拾他。

梁錦昭給錢亦錦的信只有一頁，字還寫得大大的，泛泛談了些打仗的事後，就是預祝他前程似錦。

而他給錢亦繡的信卻有五頁紙，字寫得極小。他沒寫任何有關男女之情的句子，卻描述他們研製出像石頭一樣的手雷，還有打勝仗後的喜悅、炮火紛飛下的激情、在草原上策馬揚鞭的豪邁，以及對年少時的追憶、對溪頂山的思念……

對她的稱謂依然是繡兒，但原來的落款卻變成了錦昭。

這封信不像情書，也沒有引經據典，而是娓娓道來，就像前世遠在千里之外的老朋友給她打電話，訴說自己的工作及生活。

錢亦繡非常喜歡這種表達方式，既讓人感到親切，又不覺得突兀。

她早就發現梁錦昭極有智慧，年少時，心思就比張央、宋懷瑾深沈得多。或許是像他爺爺梁則重吧，余修和潘駙馬都叫他老狐狸呢。

她看完信，剛想收起來，就被一隻手搶了去。

錢亦錦看完後，搖頭道：「到底是武將，沒什麼文采，連咱們的爹爹都不如。通篇沒有引經據典，像流水帳一樣……」像先生在評論學生的文章，還極不滿意。

錢亦繡笑笑，沒吱聲，伸手把信拿回來。

那一包袱禮物，除了寧王妃給幾個孩子帶的小飾物及送錢三貴的百年靈芝外，最多的就是錢滿江捎的北方特產，裡面居然還有四根人參，兩根給錢三貴夫婦，兩根給錢老頭兩口子。最後幾樣，是梁錦昭給錢亦錦四兄妹帶的牛角梳子及牛角飾品。

分完禮物，回望江樓的路上，錢亦錦明顯興致不高，拉著錢亦繡落在程月及龍鳳胎後面，不說話，還不時輕輕嘆口氣。

錢亦繡看他一眼，問道：「哥哥怎麼了？爹爹打勝仗，你不高興嗎？」

錢亦錦說：「高興。打贏了，大乾百姓就能安居樂業，好好過日子。」

錢亦繡又問：「那你怎麼一直在嘆氣啊？」

錢亦錦道：「哥哥心裡有些失落。還有半年，妹妹便滿十三歲，那時，哥哥就不能再牽妹妹的手了……長大了真不好，小時候，咱們一起睡覺、一起洗澡，哥哥還經常揹著妹妹玩，給妹妹擦鼻涕……」

雖然絕大部分是小亦繡跟他一起經歷過的事，但錢亦繡還是挺懷念那個時候。兩小無猜——呃，這個詞沒用好，講兄妹情深應該更確切。那時候，錢亦錦有時挺討嫌，但也不能否認，他是個愛護妹妹的小哥哥。

錢亦錦繼續說著：「妹妹長大後，這些事情都不能一起做了。哥哥去另一間屋子睡覺，咱們也不像原來那麼親密。以後，妹妹變成大姑娘，不嫁給梁大哥，也會嫁給別人，會離開錢家、離開哥哥，跟另一個男人過日子，就像小姑姑一樣。我不喜歡……」

聲音越來越小，說到後面，只有他自己聽得到。

錢亦繡聽了，也有些悵然若失，抬頭看到遠處手牽手嬉鬧的龍鳳胎，不知為什麼事情，高興得直跳腳，笑聲連他們都聽得到。

她反捏錢亦錦的手幾下，嘆口氣。「小時候是好，一家人相親相愛在一起，又有長輩為我們遮風擋雨。可是，人總會長大，長輩總要變老。

「你看爺爺，頭髮跟鬍子全發白；還有奶奶，臉上已經布滿皺紋，背也駝了。長大的我們就要擔起責任，孝敬他們。現在哥哥努力學本事，就是為了出去闖蕩的那一天。你有了出息，就能娶個好媳婦回來，孝敬年老的爹娘爺奶了。」

錢亦錦小聲道：「這些道理哥哥都懂，可不知道為什麼，就是不想妹妹長大……」他只想自己長大，不想妹妹長大。

兩兄妹各懷著心事，錢亦錦把錢亦繡送到望江樓門口，才默默折回臨風苑。

而當天晚上，程月反覆唸著錢滿江的信，直到大半夜才歇息。

第二天一早，錢亦繡讓人買了豬肉，同吳氏、何氏幾人做肉乾，想請花強帶給錢滿江跟梁錦昭。

上午，李阿財來歸園，請他們中午去他家吃席。

錢滿朵一家和錢二貴一家因為李栓子當官都樂瘋了。今天正是十月初十好日子，錢滿朵就辦了兩桌席，把錢家人請來吃酒。

酒席是錢滿朵領著李阿草做出來的，雖然口味一般，但這已經讓錢家人開懷不已。錢滿朵總算立起來了，李栓子現在又當官，若能活著回來，他們家的日子會更好過。

十三歲的李阿財端著米酒，先敬錢老頭，之後挨個兒敬錢家男人，特別感謝舅舅錢滿河和三外公錢三貴，說到動情處，還流了淚。

眾人吃完飯，各自回去。錢滿朵讓李阿草把家裡收拾乾淨，再將特地為唐氏留的一碗土豆紅燒肉裝進籃子，去了大榕村。

唐氏的小院子不大，只有三間正房、一間廚房和茅房，院子裡有棵柳樹。

錢滿河請了婆子，每天來給她做兩個時辰的家務，洗衣打掃，再煮午飯。午飯煮得多，晚上熱熱，能再吃一頓。

此時，唐氏正坐在院裡的柳樹下，跟兩個婦人說笑。

錢滿朵十分不喜歡這兩個婦人，她們是大榕村的長舌婦，其中一個還是不檢點的寡婦。

那兩人見錢滿朵沈著臉，明顯不歡迎她們，便起身走了。

唐氏見狀，不高興地說：「老娘好不容易才遇到兩個談得來的人，妳怎麼一來就擺臉色，把人得罪光了。」

說著，她聳聳鼻子，好像有一股肉味，又見錢滿朵從籃子裡端出一碗紅燒肉，笑道：「娘沒白疼妳，還知道給娘送碗肉來。」說完，用手抓了塊肉塞進嘴裡，吞下後，還把手上的油吸乾淨。

錢滿朵笑著，把李栓子當官的事說了。

唐氏聽了，並沒有多高興，咂咂嘴。「喲，女婿還活著啊。」

唐氏這個態度讓錢滿朵很意外，氣道：「娘，您說什麼啊？難不成希望女婿死了，閨女當寡婦不成？」

唐氏笑道：「有句話叫什麼失馬，焉知非福的。朵兒這麼水靈，哪裡看得出是近三十的人？若栓子死了，興許妳還能找到更好的人家。剛剛我們還在說，住歸園的那位潘先生，又俊俏、又有錢，通身的氣派，身上穿的衣裳，一看就知是腰纏萬貫，哪怕給他當妾或外室，這輩子的福也享不完。以後栓子死了，就讓妳三叔幫著牽牽線……」

錢滿朵聽了，紅著臉打斷她，大喝道：「娘，這話也虧您說得出口！我當家的還好好活著呢，您怎麼能想這些事？」

唐氏撇撇嘴。「這又不是壞事，怎麼說不出口？那潘先生是三房的貴客，三房肯定也想把他巴結好。哪個男人不喜俏？這十里八村，有幾個姑娘能比我家朵兒長得俏。」

錢滿朵氣得不得了，但嘴笨，說不出道理來，只得跺跺腳，轉身氣沖沖地走了。出院子後，想了想，抬腳向錢家二房行去。

第一百一十六章

四天後，錢家三房送走花強。

這次，家裡又給錢滿江帶信和幾雙鞋子，還捎了三十斤肉乾；錢亦繡兄妹也給梁錦昭寫信，送上十斤肉乾；悲空大師也差無名送來兩封信，讓花強轉交梁錦昭。

因為這些家書帶來的喜悅，暫時緩解了錢家三房對動物之家的擔憂。尤其是程月，無事就把錢滿江的信拿出來讀，還跟兒女分享。

這回，錢滿江的信太引經據典，堆積大量《詩經》裡的情詩詩句，如「挑兮達兮，在城闕兮。一日不見，如三月兮」、「月出皎兮，佼人僚兮，舒窈糾兮，勞心悄兮」等等，還有吾思、吾念、吾悅之類的話。

錢亦錦和錢亦繡聽得都能倒背如流，不只尷尬得臉紅，還得違心地誇爹爹文筆好。後來一見程月要拿信，兄妹倆便找藉口躲掉，實在躲不掉，只得勉為其難地繼續聽。

這天下午，潘駙馬上完課，祖孫倆又來了望江樓。

劼哥兒跑過去，跟錢亦繡帶著弟弟妹妹玩起來，而潘駙馬依然坐在那幾株未開花的梅樹下，靜靜地看著他們。

此時，程月正在沈思，似乎想到什麼事情，眼光變得更加柔和，突然抿嘴笑起來。

她看見劼哥兒來了，招呼道：「劼哥兒過來，你等著，嬸子拿信讀給你聽。」隨即起身進屋。

錢亦繡看程月這樣，紅了臉，趕緊把龍鳳胎帶到遠些的鞦韆旁。

小娘親又找到新的聽書人，她樂得躲清靜。至於那信適不適合小朋友聽，就不是她能管的事了。

錢亦繡看著站在那裡等的劼哥兒，漂亮小臉上沒有一絲不耐煩。潘駙馬真聰明，帶來這樣一個可愛的和平小使者，討所有人的喜歡。

之前，她一直有些納悶，都說世家裡的孩子清高，目下無塵，階級觀念極重。看看潘駙馬，他是世家裡的佼佼者，當初可是自戀又自大，跩得像隻高傲的花孔雀。後來因為小娘親的事，受了刺激，才變得比較平易近人。

而劼哥兒不僅是世家子，還是皇親，乃當今太后的嫡親重外孫。皇親國戚的孩子更驕縱，不可一世，看看當初的葉家人，是多麼蠻橫跋扈。

可劼哥兒卻乖巧懂事，對誰都彬彬有禮，平和的氣質有些像弘濟。

錢亦繡從劼哥兒的話中聽出，他並不是在潘府長大，而是在潘府隔壁的榮恩伯府長大，平時由父親潘陽和母親傅氏親自教導。

因此，錢亦繡對舅舅的印象更好，能教出這樣孩子的人，肯定是謙謙君子。大乾朝裡，謙謙君子不會少，但身為大乾朝最尊貴長公主的獨子，竟是其中一員，可太不容易。

現在，程月作夢時，偶爾還會叫哥哥，之前兄妹倆的感情應該極好。

或許潘陽的性格像他母親紫陽長公主吧。聽說紫陽長公主溫厚賢淑，是公主中的異類。

那麼好的人，潘駙馬卻不懂得珍惜，死得那樣早，也是可惜了。現在潘駙馬再思念，寫的情詩再感人，又有何用？

斯人已去，桃花依舊……

不一會兒，程月輕柔又極富感情的聲音響了起來。「吾妻月兒，見信如晤……」唸了一大段，眼淚又感動得滾出來。「劼哥兒，江哥哥就是這樣想程姑姑的。」

劼哥兒一臉懵懂。

程月又唸了幾句，淚漣漣地問：「劼哥兒，江哥哥的信寫得極好，是不是？」

劼哥兒禮貌地點著頭，忍了忍，還是道：「程姑姑，這幾句是《詩經》裡的句子。」

程月擦擦眼淚。「程姑姑知道，可江哥哥引用得好啊，江哥哥一直是這麼有才的。」

好孩子劼哥兒不時點著頭，哪怕眼神裡有疑問，仍有禮地應是。

坐在旁邊的潘駙馬卻不停嘆氣搖頭，眉毛擰成一股。這是什麼亂七八糟的東西，居然還把女兒感動成這樣。幸好女兒失憶，否則怎能跟這小子琴瑟和鳴？

但再想想，塞翁失馬，焉知非福。女兒懵懵懂懂，過得如此快樂，得公婆、丈夫珍愛，又有幾個好兒女，也是一種福氣。

於是，潘駙馬擰著的眉鬆開來，換種心境去聽女婿寫給女兒的信，另有一番樂趣。只是，等戰事結束了，得讓女婿多讀些書才行。

幾天後，錢滿霞回娘家，帶來一個消息，說前幾天錢滿河去找唐氏，母子倆大吵一架，吵得外面都能聽到。接著，錢二貴又去唐氏家，把唐氏痛打一頓。這是錢二貴第一次下死手，打得唐氏鼻青臉腫，慘叫連連。

吳氏聽了，道：「唐氏那婆娘是該打，太壞了。不過，男人的心變得也快。當初唐氏還是二伯的媳婦時，做得再過分，二伯也捨不得那樣打她。如今，二伯心裡有了別的女人，打她可是不留餘地了。」

錢滿霞卻搖頭。「哎喲，娘，虧您還幫那婆娘說話。要我說，二伯還打輕了，應該再把她的另一條腿打斷。您知道為什麼打她？她居然盼著李栓子快些死在戰場上，好讓朵姊姊給潘先生當妾，嘖嘖，這話多丟人。如今唐氏跟我們村裡最討嫌的長舌婦談到一起，她們嘴碎又討嫌，吃她家東西，還淨給她出壞主意。人家說什麼，唐氏就聽什麼，簡直蠢貨一個。」

吳氏聞言，又氣起來，呸了幾口後，大罵唐氏。

錢三貴也直搖頭。好在把這蠢婆娘休了，不然還不知她會幹些什麼事，真是丟人現眼。

日子一晃進入冬月，動物之家還沒有回來，錢家人更慌了。

現在，錢亦繡、錢亦錦無事就會領著人去村後的岔路口等，錢家下人和長工也會出去找，同時，錢三貴又出二十兩銀子，請附近幾個村的獵人進山幫忙尋。

弘濟聽說了，每天都會讓大慈寺裡的和尚來問問，有時自己也會跑來看看。

這天，弘濟又來歸園。過兩天他就要跟著師父去北方雲遊，上門告別，也看看動物之家回家沒有？

今天天空陰沈沈的，還飄著小雪，冷風刺骨。望江樓的一樓廳屋裡，燃著一盆炭火，人又比以往多些，感覺溫馨又溫暖。

程月把做好的棉衣給弘濟穿上，又幫他戴好僧帽。

弘濟覺得這種天氣不需要戴帽子，想取下來，被程月按住。

程月輕聲道：「不能取。前兩天靜兒著涼了，發熱又咳嗽，看她難受的樣子，嬸子都急哭了。」

弘濟聽了，趕緊把手放下來，安慰道：「嬸子莫急，貧僧不取就是了。」

劼哥兒羨慕得要命，看到程姑姑給她的四個孩子縫衣裳，如今又給不是她孩子的弘濟做冬衣，獨獨沒給他做，便走過去，可憐兮兮地說：「程姑姑，那劼哥兒呢？您給哥哥姊姊、弟弟妹妹，還有弘濟小師父做了衣裳，怎麼把劼哥兒忘了呢？」

程月這才想起來，她把這個可愛的孩子忘了，十分內疚地說：「呀，是程姑姑不好，把劼哥兒忘了。你等著，弘濟走後，程姑姑就給你做。」

劼哥兒這才抿著嘴笑起來。

天更暗了，錢亦繡、錢亦錦和弘濟看到外面的雪越飄越大，這應該是花溪村近幾年來最大的一場雪，幾人擔心得要命。

三人對視一眼，一起起身向外走去。

錢亦繡出門前，對程月說：「娘好好待在家裡，我們去路口等猴哥牠們。」

程月也擔心動物之家，便點點頭，把想跟去的劼哥兒和龍鳳胎攔住了。

錢亦繡三人帶著幾個丫頭和小廝，來到溪景山和溪石山的岔路口，這條路是動物之家進山經常走的路。

他們大概走了五十多尺，錢亦錦還想往裡走，被錢曉雷勸住了。錢三貴吩咐過，不許他們往岔口深處走，那裡有大墳包，陰氣重。

於是，眾人站在這裡等著。天好冷，他們一直跺著腳，還不時把手放在嘴邊呵氣。

村民們都曉得歸園的動物之家幾個月沒回來了，偶爾從這裡路過的人，還會安慰他們別急。

風雪中，幾乎寸草不生的溪石山顯得更加威嚴冰冷，溪景山雖然還有些綠色，看起來卻是蕭瑟落寞。

等了半個時辰，蘇四武過來，說錢三貴叫他們回去。

幾人無奈，正準備離開，弘濟突然指著岔口深處說：「你們看，那是什麼？」

眾人抬眼看去，有幾個人影正向他們靠近，接著傳來說話聲，其中有道聲音是黃鐵的，喊著快出山了。

前天，黃鐵領著六個歸園的長工同六個獵人一起進山，帶了幾天乾糧，說是要進深處去找找。

幾人一聽是黃鐵，激動地向他們迎去。

走近幾步，竟然看到動物之家，還有晚些日子進山的白狼和大山。錢亦繡等人更高興了，朝他們跑去。

只是，到了近前才看清，動物之家居然像打了敗仗的軍隊，一個個無精打采，悲憤難當，還受了傷。

猴哥包著頭，猴妹伏在牠背上，左腿上了夾板；跳跳也傷了一隻腳，只能用另外三隻腳走路；第一次進山的閃電，背上纏了一圈白布。牠們身上都有許多乾涸的血跡，不知是牠們的，還是別的野獸的？

白狼和大山好些，但白狼背上有塊皮毛被撕掉，大山走路有些跛。

錢亦繡挨個兒數著動物之家，獨獨少了奔奔，心不由一沈。

還不待她發問，錢亦錦急道：「奔奔呢，奔奔去哪兒了？」他跟奔奔相處的時日長，感情非常好。

聽了錢亦錦的發問，猴妹哇一聲哭起來，跳跳和閃電也流著眼淚狂叫，白狼和大山則狠狠瞪著猴哥，猴哥哀傷地向天長嘯。

黃鐵嘆道：「我們在深山裡找到牠們時，牠們正被一群猴子追咬，我們用火把和火銃把那一大群猴子嚇跑了。奔奔沒跟著逃出來，一定死在裡面了。」

一聽奔奔死了，錢亦錦和錢亦繡立刻大哭起來，哭得身子發軟，癱在地上。

於是，黃鐵揹起錢亦錦，弘濟揹起錢亦繡，帶著動物之家回了歸園。

這幾天，歸園裡悲傷一片。奔奔跟著三房一家人從最艱難的歲月走過來，患難與共，就像家裡的孩子。

錢三貴、吳氏、錢滿霞的眼睛都哭腫了，程月更是哭得不行。錢三貴的病還因此重了幾分，只好把張央請來施針開藥。更不要提錢亦錦和錢亦繡，他們跟奔奔的感情極好，天天抱著奔奔的遺物啼哭不止，連課都沒辦法上。

半個月後，逐漸從悲傷中走出來的錢亦錦和錢亦繡，給奔奔立了墳，位置選在溪景山下的青松旁，這裡山清水秀，遠離喧囂，奔奔會喜歡的。墳裡埋著牠的一只銀項圈和一件穿過的衣裳，還有牠小時候喜歡玩的撥浪鼓。

最後，兄妹倆還在小墳包上撒下幾顆花種。

動物之家受了傷，又受到奔奔去世的打擊，一直老老實實待在家裡，哪裡都不去。

尤其是猴哥，更是垂頭喪氣，憂傷不已，有時氣狠了，還用腦袋撞樹。奔奔的死，就是牠的魯莽和輕敵造成的。

錢亦繡已猜出大概，再透過猴妹比的手勢，更加印證她的猜測。

猴哥利用猴妹找到赤烈猴的大本營，但沒貿然進攻，而是躲在遠處，觀察牠們的行蹤。

經過多天偵察，猴哥覺得自己應該打得過猴王。赤烈猴中，若有猴子想爭猴王位置，可以去挑戰猴王。除了猴王的孩子和配偶，其他猴子都不會相幫，誰勝了就擁戴誰。

但猴哥沒想到，牠不是這群赤烈猴中的一員，而是外來入侵者。牠去挑戰猴王，針對的不止猴王一個，而是整個赤烈猴群。

於是，一群赤烈猴上來打，打得動物之家毫無招架之力，到處逃竄躲藏。後來白狼和大山找到牠們，突破赤烈猴的攻擊，逃出深山，幸好遇到黃鐵帶人來找牠們，把那群窮追不捨的赤烈猴嚇跑，牠們才徹底安全。

而奔奔是在猴哥挑戰猴王那天，護著沒有經驗的閃電，當場被赤烈猴咬死的。

錢亦繡也氣猴哥的魯莽，半個多月來，完全不理牠。錢亦錦不僅不理，還用眼睛狠狠瞪牠。

這天，放學後的錢亦繡又看見猴哥悲憤地用腦袋撞樹，嘆著氣走過去。

她來到牠身旁，輕聲道：「好了，別撞了。撞傻了，奔奔也回不來，你連仇都報不了。」

猴哥聽了，停下來，又悲憤地長嘯幾聲，湧出眼淚。

錢亦繡見狀，又道：「吃一塹，長一智，得了這個教訓，一定要記牢，不要再重蹈覆轍。你要練好本事，有絕對的勝算再去挑戰猴王、把牠打死，給你爹娘跟奔奔報仇……」

錢亦繡也不管猴哥聽不聽得懂，自顧自地說了一大串。

但猴哥似乎聽明白了，邊抹眼淚邊點頭，一人一猴終於和好，手牽手進了望江樓。

臘月初，潘駙馬要帶著劼哥兒回京城了。若只有他，就留在歸園過年，但有劼哥兒，就必須把他帶回去。

劼哥兒走時，傷傷心心哭了一場。

程月也捨不得他，劼哥兒來告辭時，也哭了。

她給他做了大紅刻絲棉緞小長袍，上面繡二色金百蝶穿花圖案，領邊跟袖邊還鑲了白狐狸毛。劼哥兒極喜歡，說留著過年時再穿。

錢家送了劼哥兒十顆玻璃彈珠，又送榮恩伯府十套蓮艾化妝品及許多東西，既是回禮，又是年禮。

最近，京城裡的寧王府、梁府已經送來年禮，今年又多了榮恩伯府。

至於，省城和縣城的人家，也都禮尚往來，只等著過年了。

第一百一十七章

大年三十，錢家三房照例要去錢家大院吃團圓飯。程月照例不去，錢三貴身子好些了，和吳氏帶著錢亦錦四兄妹上門。由於錢亦明和錢亦靜還小，他們的乳娘也要去。

到了大房，住省城跟縣城的錢四貴及錢滿川一家都回來了。由於錢滿朵不回婆家，也被叫來一起吃。

之前，汪氏一直看不起錢滿朵一家，但聽說李栓子當官後，倒是客氣幾分，對他們也有了笑臉。

但李阿草還是不敢進屋裡玩，也不敢上桌，一直在廚房裡幫忙燒火。如今，錢家的媳婦已經不用進廚房幹活，由照顧錢老太的婆子領著兩個長工的媳婦做。

錢亦繡看了，進廚房把李阿草牽上桌，要她坐下吃飯。

今天錢亦繡見到了錢二貴新納的妾——肖氏。肖氏今年二十有八，因為不能生孩子，被前夫家休了。長相雖然一般，卻勝在皮膚白，瞧著倒還秀氣。

錢滿河同意錢二貴找女人，但不肯再認別的女人當娘，於是肖氏就以妾的名義進門。雖說是妾，但家裡沒有大婦，男人又心疼她，日子也過得不錯。

吃飯時，肖氏沒資格跟錢家人一桌，就給她單設一張小几，讓她自己吃。

肖氏機靈，先站到錢老太背後服侍。錢老太本來要拿拿喬，多讓肖氏服侍一番，但錢二貴一直心疼地望著肖氏，讓錢老太看得難受，氣道：「快去吃飯吧，妳再站下去，我二兒的眼珠要掉出來了。」

肖氏聽了，這才紅著臉去吃飯，錢二貴不以為意地嘿嘿笑兩聲。

錢亦繡有些好笑。這錢二貴還是個多情種子，當初慣著唐氏，如今又慣著肖氏。

飯前，錢老頭照例說了幾句話。他先講祠堂的事，祠堂已經建好，明年由錢三貴出五十兩銀子，派人去湘西，把族譜續上。

錢家祠堂是錢三貴提議、出錢建起來的，以後族裡的日常開銷也由三房出，大家便順理成章地選他當族長。但因為錢三貴的身體不好，平時的事務，就由錢大貴和錢二貴負責。

現在，錢老頭對三兒子非常不滿，他還活著，三兒子卻當了族長，完全沒有謙讓，又不好意思明說自己想當，所以心氣非常不順。他實在不明白，這個最聽話孝順的兒子，怎麼變成這樣？

飯後，陪錢老頭兩口子聊了會兒，二房、三房的人便各自回家。

因為奔奔的死，三房過年也沒有多少喜氣。吃完年夜飯，便早早回房歇息。正房廳屋裡，只有錢華、黃鐵等人打馬吊，幫著主人守歲。

初二，錢滿霞領著萬大中、萬芳、萬二牛回娘家。自從錢滿霞嫁入萬家後，每年初二都會把萬二牛一起請來吃飯。

下個月初，錢滿霞就要生了，現在肚子已經非常大。

兄妹四人剛收了萬大中的紅包，便看見久不出屋的猴哥過來。牠走到萬大中面前跪下，學著人類，咚咚咚地磕了三個響頭。

這大禮讓萬大中一愣，道：「猴哥想要紅包，作個揖就是，幹什麼行這麼大的禮呀？」

猴哥覺得這個玩笑一點都不好笑，跳起來打了幾下拳，又踢幾腳，然後又跪下給萬大中磕頭。

萬大中愣愣地，還是搞不懂牠是什麼意思。

錢亦繡看明白了，對萬大中道：「猴哥是想拜姑夫為師，跟您學武呢。」

猴哥受的刺激太大，搞得跟孫悟空一樣，連拜師的法子都想出來了。

萬大中也喜歡動物之家，奔奔的死讓錢滿霞傷心好久，他不希望牠們再出事，便點頭答應。

「好，猴哥想學什麼我教你就是了。以後，若我來歸園，你就跟我學拳腳；若我沒工夫來，你就上我家學。」

這兩年，錢亦錦以學業為重，不會每天學武，十天裡只有三天跟著他學。所以，萬大中不像以往一樣，每日來歸園教錢亦錦功夫。

猴哥聽了，高興起來，趕緊又給萬大中磕了三個頭。雖然真正對打時，兩個萬大中也打不過一個猴哥，但也無礙於他給猴哥當師傅。

之前猴哥厲害，是因為赤烈猴本身凶猛機敏，動作靈活，再加上天生力大無窮。現在，猴哥要學的是人類的武功套數，如何攻擊敵人、如何防備敵人。萬二牛父子打獵多年，自是知道如何最容易得手。

此後，猴哥每日跟著萬大中學武。有時萬大中出門辦事，就請萬二牛教牠，風雨無阻。

在猴哥苦練本事時，正月底，跳跳生了一隻小公狗，是奔奔的遺腹子，取名銀風。

小傢伙長得跟奔奔小時候一樣雪白可愛，錢家人把對奔奔的所有思念和愛都放在牠身上，是以比小哥哥閃電受寵得多。

在猴哥武藝有了大長進時，錢滿霞在二月五日生下兒子，取名萬伏。這個名字十分有意義，萬二牛父子在花溪村潛伏十幾年，終於快見光了。

錢滿霞不曉得內情，覺得這個名字不太好聽，但既然是公爹取的，還是孝順地同意了。

在猴哥幾乎快學完萬大中所有本事的時候，錢亦錦和錢亦繡過了十三歲的生日。

此時，兄妹倆分別長成花容月貌的娉婷少女，及英武不凡的翩翩少年郎。

在他們生日的前一天，錢亦錦牽著錢亦繡的手，在和熙園裡轉了一圈又一圈，一直轉到快月上中天，才把妹妹送回望江樓。

錢亦繡轉身的那一刻，錢亦錦又把妹妹的小手拉過來，難受地說：「妹妹，再讓我拉一會兒。明天起，我們兩個就是大人，哥哥不能再常拉妹妹的手了。」

聽了他的話，錢亦繡也有些心酸，又讓他拉了一刻鐘，兩人才分開。

在猴哥學完萬大中肚子裡最後一點貨時，日子滑進了五月。

五月五日上午，有三條直接從京城駛來的船開入花溪碼頭，一條裝飾豪華的船是空著的，其他兩條船裝著馬匹和人。船一靠岸，一百多個身穿戎裝的軍爺走下來，還各牽了一匹高頭大馬。

碼頭上的人看見這麼多軍爺，嚇得四處逃竄。

這些軍爺騎著馬，從碼頭向東狂奔而去，路過荷風塘時，驚得塘裡和小香山上的長工直起身，愣愣地看著他們，突然想到什麼，等這些軍爺過去，就馬上往家裡跑。

這些軍爺來到歸園前的荒原停下，其中幾個人繼續騎著馬向東而去，穿過花溪村，去了大榕村的萬家。

整個花溪村的人因為這些軍爺的到來，全嚇得從田邊跑回家，把門關得緊緊的。有些人家還用柱子把門抵緊，又把家裡值錢的東西及糧食藏好，膽子小的婦人則嚇得直哭。

他們覺得，來了這麼多軍爺，不是又要開戰，就是有土匪。

只有汪里正覺得，此時他不能躲起來，必須弄清楚出了什麼事。

他哆哆嗦嗦想出門，卻被他婆娘哭著死死抱住。他本就害怕，見狀便吼道：「哭什麼？我又不出去，就是搭梯子看看外面怎麼回事？」

於是，汪里正把梯子搭在圍牆上，伸出半個頭向外張望。忽然，他看見萬二牛父子騎著馬和幾個軍爺由東而來，父子倆似乎跟軍爺們還挺熟。

汪里正急忙伸長脖子，問道：「萬老弟，這是怎麼回事？」

萬二牛停下，對他說：「汪里正，快讓大家該幹什麼就幹什麼去。這些將士是來辦私事的，與村民無關。」說完，騎馬向西奔去。

汪里正突然有種感覺，萬二牛怎麼變了呢？變得一點都不像鄉下的泥腿子，氣勢比縣太爺還足。

萬二牛及萬大中來到花溪村西頭的荒原上，跟軍爺裡的幾個頭目寒暄幾句，一起向歸園大門走去。

這些軍爺剛到荒原時，蔡老頭就嚇得關起大門。錢三貴讓吳氏和孩子們躲進望江樓，動物之家也過去，又讓家裡的壯丁護在望江樓門前，他則和蔡老頭、蘇四武在外院聽動靜。

余修大概猜到是什麼情況，也讓錢亦錦去了望江樓。他來到前院，正想跟錢三貴說他的猜測，就聽見大門被拍得啪啪作響，是花強來了。

錢三貴聽是花強，才讓蔡老頭把門打開。

花強拿出四封信交給錢三貴。兩封是寧王寫的，一封給錢三貴，一封給錢亦錦。錢滿江則給錢三貴和程月各寫一封，怕程月受不了錢亦錦是別人的孩子，在信裡長篇大論地安慰一番。

寧王給錢三貴的信中，大意是感謝錢三貴一家把他兒子撫養長大，讓他快樂無憂地生活了十三年，這個情，他會永遠記住，也會讓錦兒永遠記住。今後，錦兒不僅是朱家的孩子，也依然是錢家的孩子，現在戰爭結束，是時候該把錦兒接去京城認祖歸宗了。

錢滿江的信也說，他們剛剛班師還朝，讓小主子跟萬氏父子先回京，等他把事情打理好，就接他們去京城享福。

錢三貴哆嗦著看完寧王的信，再看兒子把錢亦錦稱為小主子，身子哆嗦得更厲害了。

這時，萬家父子領著軍爺頭目走進來，介紹給錢三貴認識，說是來接錢亦錦的。

另一邊，錢亦錦正拿著一根棒子，同動物之家站在望江樓前，準備隨時開戰。他已經讓吳氏、程月和弟弟妹妹躲上樓，他則留在樓下保護他們。

吳氏和程月哭著讓他也上去，錢亦錦卻搖頭道：「奶奶莫哭，娘親莫哭，我是家裡的長子，理應保護長輩跟弟妹不受欺負。」

錢亦繡猜到，那些軍爺可能是來接錢亦錦的，但不好明說，只得拉著已經嚇壞的吳氏、程月和龍鳳胎上樓。

她扶著欄杆，看錢亦錦像個有擔當的少年，滿面嚴肅，脊背挺得直直的，緊緊握著手中的木棒，還給動物之家分配任務，誰負責打敵人、誰負責阻攔，不許敵人上二樓。

吾家有男初長成，那個梳著沖天炮的小哥哥長大了。

錢亦繡又轉身去安慰程月和弟妹。

當他們在窗外看見，除了一個軍爺進了歸園，其他軍爺都有序地站在荒原上時，才放了心，程月和吳氏也止住啼哭。

錢亦繡見到萬二牛父子來跟軍爺說話，更加證實了心裡的猜測。

她想到還在一樓誓死保衛家人的少年郎，忍不住流出淚來……

錢三貴派了人，把錢亦錦請到正院的東廂客房。

錢亦錦一進去，看到屋裡坐著錢三貴、余修、萬家父子幾人。錢三貴的眼睛通紅，精神也不好，似剛剛哭過，剩下三人則是極力壓抑著興奮。

奇怪的是，這幾人都坐在兩旁的椅上，而八仙桌旁的上座卻空著。平時，這兩張椅子都是錢三貴和余修或萬二牛坐的。

錢三貴見錢亦錦進來，指著八仙桌旁的上座說：「錦娃——哦，不對，您、您請上座。」說話的聲音有些發抖，鼻音也重，好似又要哭了。

錢亦錦搖頭不肯，納悶地說：「爺爺，您怎麼了？那位置是長輩坐的呀。」

萬二牛見狀，道：「錢兄，你是小主子名義上的祖父，你也請上座，才好說正事。」

萬大中起身，扶錢三貴坐到八仙桌右邊，又把莫名其妙的錢亦錦扶去左側，要他坐下。

錢亦錦還是不肯，都發懵了。這些人對他怎麼是這種態度？還小主子、小主子的叫？

萬大中恭敬地說：「小主子請坐。聽我爹和我岳父給您解惑。」

錢亦錦只得坐下。

這事由萬二牛說最適合。萬二牛便從十三年前，他帶著一隊護衛護送懷孕的寧王妃去大慈寺上香茹素說起。

當他們上完香，回京路上卻聽到寧王弒殺太子、已被下獄的傳言。寧王妃痛不欲生，早產生下一個男孩。為以防萬一，保住寧王的骨血，寧王妃讓他們父子帶著孩子隱藏民間，她繼續北上與寧王會合，對外則說孩子死了。

「……我們帶著孩子回到大榕村，把他放到了錢家門口。」萬二牛說完，探究地看著錢亦錦的臉色。

錢亦錦有些了然，但還是不願承認那個男孩是自己，紅著眼圈問道：「你們說的是善哥哥嗎？」問完，眼淚終究還是流下來。

萬二牛愣了一下，認真地說：「不是，我們把那個孩子放在花溪村西頭的錢家三房門口。」說完，看錢三貴一眼。

當錢三貴得知這個自家當親孫子養了十三年的孩子即將要離開時，已經偷偷哭過了，見萬二牛讓他開口，只得壓抑住傷心，抖著聲音承認。

「是。在你娘——哦，不對，在月兒生繡兒的那天夜裡，我們聽到院外有孩子的哭聲，滿江的娘開門一看，是個嬰兒，還是男娃。我們當時好高興，覺得定是老天見繡兒是女娃，便送我們男娃，就把孩子抱回家，對外說月兒生下一對龍鳳胎。撿的那個男孩，就是你。」

錢三貴說完，把寧王給錢亦錦的信交給他。

在錢三貴述說時，錢亦錦的眼淚流得更厲害，接過信，哭了好一會兒才把信打開，信上寫道——

吾兒肅錦，自汝出生至今，已有一十三載，父子竟一面未見，甚思、甚念。為父雖生於皇家，然半生坎坷，厝火積薪，為兒能平安長大，不得不骨肉分離，將吾兒隱匿民間，託付於錢家。汝實為吾朱祥盛之嫡長子，真名為朱肅錦。汝母因思慮過重，心結難解，已沈屙多年，望兒速速返京，承歡於膝下。

看信之前，錢亦錦只想做錢家的孩子，不管自己真正的身世有多好，都不願改變現狀。可當他第一眼看到信上的字，知道寫信的人是親生父親，天生的血緣，瞬間讓他對寫信之人敬畏起來。

看完信後，知道親生父母是為他的安全才把他送到鄉下，想他想得厲害，尤其是母親，因為想他，已經病魔纏身，忍不住又記掛起遠在京城的父母。

錢亦錦的心情十分矛盾，既不想離開生活了十三年的錢家，不想離開相依相持多年的親人，又掛念在京城的親生父母，不忍他們思念過重。

他用袖子遮住臉，嗚嗚地哭起來，邊哭邊說：「怎麼辦？我捨不得我娘，捨不得弟弟妹妹，也捨不得爺爺、奶奶、太奶奶、小姑姑……」

他一哭，錢三貴再也忍不住，也抹著眼淚哭起來。

等錢亦錦哭了一會兒，萬二牛才說：「王爺只有小主子這個獨子，王妃因思念小主子，患病多年。小主子還是應該儘早回京，以解王爺和王妃的思念之苦。」

余修也道：「小主子，百善孝為先啊。過不了多久，錢將軍就會把錢員外一家接去京城，那時你們不是又見面了？」

錢三貴見錢亦錦為難，也止住眼淚，勸道：「是，滿江在信上說，等他安置好，就來鄉下接我們。」

錢亦錦聽了，才漸漸收住哭聲。

萬二牛等人又商議，最好明日便啟程。

錢三貴道：「錦娃——哦，不對，小主子……」

錢亦錦聽了錢三貴的稱謂，難過地說：「爺爺，您怎麼跟我這樣生分了呢？真不當我是您孫子了嗎？」

錢三貴先是搖頭，後又緊張地點頭。「您是乾文帝的孫子，小民怎敢……」

錢亦錦流著淚說：「不管我真正的身分是什麼，我還是喜歡爺爺叫我錦娃，叫別的，我聽著生分，難受。」

余修道：「錢員外就別客氣了，總要讓小主子適應幾天。養育之恩大過天，錢家的恩惠，小主子必須銘記於心。這裡都是我們自己人，怎麼叫都無妨。再說，錢家跟王爺還有親呢，以後到京城，再注意就是了。」

錢三貴點點頭，又說：「錦娃離開錢家，其他的人我都不擔心，只擔心滿江媳婦和我娘。滿江媳婦身體不好，我娘年邁，若知道疼愛這麼些年的錦娃不是錢家的孩子，怕她們接受不了。」

這倒是。屋裡的幾個人都了解這情況，商量一陣，便讓人去縣城把張仲昆父子接來，並帶著急需的藥。等人到了，就去望江樓。

第一百一十八章

下午的陽光正烈，睡過午覺的錢亦明和錢亦靜鬧著出門。程月見家裡無事，便把他們帶到離門口不遠的樹蔭下玩。

錢亦繡待在望江樓裡，坐立不安。她知道終會有這麼一天，但真正來臨了，還是有些接受不了。

她早就習慣了小哥哥——不，是少年郎的存在，早習慣他在她身邊，與她的生活、她的喜怒哀樂融為一體。現在，卻要生生地把他從她的生活中分出去……

門外傳來龍鳳胎的嬉鬧聲，及程月輕柔的笑聲。

錢亦繡又想，若程月知道真相，不知該怎樣難過？

突然，錢亦明和錢亦靜大叫出聲。「哥哥，哥哥……」接著又傳來錢亦錦溫和的嗓音。

「慢些，別摔著。」

錢亦繡來到門口，看見錢亦錦站在不遠處，龍鳳胎迎過去，一人抱住他的一條腿。

錢亦錦的眼睛又紅又腫，笑著牽起他們的手，慢慢朝坐在樹下的程月走來，喊了娘。

程月注意到兒子的眼睛，立刻站起來，緊張地問：「錦娃，你怎麼了？是誰欺負你嗎？」說完，眼圈也跟著紅了。

錢亦錦道：「沒有誰欺負兒子，是兒子想爹爹了，所以……」不好再說下去，低下了頭。這真相，得由錢三貴來說。

程月聞言，笑著用帕子幫他擦臉。「錦娃別難過，江哥哥快回來了，以後咱們一家永遠都不分開。」

錢亦錦點點頭，眼淚似又要流出來，使勁忍了忍，把龍鳳胎交給程月。抬頭看到錢亦繡正紅著眼圈站在門口，便向屋裡走去。

他進了屋，錢亦繡也跟進來。

錢亦錦轉身，拉起錢亦繡的手，輕聲道：「妹妹，不管以後怎樣，我都是妳的哥哥。」

錢亦繡點點頭，咬著嘴唇沒說話，怕一開口會哭出來。

「姊姊、哥哥，我也要拉手手。」

兩人不能言的愁緒被兩個小傢伙打斷，屋裡又響起歡笑聲。

不一會兒，紅著眼睛的錢三貴和抹著淚的吳氏來望江樓，後面跟著提藥箱的張央。

錢三貴讓下人把錢亦明和錢亦靜帶去外面玩，對程月和錢亦繡說：「坐下，有重要的事跟妳們說。」

然後，他拿出錢滿江的信給程月看。

程月看著看著，流出了眼淚，抬起頭道：「錦娃怎麼會不是月兒的親兒子？」

錢三貴搖頭。「滿江的話，妳還不相信？」

程月哭著說：「江哥哥不會騙月兒的。」

吳氏也哭道：「是，滿江沒有騙妳。當初，妳只生了繡兒，是我在家門口撿了一個男娃，騙妳說是睡著時生的孩子……」

吳氏的話還沒說完，程月忽然向後倒去。

錢亦錦早有準備，趕緊扶住她，把她揹上樓，放到床上。張央跟去幫程月把脈施針，又讓人去熬藥。

錢三貴則簡單地跟錢亦繡解釋幾句。「……情況就是這樣。明天錦娃就會離開家去京城，妳要把妳娘服侍好。」

然後，他拖著沈重的身子，被吳氏扶去了正院。

此時，錢老頭和錢老太已經被人接到正院廳裡。

錢老頭大著嗓門笑道：「這麼急著把我們接來，是滿江當大官了嗎？」

上午，錢老頭也被忽然出現的軍爺嚇破膽，後來聽說沒事，萬大中也跟這些軍爺認識，便想來歸園瞧瞧，但看見這麼多軍爺聚集在歸園前的荒原上，便不敢過來。但心中猜測，或許自家孫子當大官了，這些軍爺是因此而來的。

於是，他樂得一路跑回錢家大院，對錢大貴等人說：「看著吧，咱們要享三房的大福了。哈哈哈，錢家要發達了！」

錢三貴搖頭。「滿江當不當大官還不曉得，現在戰爭已經結束，他也回京了，說安置好後，就會回鄉來接我們。不過，我現在要跟爹娘說的事，跟滿江無關。」

他起身走到老倆口面前，在吳氏的攙扶下，雙膝落地。

「爹、娘，對不起，兒子有件事騙了你們。其實……錦娃，並不是錢家的孩子……」

錢老太不相信地說：「三兒，你騙我們吧？錦娃是我最乖最乖的重孫，怎麼可能不是錢家的孩子？」

錢老頭卻怒了，一下子站起身，用煙斗敲錢三貴的頭，罵道：「我就說他長得不像錢家的種，你還跟老子嘴硬。你這臭小子，不是錢家的種，還把他當祖宗一樣供著！有好先生不知道給善娃，還想分那麼多家產給他。他親爹找上門了嗎？告訴你，錢家的家產，一分也不能讓他帶走。」

他又想，事情不能做得太絕，到底養了這麼大，還是有感情，又道：「哎，若他親生爹娘實在不濟，就給一、二百兩銀子，去做個買賣什麼的，算全了你們爺孫十幾年的情義。」

錢三貴嘆道：「爹，這點您放心，錦娃不需要錢家的東西，哪怕一根線頭。哎，普天之下，莫非王土……錦娃跟皇家有親，門外那些軍爺，是來接他的。」

錢老頭一聽，愣了一下，嘴張得老大，反應過來後，眼睛頓時比外面的日頭還明亮，大笑道：「傻兒子，跟皇家有親，那就是皇親國戚！哈哈哈，我們家養大這樣的貴人，這下要發達了！」

他的話還沒說完，就聽見從愣神中清醒過來的錢老太大哭。

「天哪，我不活了，我放在心尖上疼的錦娃，你們竟然說他不是我的重孫子……」然後，她直直地向後仰下，倒在椅背上。

眾人見狀，趕緊把錢老太抬到羅漢床上放好，但她的身子是硬的，眼睛瞪得老大，像是魔怔一樣。

張仲昆給她施針、按摩，卻一點作用都沒有，錢老太依然僵硬著身子，眼睛也閉不上。想給她灌藥，牙齒竟咬得死緊，根本撬不開。

錢老頭怒其不爭地說：「妳這老太婆，這是好事啊，難過什麼？」

錢亦錦正在望江樓裡看著程月，聽說錢老太不好了，趕緊跑去正院。見錢老太如此，錢亦錦難過地流出眼淚，上前幫錢老太按摩。

「太奶奶，不管錦娃以後怎樣，都是您的重孫。錦娃永遠記得，小時候，我經常餓得難受，太奶奶就會像變戲法一樣，變出好吃的東西，有時是一顆雞蛋，有時是一塊麥芽糖，有時是幾片肥肉……」

錢亦錦哭訴時，張仲昆一直在幫錢老太按摩，覺得她的身子有些變軟了，喜道：「繼續說，老太太的身子變軟了。」

錢亦錦聽了，又繼續道：「太奶奶，那包肥肉的帕子被浸得油油的，味道好聞極了。錦娃還記得，您讓我偷偷去您屋裡吃好的，善哥哥和多多妹妹在門外哭，大奶奶就敲盆子打碗。您還說，不理他們，那兩個娃子餓不著，只有錦娃可憐，吃不飽、穿不暖……」

在錢亦錦的絮叨中，錢老太的身子慢慢變軟，臉色漸漸恢復，眼睛也閉上了。

張仲昆趕緊給錢老太施針，又讓吳氏扶起她，在她背上拍了幾下。錢老太猛咳幾聲，吐出一口痰，才睜開眼睛。

錢老太看到錢亦錦，一把抓住他，哭道：「錦娃，他們說你不是太奶奶的重孫，是在騙人對吧？」

錢亦錦撲進她懷裡，哭道：「太奶奶，錦娃永遠都是您的重孫。」

錢老太一聽，咧嘴樂起來，顯得嘴更歪了，眼淚鼻涕齊下，摟著錢亦錦。「我就說他們是騙我的嘛，我的錦娃怎麼會不是我的重孫呢？」

錢老頭聽錢老太一口一個重孫的叫，嚇壞了。小貴人可是皇親，這不是大不敬嘛？趕緊制止她。

「老太婆，妳瘋癲了？如今錦娃可是京城裡的貴人，妳還要給他當太奶奶，不是找死嗎？」

錢老太一聽，一翻白眼，又仰脖子倒下去。

張仲昆見狀，氣得讓人把錢老頭弄出去，又給錢老太施針。一會兒後，錢老太醒過來，但也不說話了，只看著錢亦錦流眼淚。

錢亦錦半跪著，趴在她身上哭道：「太奶奶，您不要錦娃了嗎？」

錢老太搖搖頭，想說話，卻說不出來。

錢亦錦又說：「太奶奶還要錦娃，真好，錦娃也要太奶奶。太奶奶記好了，不管以後我是什麼身分，都是您的重孫錦娃。太奶奶，您不會白疼錦娃的，錦娃會好好孝敬您，但您一定要好好活著，等著錦娃給您請封誥命，等著錦娃帶您到京城去享福。您不是一直想看皇宮的大門嗎？錦娃領著您去看……」

錢亦錦不停說著，等錢老太哭累睡著，才回了內院。

此時的望江樓裡，程月正在念叨著：「錦娃帶把，月兒有本事，生了個帶把兒……」她又有些糊塗了，反覆說著這幾句。

錢亦繡坐在床邊安慰她，張央也拿她沒辦法，正讓人熬助眠的藥，讓她喝了歇息。

當夜深人靜，萬籟俱寂後，歸園總算平靜下來。

荒原上的那一百多個軍爺，一半住在歸園前院和院後的屋子裡，另一半安排住到村裡條件好些的人家。

安排好後，萬二牛和萬大中才回家，把實情告訴錢滿霞。他們要護著小主子回京覆命，之後再來接他們娘兒三個，到時見了婆婆，才算一家團圓。

儘管錢滿霞早已猜到錢亦錦不是錢家孩子，但得知他馬上要回歸本家時，還是難過得流淚。錢亦錦可說是她一手帶大的，她捨不得，想回娘家再看看他。

萬大中勸道：「如今歸園忙亂不堪，又要照顧病人，又要準備小主子的東西，妳就不要去添亂了。明天小主子走時，去送送他吧。過些日子，頂多兩、三個月，我就回來接妳，去到京城，豈不是又能見著小主子了？」

錢滿霞聽說公公原來是寧王府的護衛長，還是從三品的官，相公是七品護衛，婆婆也在世，因故住在京城，她將來要跟相公去京城生活，真是又吃驚、又惶惑。她的相公跟之前認識的不一樣，不知前路會如何？

萬大中見狀，摟著她道：「霞兒別擔心，不管我的身分如何，對妳和孩子們的愛都不會變。娘的性情也好，無須害怕。再說，舅兄不久就要接家人進京，說不定我會和他一起回來呢。」

接著兩人商量，父子倆走後，錢滿霞暫時回歸園住，既讓他們放心，她又能幫著勸慰，照顧難過的錢三貴夫婦和程月。

今晚無月，只有幾顆星星在夜空裡閃爍，寥落而孤寂。

錢亦錦和錢亦繡坐在蓮香水榭旁的廊橋，看著秀湖中的蓮葉，還有一些剛剛露出水面的花苞。

錢亦錦牽著錢亦繡的手，如此坐了一個多時辰。多是沈默，偶爾有一搭、沒一搭地說兩句話。

「哥哥走後，妹妹要代哥哥孝敬娘、爺爺、奶奶跟太奶奶。」

「嗯。」

「哥哥不在家了，妹妹更要小心，無事別出門。像妹妹這麼好看的小姑娘，那些小子會打壞主意的。」

「好。」

「不管外人眼裡如何，在哥哥心裡，錢家永遠是我的家。」

「我也這麼想。不管哥哥以後地位如何變化，都是我和明娃、靜兒的好哥哥。」

錢亦錦聽見這話，似乎喜歡，似乎又不太喜歡。為什麼不太喜歡，他現在想不明白，也沒工夫想。

他沈默一會兒，又說：「哥哥進京後，會盡快去找爹爹——就是咱們的滿江爹爹，讓他快些回鄉來接你們。等你們到京城，我們又能見面了。」說到這個，嚴肅的臉上才露出些許笑意。

按錢亦繡的本意，她一點都不想去京城。經過多年的努力，她把歸園和荷風塘打理得這樣好，簡直就是人間仙境，她可不願意在一個宅子裡過活，更不喜歡搞宅鬥。

但現在看來，進京是必然的。

她想著，到京城後，得想辦法買個大些的莊子，建好了當度假用。再把錦繡行的經營範圍擴大，或許再開更大的鋪子……

「妹妹，妳沒聽哥哥說話嗎？」

她耳邊傳來錢亦錦的聲音，見她愣神，他似乎又受傷了，使勁捏她的手。

錢亦繡趕緊道：「聽著呢。我也想趕緊進京，這樣能時常跟哥哥見面。可是，我又有些捨不得歸園，這裡多美呀。」

「哦，也是，哥哥也捨不得這裡。」

今天無月，看不出時辰，直到錢曉雷來跟錢亦錦說：「哥兒，余先生讓你早些歇著，明日還要早起。」

錢亦錦點點頭，牽著錢亦繡起身回了望江樓。

兩人分手前，他又說了一次。「妹妹，我們永遠都是親人。」

錢亦繡點頭。「哥哥本來就是我們的親人。」

錢亦錦點頭，心裡卻泛起苦澀。

從現在起，他不只是錢家的錦娃，更重要的身分就是寧王之子——朱肅錦。

第二天巳時，朱肅錦在萬二牛父子、余修的陪同下，離開了錢家。

走之前，朱肅錦先去望江樓和正院客房看望了程月和錢老太，並給還在沈睡的她們磕了三個頭。

錢家人只能送朱肅錦到前院。他出院門前，先把龍鳳胎抱起來，親親他們的小臉，又堅持給錢三貴和吳氏磕了三個頭，對錢滿霞長躬及地，哭道：「爺爺、奶奶、小姑姑，您們對錦娃的養育之恩，錦娃會永遠銘記於心。」

錢三貴、吳氏和錢滿霞泣不成聲，根本說不出一句話來。他們一哭，錢亦明、錢亦靜和萬芳也跟著大哭起來，院裡頓時哭聲一片。

錢亦繡也哭得厲害，但好歹能開口，淚眼矇矓地說：「祝哥哥一路順風，平安到達京城。」

一百餘人護著朱肅錦離開後，歸園前的荒原又沈寂下來，一直強撐著的錢三貴倒下了。

但花溪村和大榕村卻炸鍋了。

天哪，錢家三房的錦娃，竟然是皇親國戚！因為父親被奸臣迫害，萬二牛父子拚死護主，保他來這裡，託付給錢家……

老百姓的想像力是無窮的，把前朝那些忠臣奸相的戲碼都加進來。

哎喲喲，錢家三房立了這麼大的功，錢滿江的官肯定會更大。錢家發達了！不得了，萬二牛和萬大中竟然是軍爺，還是當官的，他們掩藏身分在這裡待十幾年，竟然是為了保護小主子。那錢滿霞真是有狗屎運，以為嫁了個泥腿子，結果居然是個官！

花強聽見村裡的傳言，心道，要是知道朱肅錦是皇孫，不知得怎麼熱鬧呢。他是錢滿江派來的，不需要跟朱肅錦一起回京。錢滿江讓他在家裡歇息一段時日，再幫著錢家準備去京城的事。

等把那些軍爺送走，花強才把其他同袍託他帶的信送去那些人家裡。因為有火炮，這回大乾軍隊的死傷不算嚴重。花溪村去了二十五個壯丁，死了九個，活著的人應該快回來了。

裡面也有李栓子給錢滿朵的信，還捎帶了十兩銀子，錢滿朵高興得直哭。

錢老太是在下午醒來的。怕錢老頭再刺激她，昨天萬大中就把錢老頭「請」回了錢家大院。

錢老太張了張嘴，還是說不出話，看看四周，又歪嘴哭起來。張仲昆來給她施針把脈，然後開藥，讓人去熬。

守在一旁的吳氏曉得錢老太是在找朱肅錦，便勸道：「婆婆，錦娃都說了，他永遠是您的重孫子，還有什麼想不開的呢？再說，您還有這麼多重孫子呀。」

說著，她讓人去把錢亦明抱來，希望能轉移她的注意，以免加重病情。

另一邊，程月也醒了，情況比錢老太好些。雖然一會兒清醒、一會兒糊塗，但有幾個孩子在跟前鬧騰，總會把她的注意力拉到他們身上。

錢三貴病倒，一是因為傷心，二是因為累著了。錢滿霞一直在他身邊服侍、勸解著。

人傷心，動物之家也傷心。

朱肅錦把跳跳和銀風帶走，因為閃電從小跟錢亦明和錢亦靜一起長大，所以讓牠繼續陪著兩個小兄妹。

他本來還想帶一直跟隨他的大山，但大山不願意走，捨不得白狼和住了大半輩子的家。

大山和白狼、猴哥、猴妹、閃電一直把朱肅錦和跳跳、銀風送上船，當大山逐漸看不到船的影子，才意識到這是徹底跟小主人和跳跳、銀風分開了，難過至極，一路哭著回去。

猴哥、猴妹和閃電也傷心，但聽錢亦繡說，不久的將來，她會帶牠們一起去京城，到時候，又能看見小主人和跳跳、銀風，所以遠沒有大山和白狼悲傷。

晚上，當錢亦繡聽說大山整天沒吃飯，一直窩在朱肅錦的床邊哭時，便去了臨風苑。

錢亦繡看到大山的樣子，也流淚了。這隻小醜狗陪著錢亦錦來到錢家，一起生活、一起長大，感情最好。

她用帕子幫大山擦擦眼淚，又順著牠的毛，輕聲地安慰牠。

「大山，快別難過了，不久後，我們也會去京城，到時妳和白狼跟著我們一起去看哥哥。若不想離開他，就在京裡住下，實在待不慣，就回歸園住。等過些日子想哥哥了，再讓人送你們去看他，這樣兩全其美，多好。」

大山聽了，才啜泣著吃了點東西，卻無論如何不離開這間屋子，睡在朱肅錦的床前。

錢亦繡看了，不禁搖頭嘆氣。

哎，狗都這樣，何況人呢？一起生活這麼多年，朱肅錦卻忽然走了，誰不傷心？

——未完，待續，請看文創風545《錦繡榮門》5

為流浪貓狗加油 和貓寶貝 狗寶貝

廝守終生(一定要終生喔！)的幸福機會

對人來說，貓寶貝狗寶貝只是生活的一部分，但妳（你）對牠們來說，卻是生活的全部，領養前請一定要考慮清楚——

▲ 等待回家的毛寶貝 巧虎

性　　別：男生
品　　種：米克斯
年　　紀：5歲（預估2012年2月生）
個　　性：乖巧穩定、親人、愛撒嬌，喜歡討摸摸和抱抱
健康狀況：已結紮，愛滋陽性，有定期施打預防針
目前住所：台北市景美

本期資料來源：台灣認養地圖

『巧虎』的故事：

中途是在2012年於台北車站附近的公園遇見巧虎的，當時的巧虎是隻約三、四個月大，且已被結紮剪耳的小貓。很有愛心的中途便抱起巧虎並帶去動物醫院檢查。健檢的結果發現巧虎有愛滋，也因為如此，中途身邊的人都建議中途將巧虎原地放回。

然而，中途聽餵食的愛媽説，公園已有多起流浪狗咬死貓咪的事件，有時在早上還能看到不少已經當了天使去的貓咪們。中途相當憂心這麼小的巧虎該如何在此獨自生活、避開危險？她實在不忍心將親人的巧虎放回如此凶險的環境中，於是將牠帶回照顧，想幫牠找到一個可以安心生活的地方。

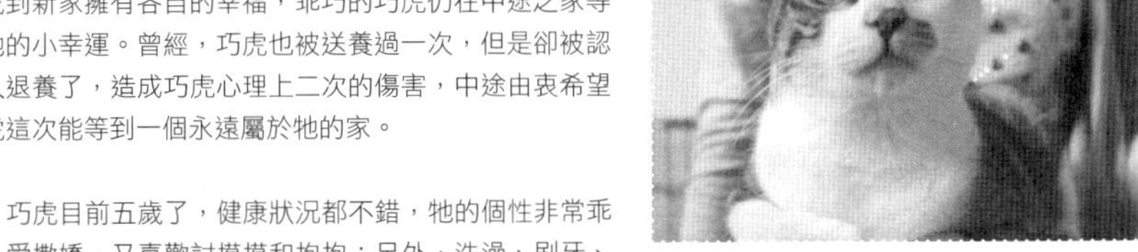

可是就這麼等呀等，5年過去了，一隻隻健康的貓咪都找到新家擁有各自的幸福，乖巧的巧虎仍在中途之家等待牠的小幸運。曾經，巧虎也被送養過一次，但是卻被認養人退養了，造成巧虎心理上二次的傷害，中途由衷希望巧虎這次能等到一個永遠屬於牠的家。

巧虎目前五歲了，健康狀況都不錯，牠的個性非常乖巧、愛撒嬌，又喜歡討摸摸和抱抱；另外，洗澡、刷牙、剪指甲等基本照料都沒有問題，很適合新手、單貓家庭或是家中已有愛滋貓的認養人喔！若您願意給巧虎一個永遠安全又安心的家，歡迎來信 dogpig1010@hotmail.com（林小姐）。

認養資格：

1. 認養者須年滿23歲，有獨立經濟能力。
2. 須同意簽認養寵物切結書，並能讓中途瞭解巧虎以後的生活環境。
3. 同意送養人日後之追蹤探訪，對待巧虎不離不棄。
4. 同意做門窗防護措施，以防巧虎跑掉、走失。
5. 以雙北地區優先，第一次看貓不須攜帶外出籠，確認送養會親自送達。

來信請説明：

a. 個人基本資料：姓名、性別、年齡、居住地、同住者、職業與經濟來源等。
b. 預定如何照顧巧虎，以及所能提供之環境和承諾（如：食物、飼養方式）。
c. 請簡述過去養貓的經驗、所知的養貓知識，及簡介一下您的飼養環境。
d. 若未來有結婚、懷孕、出國或搬家等計劃，將如何安置巧虎？
e. 是否同意中途作日後追蹤（家訪、以臉書提供照片）？

544

錦繡榮門 4

國家圖書館出版品預行編目資料

錦繡榮門／灩灩清泉著. --
初版. -- 臺北市：狗屋, 2017.07-
冊；公分. --（文創風）
ISBN 978-986-328-753-7（第4冊：平裝）. --

857.7　　106007792

著作者　灩灩清泉
編輯　安愉
校對　黃薇霓　簡郁珊
發行所　狗屋出版社有限公司
地址　台北市104中山區龍江路71巷15號1樓
電話　02-2776-5889～0
發行字號　局版台業字845號
法律顧問　蕭雄淋律師
總經銷　知遠文化事業有限公司
電話　02-2664-8800
初版　2017年7月
國際書碼　ISBN-13　978-986-328-753-7

本著作物由起點中文網（www.qidian.com）授權出版

定價250元
狗屋劃撥帳號：19001626
網址：love.doghouse.com.tw　E-mail：love@doghouse.com.tw